Corvos

George Dawes Green

Corvos

Tradução:
Marcelo Barbão

LeYa

Título original: *Ravens*

Diretor editorial: Pascoal Soto
Editora: Mariana Rolier
Produção editorial: Sonnini Ruiz

Preparação de texto: Paulo Cesar Veiga
Revisão: Fernanda Tavares e Tulio Kawata
Diagramação: Paulo Cesar Veiga
Capa original: George Cornell
Adaptação de capa: S4 Editorial

Dados internacionais de catalogação na publicação (CIP-Brasil)
Ficha catalográfica elaborada por Oficina Miríade, RJ, Brasil.

G795 Green, George Dawes, 1954-
Corvos / George Dawes Green; tradução: Marcelo Barbão. – São Paulo : Leya, 2010.
248 p.

Tradução de: Ravens.
ISBN 978-85-62936-67-8

1. Ficção americana. 2. Literatura americana. I. Título.

10-0046 CDD 813

Texto Editores Ltda.
[Uma editora do grupo Leya]
Av. Angélica, 2163 – Conj. 175/178
CEP 01227-200
Santa Cecília – São Paulo – SP
www.leya.com

Rondando sua luz,
Skye, sempre.

Quarta-feira

Romeu estava dirigindo pelas Montanhas Blue Ridge sob a luz do crepúsculo, rápido demais, quando um texugo ou algum outro bicho passou correndo pela frente do carro. O impacto foi curiosamente suave. Nenhum barulho forte, só um ruído sutil embaixo do chassis. Mesmo assim, Romeu ficou triste. Freou e encostou.

Shaw acordou:

– O que aconteceu?

– Bati em algo – disse Romeu, descendo do carro e voltando a pé pela I-77 na tentativa de encontrar a carcaça. Shaw o seguiu. Um caminhão com um trailer passou por eles chacoalhando e fazendo barulho. Depois disso, a noite ficou silenciosa. Eles conseguiam ouvir os próprios passos. Cigarras e uma música distante.

– Deus – disse Shaw. – Agora é verdade. Nós realmente estamos no *Sul*.

Mas não encontraram o animal.

Caminharam bastante. Esperaram que os faróis dos carros passando iluminassem para conseguir procurar por toda a estrada. Fizeram o caminho de volta e vasculharam o acostamento. Nada, nem mesmo um rastro de sangue. Finalmente, Romeu ficou ali parado, olhando os vaga-lumes voando.

– Ei – disse Shaw –, aposto que seu amigo teve sorte.

– Não. Eu o acertei.

– Bom, pode ser que tenha sido como um sacrifício – o estilo Shaw de brincar. – Talvez ele quisesse que tivéssemos uma viagem auspiciosa.

Quando voltaram para o Tercel, Shaw disse que estava acordado e que poderia dirigir. Romeu concordou e entrou pelo lado do passageiro. Desceram em direção à planície da Carolina do Norte. Os ouvidos destaparam, o ar ficou mais úmido. Ele abaixou seu banco e olhou para a Lua por trás dos pinheiros. Em algum ponto depois de Elkin, fechou os olhos por um segundo e a estrada começou a fazer uma curva para baixo, enquanto se sentia caindo vagarosamente em uma espiral, num sono sem fim.

Tara saía de casa nas noites de quarta-feira.

Essas eram as noites de tirar a sorte grande. Sua mãe começava a beber cedo. Servia-se de gim e tônica em um copo pequeno, depois espalhava todos os bilhetes de loteria na mesinha da sala e ficava olhando para eles, tocando-os um por um e imaginando qual seria *o* premiado. A TV estaria ligada, mas ela não prestava atenção. Todos os seus pensamentos estavam voltados para a boa vida que levaria. Iates, spas no Arizona, brancas mansões vanguardistas na Grécia, a insaciável inveja dos amigos. Ela tinha terminado seu primeiro drinque e preparou outro. O filho Jase, irmão menor de Tara, deitaria em seu colo enquanto brincava com o videogame. Ela mexia no cabelo dele. Girava o gelo no copo. Em algum momento, as luzes do anoitecer, as cores da TV e todas as cores de sua vida começariam a parecer que faiscavam, até brilhavam, e ela dizia para si mesma que era a mulher mais abençoada do mundo, então pegava o celular e mandava um SMS para a filha:

Sei que vamos ganhar hoje!!

Ou:

Preciso de vc! Tara querida!! Meu amuleto da sorte!! Onde está vc? Venha para casa!!

Mas essas mensagens eram como o canto da sereia, Tara sabia. Precisava ignorá-las. Estudar até tarde na biblioteca, ir ao cinema, ficar passeando com Clio no *shopping center* – precisava ficar longe de casa até que a loteria terminasse e seu pai chegasse em casa para sofrer com as broncas da mãe bêbada. Por volta da meia-noite, a mulher já teria descarregado todo seu ódio e infelicidade, desmaiado e a barra estaria limpa.

Mas, nessa quarta-feira em especial, Tara tinha cometido um erro. Havia esquecido seu livro de botânica, com todas suas anotações, no quarto. Tinha esquecido ao sair de manhã, mas só percebeu às dezenove horas, depois de sua aula de química orgânica, quando procurou no armário e viu que o livro não estava lá.

Faria uma prova amanhã e não tinha nem *olhado* a matéria.

Pensou em ligar para o pai. Talvez ele pudesse pegar o livro para ela. Mas não, era muito tarde. Ele já estaria a caminho da igreja, para a reunião dos Leões de Judá. Talvez Jase? Não, ele contaria para a mãe; Jase a defendia.

Não. O que preciso fazer, pensou Tara, é voltar lá e ser totalmente dócil; *não* me deixar arrastar para uma briga, não importa o que ela disser, não responder e, na primeira oportunidade, fugir para o meu quarto antes que ela explodisse.

Tara foi até o estacionamento, entrou em seu Geo amassado e saiu do *campus* da Faculdade Comunitária da Costa da Geórgia. Da rua 4 até a estrada Robin e daí pela Redwood, ruas que desprezava. Odiava aqueles nomes estúpidos, o gramado vazio e as fileiras de casas de tijolos. A dela era a mais baixa e mais cheia de tijolos, numa rua chamada Oriole. Quando chegou ali, diminuiu a velocidade e olhou pela janela da sala. A mãe, a TV. O quadro de Dom Quixote derrubando o moinho de vento. A prateleira de madeira com os modelos em miniatura dos Chevys de seu pai e dos Hummels de sua mãe. Os pés de Jase esticados na ponta do sofá. Tudo que Tara desprezava em sua casa estava brilhando como um anúncio de empréstimos a juros baixos ou de dedetização, e essa visão deprimente precisava ser contada para Clio, por isso ligou para a amiga.

– Estou espionando minha própria casa.

Clio respondeu:

– Bom, *isso* é bastante pervertido.

– É uma casa muito feia.

– Eu sei.

– Consigo ver os pezinhos de porco do meu irmão.

– Certo.

– Mas preciso ver se minha mãe está muito bêbada.

– Se está muito bêbada?

– Esse é o problema, não consigo ver. Não dá para ver suas mãos. Preciso ver como está segurando o copo. Se estiver mexendo o gelo com o dedinho, aí fodeu.

– Você vai entrar?

– Preciso.

– Mas não é a noite de doideira da sua mãe?

– É.

– Então o que você está *fazendo* aí? Venha para o Quartel-General. Sabe quem vem para cá? Aquele cara da banda Kings of Unsnap, Jonah. O que quer transar com você.

– Você já me falou isso, Clio.

– Então vem transar com ele.

– Tenho um teste de botânica amanhã de manhã.

– Oh, Deus. Você é uma *nerd* chata.

– Por que *você* não transa com ele?

– Está bem – disse Clio. – Você me convenceu.

– Você é uma vagabunda mesmo.

– Eu sei. Ei, preciso desligar. Se sua mãe fizer algo interessante, como tocar o pintinho do seu irmão ou algo assim, você me conta.

– Mando as fotos – falou Tara. – Você coloca *online*.

Ela desligou e suspirou, abrindo a porta do carro.

Assim que pisou na sala, sua mãe perguntou:

– Onde *você* estava?

Tara olhou o copo e viu que o gelo girava rápido e compassadamente, com o dedinho completamente esticado, o que pressagiava uma noite terrível.

– Estava na aula.

– Você deveria me ligar quando precisar chegar assim tão tarde.

Não era tarde, pensou Tara, mas não falou nada.

Sua mãe continuou pressionando.

– Aula do quê?

– Hum. Química orgânica.

– Por que está estudando *isso*?

Deixa para lá. O único objetivo é conseguir sua liberdade.

– Não sei, acho que é uma exigência.

– Mas se você só vai ser uma maldita *qualquer*, por que a obrigam a estudar química orgânica?

Tara deu de ombros.

A mãe continuou:

– Eles querem todo nosso dinheiro e o que ensinam não serve para nada.

Difícil deixar essa passar. Considerando que sua mãe não tinha contribuído nem com um centavo para sua escola – considerando que cada centavo veio do emprego de Tara no banco, mais a ajuda de sua avó Nell, além de uma pequena bolsa de estudos. E tudo que ela recebia de seus pais era um quarto e uma mesa pelos quais pagava quatrocentos e cinquenta dólares por mês, assim tampouco era um presente – foi uma luta não responder àquilo. Mas de que serviria? Lembre-se, você só quer chegar a seu quarto. Lembre-se, essa mulher é a mesma estranha que você estava olhando pela janela da sala um minuto atrás. Finja que não existe nenhuma conexão familiar, que você é invisível e pode escapar a qualquer momento sem que ela note...

– Espere. Sente-se por um minuto. O sorteio já vai começar.

– Tenho uma prova amanhã, mãe. Então deveria, provavelmente...

– Você sabe qual é o prêmio dessa vez?

Tara negou com a cabeça.

– Está brincando – disse a mãe. – Não sabe mesmo?

– Não sei mesmo.

– Trezentos e dezoito milhões de dólares.

– Uau.

A soma não queria dizer nada para Tara, mas pensou que, se mostrasse suficiente espanto, talvez sua mãe a deixasse ir.

– Apesar de que, se pegar o valor bruto e pagar os impostos – continuou a mãe –, só ficaria com algumas centenas de milhões.

– Oh.

– Como uns cento e vinte. Nem vale a pena, não? Você se importa de encher o copo para mim? Assim não preciso perturbar o Pequeno Príncipe aqui.

A mãe girou o copo.

Na TV estava passando *Nip/Tuck*, que não era apropriado para os dez anos de Jase, mas ele não estava assistindo mesmo. Estava jogando *Revenant* em seu videogame. Sempre desatento, e Tara também não se importava em ignorá-lo. Ela levou o copo da mãe para a cozinha, encheu com gelo, gim Bombay e água tônica, cortou uma rodela fina de lima e colocou na borda. Seja solícita, servil. Tente acalmá-la. Não resista, de forma nenhuma.

Mas, quando voltou, a mãe estava segurando um envelope fino, a conta de algum cartão de crédito e exigindo saber:

– Sabe como recebi isso? Veio direto para o escritório. *Ângela* me entregou. Nem sabia que essa conta existia. É de setecentos dólares. Seu pai nunca *mencionou*.

Qual seria a resposta menos ruim? Tara tentou:

– É horrível, mãe.

– Horrível? É a coisa mais humilhante que pode acontecer com *alguém*. *Qualquer um*. *A pior*. Claro que seu pai não está preocupado. Seu pai acha que vai dar tudo certo.

– Bom, e você não?

Oh, isso foi estúpido. Foi muito alegre. Sua mãe deu um salto.

– Você não entende *nada*, não? Eles vão *entrar com um processo*. Vão tomar nossa *casa*. Vão tirá-la de nós e levar o maldito Liberty com eles. Você terá de deixar a escola. Desculpe, querida. Você precisa começar a trazer *um pouco de dinheiro*.

– Mãe, estou um pouco cansada. Você se importaria se...

– Acha que eu *não* estou cansada? Estou *tão* cansada de ser pobre e seu pai não está nem aí. Vocês dois pensam que tudo isso é algum tipo de sonho do qual vamos acordar. Vamos perder *tudo*, você está entendendo? Esse barco está *afundando*. Ninguém virá *nos* salvar. O barco está indo para o fundo! Estou falando, querida, docinho, é melhor você começar a *nadar*. Você vai...

Mas aí começou a fanfarra na TV e sua mãe parou de falar imediatamente. Empurrou Jase para que saísse da frente e se inclinou para olhar seus bilhetes.

– E agora – disse um apresentador carrancudo – aqui estão os números da loteria Max-Milhão. O prêmio dessa noite é de trezentos e dezoito *mi-lhões* de dólares.

Não aparecia nada na tela. Somente aquela voz grossa. E o recipiente em forma de urna, cheio de bolinhas de plástico leves. Uma delas voou, de repente, numa rajada de ar e desceu por uma rampa em forma de serpentina, parando na frente da câmera.

– O primeiro número é... vin-*te* e sete.

A mãe murmurou:

– Uhu. Tenho esse aqui – tentando parecer indiferente, mas seus olhos estavam cheios de ansiedade.

Tara deu uns passos silenciosos até o corredor.

– O número seguinte é quarenta e dois.

– Bem, eu tenho *esse* – disse a mãe.

E Tara se moveu. Desapareceu sem que a mãe, enfeitiçada pelos números, percebesse.

No seu quarto, Tara fechou a porta e sentou-se ao *laptop* que estava em cima da mesa. Clio tinha acabado de postar:

> vc ainda estudando, vagaba? acha que o esperma de jonah wrights tem propriedades benéficas de cura? vai te ajudar a perder uns quilos dessa bunda e dessas coxas? ele não estava no quartel-general só o horrível seth de jax. odeio wick. morro se não conseguir dar o fora de wick.

Tara respondeu:

> Nem comecei ainda. Pega por minha mãe. Estava vendo o sorteio. Em 20 segundos vai perder e ficar doida.

Bem na hora: começou a gritaria da mãe na sala. Pior do que o normal:

– TARA! TA-*RA*!

Tara digitou volto já e abriu a porta:

– Que foi?

– *TARA!*

Parecia mais angustiada essa noite. Tara voltou para a sala para encontrá-la de joelhos na frente da TV, com Jase num canto, amedrontado. Sua mãe estava completamente doida. A boca aberta, um dos bilhetes na mão, as lágrimas escorrendo pelo rosto, e não era outra mostra de autopiedade causada pela bebida: era verdadeiro pavor.

– A GRAÇA DE DEUS! – ela gritou.

Como se estivesse vendo o rosto de Deus naquele exato momento, ela agarrava o bilhete na mão e o balançava no ar.

– A GRAÇA DE DEUS! A GRAÇA DE DEUS! A GRAÇA DE DEUS!

Quinta-feira

Shaw estava morrendo de calor. O ar-condicionado do Tercel 91 era tão fraco que ele precisou deixar a janela aberta para não morrer. Mas o ar que entrava era tão quente quanto o da turbina de um avião, ele ia morrer de qualquer forma. Por um tempo, ficou ao lado de um grande caminhão, aproveitando a sombra. Mas o caminhão parou em um posto de gasolina e o deixou no forno novamente. Shaw estava há mais de vinte e quatro horas sem dormir e tinha dirigido durante a noite toda, só com uma rápida soneca naquela parada perto de Charlotte; conseguia ficar acordado à base de Red Bull, café e Dextrostat. E a paisagem da Geórgia não tinha nada, a não ser pinheiros cortados e faixas na estrada, sempre. Romeu continuava dormindo e isso o deixava nervoso. O cara dormia profundamente desde as montanhas: suando, tremendo, às vezes rangendo os dentes, o que deixava Shaw muito perturbado. Estava mais do que na hora de acordá-lo.

Ainda não. Menos de uma hora para chegar à Flórida. Ele podia aguentar o calor. Tinha sido outra maldita primavera fria em Ohio e agora a Flórida, pelos seus cálculos, estava a uns cinquenta e seis minutos de distância. Se suportasse o calor e o tédio, continuasse a cento e trinta quilômetros por hora, podia chegar em mais ou menos cinquenta e cinco minutos e... quarenta segundos, e parar para tomar café da manhã na *Flórida*.

Foi quando percebeu o puxão. Havia uma pequena oscilação no volante, levando-o para a esquerda. Ele achou que sabia o que era. O pneu esquerdo da frente tinha um vazamento que Romeu devia ter olhado antes da viagem, mas esqueceu. Shaw pegou a próxima saída. Havia quatro postos, mas ele só queria ar, então não importava: escolheu qualquer um. Dirigiu até a bomba de ar que ficava na parte lateral.

Depois de desligar o motor, parecia que o mundo ainda continuava girando.

Desceu e pegou a bomba de ar, mas descobriu que a válvula de pressão estava quebrada. Sabia que Romeu não teria uma. Entrou na loja que se chamava "Chummy's Gourmet Shoppe", mas era apenas uma loja de conveniência comum. Batatas e molho, muitos doces, uma grande parede de refrigerantes. O ar estava muito mais fresco. E a garota no balcão tinha lindos peitos durinhos embaixo da camiseta.

– Oi – ela falou com um sotaque sulista.

A primeira garota sulista dele. Shaw já tinha conhecido garotas sulistas antes, mas essa era a primeira que conhecia *no* Sul. O nome que aparecia em seu crachá era Cheryl. Passou a língua pelos dentes para limpá-los e desejou ter algo muito inteligente para responder. Mas não conseguiu pensar em nada.

– Você teria uma válvula de pressão? – ele pediu. – Preciso balancear os pneus.

Ela colocou uma válvula velha no balcão:

– Não vá embora com ela.

– Não vou.

Ela sorriu para ele.

Ele caminhou até o Tercel e se abaixou ao lado do pneu da frente e tentou não tocar a calota. Viu que a pressão estava a 28 psi, que não parecia tão baixa. Encheu um pouco e passou para os pneus traseiros, que estavam com 30.

Romeu abriu a porta e foi possível ouvir sua voz:

– O que foi?

– O carro estava puxando.

– Onde estamos?

– Geórgia.

– Eles não estavam brincando quando falaram do calor, não é mesmo?

Se não eram os pneus, pensou Shaw, o problema devia ser o alinhamento. Ou talvez os rolamentos. Era melhor não ser isso. Tinha concordado em dividir os custos dessa viagem, mas não ia pagar metade de merda nenhuma no carro do Romeu. Talvez conseguisse simplesmente ignorar o puxão. Aguentar até Key West e depois vender o carro (o plano era alugar uns barcos de pesca, ir até Trinidad e nunca mais voltar para seus empregos zumbis na Dayton Techworld).

Ele foi verificar o pneu direito da frente. Pensou novamente na balconista. Pelo menos isso poderia gerar alguma conversa. Ele podia voltar e dizer: "Estava tudo bem com os pneus. Acho que o carro ficava puxando porque queria que eu parasse aqui". Deveria deixar a coisa assim? Sutil, misterioso? Ou deveria explicar como a Terra estava cheia de linhas de energia correndo por todos os lados, que se chamavam linhas Ley, e vórtices onde elas se cruzavam, e esses vórtices podiam agir como poderosos imãs? Bem. Isso pode parecer muito estranho para ela.

Talvez o melhor fosse dizer simplesmente: "Meu carro gosta de loiras."

Deus. *Sim.* Ele estava a milhares de quilômetros de Piqua, Ohio, e ninguém aqui iria julgá-lo, exceto Romeu, e ele não contava. Por que não dizer a primeira coisa que vier à cabeça?

Quando estava voltando para a loja, um caminhão encostou: um daqueles caminhões com *link* de TV. WSAV de Savannah. Não tinha vindo para colocar gasolina. Parou ao lado e Shaw ficou olhando enquanto o motorista e um cara muito bem-vestido, que devia ser o repórter, desciam, aí outro cara apareceu. Eles conversaram um pouco. Shaw sentiu-se estúpido ali parado, então resolveu entrar.

Cheryl não estava mais no balcão. Havia um asiático. No celular, conversando animadamente em chinês ou coreano ou vai saber que língua. Shaw entregou a válvula e o cara a pegou sem olhar e voltou a cacarejar no telefone.

Aí Shaw percebeu que Cheryl estava parada na vitrina da frente, olhando para o caminhão da TV. Estava de costas para ele. Shaw se aproximou, pensando que ainda poderia dizer algo sobre loiras. Mas ela estava falando no telefone e parecia animada com algo. Dizia:

– Ele é amigo do meu irmão? Estão na terceira série? E está se vangloriando de quanto *sua* família ganhou.

Uma pausa curta. Aí ela falou:

– Sim, mas Ashley, ninguém nem sabia que esta era a loja! Ainda nem foi anunciado! E eles compram aqui o tempo todo.

Outra pausa. Então, ela falou:

– Não, ele é dono daquele lugar de fazer cópias. São tipo, eu os conheço, eles vão na Renovadora. Ah, merda. Bom, você vai ficar sabendo de tudo amanhã! – e riu.

Percebeu Shaw.

– Espere um pouco – falou para sua amiga. Voltando-se para Shaw. – Posso ajudá-lo?

– Eu devolvi a válvula.

– O quê?

– Quero dizer, não eram os pneus. Era só... você sabe, estava puxando.

– Puxando?

– Como se o carro quisesse me trazer *aqui*.

– Oh.

Ela não tinha ideia do que ele estava falando e não dava a mínima. Estava olhando para o outro caminhão de TV que parava no estacionamento. Falou com a pessoa no telefone:

– Oh, meu Deus, outro caminhão! Da Jax! Ashley, preciso desligar – e gritando. – Sr. Hu! Outro canal de televisão!

O homem oriental falou:

– Ligue para a Courtney, peça para vir aqui! E encontre o Wes!

Quando se virou, ficou surpresa ao ver que Shaw ainda estava parado ali.

– Tudo bem com você? – ela perguntou.

Ele respondeu com outra pergunta:

– Por que esses caminhões estão lá fora?

– Hum. Porque vendemos o bilhete nesta loja.

– Que bilhete?

– O da loteria.

– *Nesta* loja?

– Uh-huh.

– Quanto?

Ela apontou para um cartaz. ESTA SEMANA, O PRÊMIO MAX-MILHÃO VALE... Embaixo alguém tinha escrito com caneta: “318.000.000,00”.

O tamanho, a quantidade de zeros, deu um nó em seu estômago.

– Isso são *milhões*?

Ela assentiu. Já ligando para outra amiga.

Ele tentou recuperar o fôlego:

– E você sabe quem são os ganhadores?

Ela balançou a cabeça:

– Não, ninguém sabe. Eles precisam aparecer. Pode demorar semanas.

Alguém atendeu e ela o deixou sozinho,

– Ei, Rosemary. Adivinha?

Por que tinha mentido para ele? Dizendo que ninguém sabia quem tinha ganhado, quando ele tinha acabado de ouvi-la fofocando sobre os ganhadores. Provavelmente tinha visto quando olhava os pneus do Tercel, que parecia uma velharia sobre rodas, e não o respeitava, talvez não merecesse ouvir aquele segredo.

E ele se importava? A garota era balconista em um palácio de porcaria no meio de lugar nenhum, com a cabeça vazia e meio feia, e ele se importava com o que ela pensava do carro dele?

Mas ele se importava. Estava todo excitado. Um poço de raiva tinha se aberto dentro dele.

Andou pelo corredor que levava até o caixa eletrônico. Planejava tirar algum dinheiro, mas não conseguiu. Não conseguiu enfrentar seu saldo ridículo. Parou ao lado da geladeira de sorvetes Party Time, que tinha a forma de um pirata, com pedaços de gelo brilhando e ardendo, e pensou que, enquanto tinha todos os novecentos e cinquenta dólares para gastar em suas férias, outra pessoa acabara de ganhar *trezentos e dezoito milhões*. Do nada! Jogados sobre uma família de merda do sul da Geórgia! Eles teriam ideia do que fazer com isso? Não. Na verdade, era provável que destruíssem qualquer felicidade que podiam ter agora. Iria deixá-los sem amor, sem confiança, tristes. Presas fáceis para qualquer urubu que sentisse cheiro de carniça. Ouviu Cheryl rir ao telefone e o som chegou a ele como unhas raspando uma lousa. Saiu ao sol no momento em que as equipes de TV estavam entrando e amaldiçoou esse lugar de merda.

Romeu já estava acordado, mas ainda meio paralisado pelo sono. Parecia uma boa ideia sair dessa frigideira e dar uma mijada. Mas isso exigiria desdobrar as pernas, levantar o banco, limpar sua camisa. Então ficou onde estava. Deitado, olhou preguiçosamente para os caminhões de TV e se perguntou o que estariam fazendo ali. Estava a ponto de se virar quando Shaw abriu a porta.

– O que esses caminhões de TV estão fazendo?

– É porque você é uma estrela, Romeu. Estão te perseguindo – Shaw desligou a música e ligou o motor.

Como o volante estava muito quente, agarrou uma camiseta no banco de trás e enrolou na mão como se fosse uma luva para usar no forno. Saiu do estacionamento.

Estava mal-humorado. Como acontecia quando alguma garota o esnobava.

– Preciso dar uma mijada – disse Romeu.

– Deveria ter ido antes.

Shaw voltou para a estrada. Uma placa dizia CENTRO DE BRUNSWICK.

– Estava dormindo. Dá para voltar por um segundo?

– Não.

– Por que não?

– O lugar é uma merda.

– Ela foi tão filha da puta?

– Quem, a balconista? Não estou nem aí para ela.

Então ele *tinha* se sentido ofendido. A balconista deve ter flertado com ele por causa de seu sorriso charmoso, mas então ele ficou um pouco estranho ou querendo agradar, e ela o cortou. Acontecia o tempo todo. Essas rejeições nunca significaram nada para ele. Mas dessa vez seu ressentimento parecia estar misturado com um tipo de exaltação. Seus lábios estavam se movendo; ele brilhava de suor. Acabou falando:

– Sabe o que me importa? O universo aqui está repleto de energia, certo? Essas energias ao nosso redor, em cada molécula. Você e eu, nós somos espertos, capazes e inteligentes. Sabe como? Mas também poderíamos ser fantasmas. Parece que não conseguimos pegar nada. Percebe isso? Tudo passa direto pela gente e desaparece. Tudo vai para outra pessoa. É incrível.

– É – disse Romeu. – Entendo isso.

Mas na verdade não entendia completamente. Na verdade, ele só queria mijar e precisava que Shaw liberasse o que estava preso em seu peito.

Tara estava em sua mesa no banco, fechando suas contas, quando levantou a cabeça e viu a sra. Potro se aproximando. Oh, que ótimo, pensou. Último dia aqui, última *hora*, e o meu presente de despedida é a pior e a mais mentirosa de todas as vagabundas más e mentirosas que fizeram com que meu emprego fosse um inferno.

– Olá, sra. Potro. O que posso fazer pela senhora?

A mulher tinha uma veia azul comprida no pescoço que vibrava quando estava brava. Que era como sempre estava quando ia ao banco. Ela bateu com a carta na mesa de Tara: *Informe de fundos insuficientes*. Ela realmente bateu e disse:

– Vinte e cinco dólares? Vocês estão *me* cobrando vinte e cinco dólares? Por quê? Pelo privilégio de me roubar? Não, não, não. Dessa vez, vocês *não* vão pegar meu dinheiro.

Tara tentou lembrar como era a vida quando qualquer coisa que a sra. Potro falava era importante. Mas não conseguiu. O mundo antes da loteria parecia remoto. Tente não rir na cara dela, pensou, vamos enfrentar esse último demônio e eu me livro desse estúpido emprego para sempre. Aí posso desaparecer e nunca mais pensar nisso.

Ela olhou no computador e disse, com a voz doce:

– Bem, senhora, hum, aqui mostra que o saldo na sua conta, no dia 11 de junho, não era...

– Eu fiz um depósito no dia 11! Não consegue ver?

– Estou vendo um no dia 13 de junho...

– Certo! Porque, no dia 11, minha irmã teve um ataque de diabetes. Você tem ideia de como isso pode ser debilitante? *Alguma* ideia?

– Parece horrível.

– Não fiz o depósito no dia 11 porque estava num *hos*-pital. Você acha que gosto de ir para hospitais? Então, fiz o depósito logo cedo no dia 12...

– Ou no dia 13.

– Jovenzinha! Sou cliente deste banco desde antes de você *nascer*. Tinha a impressão de que era uma cliente *importante*. Costumava *imaginar*...

Mas Tara estava pensando nos céus azuis da loteria. O prêmio que superava e eclipsava tudo, incluindo a sra. Potro, e que tinha as chaves prateadas do futuro. Em menos de uma hora, ela contaria tudo para Nell! Devo colocar tudo na mesa ou ficar provocando um pouco? Fazer um jogo de adivinhação? Aí toda vez que Nell errar posso dizer: “Não, mais alto. Pense mais alto” e poderia...

– Você está me *ignorando*? – perguntou a sra. Potro.

– O quê?

– Você está? *A mim*? Ignorando?

– Para dizer a verdade, sim. Estava pensando em minhas coisas.

O pescoço de cobra pulsava.

– Vou falar com o sr. Allen neste instante.

– Por quê? Vai pedir para me mandar embora?

– Quero falar com o sr. Allen.

– O sr. Allen foi para casa. Pode voltar amanhã para falar com ele. Mas não precisa pedir para me despedir porque não trabalho mais aqui. Hoje é meu último dia. Na verdade, este é o último minuto nesta porcaria. Então, sobre o que você estava reclamando mesmo?

Bem na frente de seus olhos, a mulher estava se transformando numa gárgula de boca aberta. Um prazer de se olhar.

– Então, quanto era mesmo? – perguntou Tara. – Vinte e cinco? – Ela pegou sua própria bolsa e contou vinte e cinco dólares, colocando-os na frente da duquesa ferida. – Aqui está. Um pequeno presente de despedida – falou. Aí acrescentou umas moedas. – Com juros.

Virou-se, voltou para o monitor, para suas contas. Depois de um tempo, ouviu a sra. Potro fungar ruidosamente e ir embora.

Não sem antes pegar o dinheiro. Esse foi o toque de mestre, pensou Tara. O que tornava o dia *perfeito*.

Ela terminou de organizar os papéis, disse boa-noite para os caixas como se fosse qualquer outro dia e saiu. Na volta para Brunswick, colocou para tocar Santogold no volume máximo. “Break it break it you can’t stop me in this race!” O céu sobre o pântano não tinha fim, o mundo inteiro estava à sua disposição, e ela se sentia como se estive flutuando sobre si mesma; dirigindo seu Geo e ao mesmo tempo flutuando, tão plena de entusiasmo e liberdade que precisava abrir a boca e *gritar*.

Aí seu celular fez um bipe. Mensagem da Clio.

Quartel-general. Código azul.

Código azul significava ataque de pânico completo, normalmente causado por algum baixista confundindo a cabeça de Clio.

Tara respondeu:

Não dá.

Um momento depois recebeu:

Código INSANAMENTE fodidamente azul!

Tara desistiu. O que mais podia fazer? Foi até o Quartel-General, que era o nome que tinham dado para o apartamento de Skeet e Bobbie. Ficava na avenida Altama, no bairro feio e superpovoado chamado Spanish Gardens (nada realmente espanhol, exceto por alguns arcos mouros na entrada e algum jardim). Bobbie abriu a porta. Todos estavam fumando maconha e assistindo ao programa de Sarah Silverman. Tara foi procurar Clio. Encontrou-a na cozinha esquentando uma pizza congelada. Aquele cara, Jonah da Kings of Unsnap estava com ela. Estava tentando parecer voluptuoso, encurvado e cansado do mundo, mas a agitação do enorme pomo de Adão atrapalhava tudo. Não era feio, pensou, e sua banda não era insuportável. Ontem, Tara tinha até pensado nele. Mas o prêmio tinha apagado completamente o rapaz do planeta. Agora, quando ele falou: "Eiii, Taraaa", ela não ficou nem um pouco interessada. Só mexeu a cabeça. Olhou para Clio, que fez um gesto para que fossem mais para o fundo.

Jonah perguntou:

– Onde vão? Vai rolar uma coisa de lésbicas? Ei, sou sapatão também.

Elas o ignoraram. Foram para o jardim (ervas, barris de cerveja, um cortador de grama enferrujado) e fecharam a porta.

– E aí? – perguntou Tara.

– E aí, *você*? – disse Clio. – Que merda é essa de *estou muito ocupada*? O que você está fazendo é como dizer que não sou mais sua amiga.

– Claro que não, eu ando ocupada mesmo...

– Canalha, não minta pra mim. É só dizer. Vocês ganharam na loteria?

Uma queda de meteoro. Tente manter a calma. Tente olhar espantada:

– O quê?

– *Não* minta pra mim. Você é uma péssima mentirosa.

– Nem estou entendendo o que você tá perguntando.

– Laurie Massey me contou que vocês ganharam a loteria Max-Milhão.

– Ganhamos o quê?

Muitas variações de um *o quê*. Melhor brigar ou estará perdida.

– Ela está, o quê, brincando? Está doida?

– Aparentemente, seu irmão contou para algum moleque que vocês tinham ganhado – disse Clio.

A amiga era alta, chamativa, com tatuagens por todo o braço e uma serpente prateada que chegava até o rosto. Seu olhar era exigente. Tara adorava a amiga e odiava ser obrigada a mentir. Mas tinha feito um pacto solene com a família: não iam contar para *ninguém*. Se Jase tinha quebrado o pacto, era problema dele, mas Tara não ia desapontá-los. Enfrentou o olhar de Clio e disse:

– Meu irmão está *delirando*. Você o conhece bem.

– Bem, *alguém* ganhou a coisa.

– É? Não fomos nós.

– Mas aí você começou a se esconder e tal...

– Esconder? Que merda, cara, só estou *ocupada*. Acabei de sair do banco. Você acha que eu iria trabalhar naquele banco se tivesse, tipo, ganhado todo o dinheiro do mundo?

Clio deu uma tragada longa e pensativa no cigarro. Acabou falando:

– É que, se você *tivesse* ganhado, eu ficaria tão feliz que mijaria nas calças. Mas se você estiver, tipo, escondendo isso de mim? E se for como se eu estivesse *perdendo* você ou algo assim, então não sei o que faria. Eu me mataria. Estou falando sério. Eu me mataria.

– Oh, cala a boca. Você não vai me perder. Quem é a minha vagabunda?

Colocou a mão no pescoço de Clio.

– Me solta *agora*, sua degenerada.

– Você adora isso.

– Ei, adivinha com quem eu transei ontem à noite?

– Oh, Deus. Não com aquele cara do centro de treinamento da polícia? Oh, Deus. Isso é nojento.

– Você não tem a mais puta ideia.

Preciso manter o segredo bem guardado por mais um ou dois dias. Aí vamos contar tudo e vou levá-la primeiro para Nova York e depois Paris; vai ser a viagem mais legal das nossas vidas e ela vai me perdoar, ela tem de me perdoar; ela me ama. E, de qualquer forma, ganhar na loteria significa que você consegue *tudo*; amor, riquezas, sonhos, perdões, céu, oceano, sapatos, poder sobre a sra. Potros, tudo, nada negado; é assim que pretendo fazer.

Shaw estava na internet. O quarto de motel tinha uma porta traseira que ele tinha deixado aberta, permitindo que entrasse tudo – o calor, o pólen, o ar salgado e o perfume de uma videira que estava crescendo bem perto da porta. Tudo isso estava misturado com o cheiro de cimento que emanava do motel; também havia gritos e música das pessoas desagradáveis que passavam pela rodovia 17. Era o paraíso. Ele tomou grandes goles de seu chá gelado e continuou a navegar na web.

Cheryl, naquela loja de conveniência, tinha dito que ele, quem quer que seja, tinha uma loja de cópias. Shaw foi ao Yellowbook e descobriu que só havia duas copiadoras em Brunswick, Geórgia: Murray Copiers e Boatwright Office Supply and Copiers.

Clicou na do Murray, que demorou muito para carregar, e quando abriu, havia um recado de 2006:

> Caro cliente. Por causa do aumento dos custos e da concorrência estrangeira...

Falido. Quebrado.

Ele voltou e clicou no *link* da Boatwright Office Supply and Copiers, e viu uma foto de Mitch Boatwright, CEO. Com olhos protuberantes que faziam com que parecesse um buldogue, querendo enxergar demais. E aquela sombra no ouvido, Mitch, é *cabelo saindo da orelha*? Em sua foto oficial? Você é um caipira?

Mais importante: você é a minha presa?

mitch boatwright brunswick ga abriu muita coisa inútil. Por exemplo, ele descobriu, no Diretório de Cidades de 1870 de Scranton, Pensilvânia, que Henry Boatwright tinha sido ferreiro e Greta Schuleit lavadeira, e que ambos tinham vindo de Brunswick, Alemanha. Ele ficou imaginando se tinham se encontrado. Eram amantes? Ela ia ao quarto dele, em cima da oficina.

Melhor não viajar.

Olhe isso: "Joseph Boatwright morto em 1892 deixa esposa Kathleen, dois filhos, Abner e Edgar, também a filha Louise casada com o doutor Mitchell Vermillion de Brunswick, Geórgia".

Vermillion: isso sim que é nome. Devo mudar meu nome para Shaw Vermillion?

Continuou navegando. Boatwright após Boatwright, mas a maioria estava morta. Nos cemitérios de Brunswick, Geórgia, Brunswick, Maine e New Brunswick, Nova Jersey. Os poucos que estavam vivos moravam muito longe. Colocou meia pastilha de anfetamina na língua e deixou que dissolvesse. Parecia Sweet Tart, mas era mais seco, mais sério. Deu um gole no chá gelado.

Atrás dele, Romeu, dormindo de novo, começou a ranger os dentes.

Aquela puta da Cheryl tinha dito: "Eles vão para a Renovadora?". O que poderia ser isso? Algum tipo de igreja? Ou academia ou clube ou algo assim? Ele digitou renovadora brunswick ga e descobriu que estava certo pela primeira vez: as duzentas entradas iniciais eram da Igreja da Fé Renovadora na avenida Altama. Digitou fé renovadora mitch boatwright brunswick e teve uma visão:

Uma garota, num palco. Tara, 12 anos. Filha de Mitch e Patsy Boatwright. Estava usando orelhas de burro. Era o Natal de 1999, na Igreja da Fé Renovadora de Brunswick, Geórgia. A garota era meio magrela, mas que olhos intensos!

Tara. Ele adorou a pobreza desse nome sulista.

Deveria ter 21 ou 22 agora.

tara boatwright facebook

Mas a Tara Boatwright do Facebook era uma velha de Perth, Austrália.

Talvez, como essa era uma pequena cidade na Geórgia, *sua* Tara não estava no Facebook ainda?

tara brunswick ga myspace

E lá estava.

Ela tinha agora 21. Seu apelido era garota do johnny – o fundo da página tinha uma foto de Johnny Depp. Ele foi direto para as fotos. Aqueles olhos de novo. Oh, meu Deus. Curiosos, grandes, inocentes. Apesar de não serem *tão* inocentes. Em uma foto na praia, ela tinha se virado para olhar para a câmera e dava para ver que não só tinha uma bunda sensacional; também sabia que estávamos olhando para ela. Outra foto a mostrava usando máscaras, um colar negro e franja. Severidade no rosto. Estava representando perigo. Deus. Você vai brigar comigo, Tara? Ele sorriu. Imagino que sim.

Foto de um concerto de rock com alguma amiga gótica: Drive Fast & Shut Your Eyes. em Savannah. Com Clio! De longe, minha banda favorita!

Outra foto, também com Clio e algumas outras garotas: BANDO DE LOUCAS!

Foto do irmãozinho Jase.

Vários rapazes, James, um cara tonto, e Wynn, também. Não, talvez Wynn fosse um pouco mais legal. James estava fazendo uma pose sem graça em frente ao ônibus da igreja.

Várias fotos de outros parentes e amigos.

Duas poses forçadas com o pai, Mitch. Somente uma com a mãe.

Mais de uma dúzia de fotos com sua avó, Nell.

As duas rindo, dançando: Eu e Nell em Nova Orleans. Depois, as duas em Tunica, Miss, em frente a uma coluna de máquinas caça-níqueis. Parecia que Tara tinha uns 14 anos – será que Nell a tinha levado a um cassino?

EU AMO:
John Christopher Depp Jr.
Nell
Andar de bicicleta na praia
Nosso Senhor!
Mamãe e Papai e Jase
Clio
Churrasco no Southern Soul
Golden retrievers
Frida Kahlo
Primo Alfred
Sentir medo
Filmes: tudo com JCD Jr.!
Também *Donnie Darko*, *Kill Bill* 1 & 2, *A paixão de Cristo*, *Ghost World*.
Dias de verão com muito calor

Ela tinha realmente dito *Sentir medo*?

Tudo o que eu precisava, pensou Shaw, está bem aqui. Tudo o que a garota gosta, tudo o que ela valoriza. Na basílica de Tara está a besta, o saqueador, o bárbaro.

Ele olhou para baixo e viu que sua mão estava tremendo. Pressionou a palma no canto da mesa, para estabilizá-la. Mas ela continuava tremendo.

Por quê? Por que estou aterrorizado? Provavelmente. Sim. Mas e daí? Não posso viver desse jeito, nem mais um minuto. Não como um rato de laboratório para a Dayton Techworld. Nem mais um *segundo*.

LIVROS: *A redoma de vidro*. *O vento nos salgueiros*. *The monkey's paw*, de W. W. Jacobs.

Sentir medo.

OBJETIVO NA VIDA: Sair de Wick.

Wick? O que poderia ser Wick? E por que gostaria tanto de sair dali?

Poderia "Wick" representar o tempo perdido? O peso, o efêmero do dia a dia?

Oh. Espere. Claro. Bruns-*wick*.

O chá estava doce e diluído; deslizava pela garganta e era uma das melhores coisas que já tinha experimentado. A sensação nos braços também era boa, fria. Ele passou os dedos pela coxa e seu próprio toque parecia distante. Acho que, se cruzar comigo, vou ficar *feliz* em deixar que sinta um pouco do que tenho a oferecer.

Em seu DIÁRIO, numa entrada colocada uma semana antes, ela escreveu:

> Preocupada na noite passada e quando começo a me preocupar, não consigo parar e nem dormir. Tudo neste mundo tem a ver com dinheiro? Mas Nell nunca teve dinheiro & é tão feliz. Quero me casar com Edward Mãos de Tesoura. Quero SER edward mãos de tesoura.

Também escreveu, e isso foi um choque para ele:

> Não mexa com as pessoas que amo porque vou CORTAR você e ninguém será capaz de recuperá-lo, estou falando sério.

Ele consultou o *site* 411.com. Havia uma Nell Boatwright na rua Egmont e um Mitchell Boatwright na Estrada Oriole, 38.

No Birdseye havia vistas aéreas de Brunswick que pareciam ter sido feitas num dia sepulcral como esse. Havia alguns carros na rua 341 e na Gloucester, mas a maioria das ruas estavam completamente vazias, sem vida, nenhuma alma à vista.

Estrada Oriole, 38.

O Birdseye o levou por um grande arco sobre Brunswick, a fábrica química, as vias férreas, o hospital e depois começou a descer como se estivesse numa teia de aranha, como se estivesse deslizando até um bairro de classe média. Até chegar bem em cima da casa dos Boatwright. Um rancho de tijolos, nem melhor nem pior do que as casas vizinhas. A mancha oval no fundo poderia ser uma piscina infantil. Uma árvore fraquinha na frente. Parecia ter uma cerca viva de um lado; na outra, uma de madeira.

Estava tão animado que precisou se levantar e caminhar um pouco.

Voltou para o *laptop*. Olhe isso, pensou. Aquela casa – seu escritório. Jesus. Será que ele conseguiria fazer isso? Precisava. Precisava viver. Não podia "não viver" nem mais um minuto. Sabia que, se houvesse qualquer resistência, deveria ser destruída sem misericórdia. Se eles o desafiassem, teria de matar seus entes queridos, na frente deles. E como aguentaria seus olhares horrorizados? Com firmeza e sabedoria. Sabendo o que precisava. O que ele precisava era beleza. Uma vida de beleza pura, nada menos. Pagaria qualquer preço por isso.

Certo.

Estou pronto, então.

Mas e Romeu? E Romeu?

Ele se virou e olhou para Romeu dormindo na cama. Gemendo em seus sonhos como um cachorro machucado.

Tara, no momento em que fechou a porta do carro, ouviu um berro dentro da casa e os gatos miando em uníssono, depois Nell saiu na varanda para cumprimentá-la.

– Olá, meu amor!

Sua voz era rouca e alta. Sempre abraçava forte. Segurou Tara e elas se balançaram por um tempo. Tara sempre achou que o cabelo de sua avó tinha cheiro de pipoca.

Nell arrastou-a para a cozinha a fim de mostrar seu novo brinquedo: uma cabeça de cervo que cantava. Tinha uma estante e estava cantando "Killing Me Softly with His Song". Ficava girando os olhos na direção de um peixe, pendurado na parede, que respondia: "Hook, Line and Sinker". Nell ria com gosto.

As duas se sentaram na mesa da cozinha, comeram bolinhos de siri e beberam vinho. Os gatos se esfregavam em seus pés. Tara pensou no prêmio e ondas de felicidade viajaram por seu corpo.

Perguntou a Nell como tinha sido a escola. A avó tinha 62 anos e estava semiaposentada, mas ainda ensinava durante o programa de verão chamado Grandes Esperanças, para crianças que não tinham nenhuma esperança.

– Bom, o Jeremiah me disse que foi suspenso. Eu pergunto: "Por que, Jeremiah?". E ele responde: "Porque *enfrentei* o sr. Briggs". Isso porque ele só tem 13 anos, mas é quase do tamanho do sr. Briggs. Duas vezes o meu tamanho. Eu dei aulas para seu pai. Para seu *avô*. Os dois eram bagunceiros e Jeremiah é igual. Aí eu falo: "Jeremiah, é melhor não *me* enfrentar". Ele respondeu: "Eu nunca vou *te* enfrentar, sra. Boatwright. Tenho *medo* da senhora".

Ela uivou de prazer.

Elas terminaram de comer e limparam a mesa; depois jogaram pôquer, como sempre faziam às quintas-feiras.

As duas tinham saquinhos cheios de moedas e notas de vários outros países. A moeda de dez *banis* da Romênia valia vinte e cinco centavos. Aquela velha moeda chinesa com o buraco no meio valia cinquenta centavos. Um dólar confederado falso valia dez centavos. Mas o jogo não era brincadeira; se Nell quisesse intimidar, jogava moeda de verdade – cinco, dez ou até vinte centavos – e era melhor enfrentá-la. Era permitido ter prudência, nunca medo. Se ela percebesse que Tara estava fugindo da briga, ficava brava; mandava-a embora mais cedo.

Mas enquanto lutasse não havia como perder. Mesmo se Tara perdesse sessenta ou cem dólares numa única noite, tudo era devolvido. Quando abriu o boleto da faculdade, viu que já estava marcado PAGO. Sempre que voltava à casa de Nell encontrava seu saco cheio, com moedas novas e mais estranhas.

Naquela tarde, a avó estava com muita sorte. Tara tinha uma trinca, mas Nell ganhou com um *full house*. Tara pegou um trio, mas Nell venceu com outro *full house*. Outro dia daqueles. Nell estava aturdida. Ela dizia, com pena:

– Pobre criança azarada.

Quando embaralhava, as cartas voavam de seus dedos.

O gato chamado Horace Jackal pulou sobre a mesa e ela o empurrou com o braço esticado sem nem olhar. Gritou para Tara:

– Aposte! É sua vez! Aposte ou caia fora!

Numa mão, todas as quatro cartas abertas de Nell eram de copas. Depois de apostar, ela mostrou suas cartas: *todas* de copas. Sete.

– Sangue por todos os lados! – já estava bêbada. – Me faz lembrar o baile de formatura.

– O que aconteceu no seu baile de formatura, vovó?

Nell embaralhou as cartas e disse:

– Oh, eu e meu par fomos até o carro para namorar. Eu estava tão bêbada, e o banco de trás era tão escuro que não percebi que tinha ficado menstruada.

– Oh, meu Deus.

– Exatamente "Oh, meu Deus". Abrimos a porta e quando entrou luz parecia que a família Manson tinha estado lá. Uma chacina. Foi o pior momento da minha vida.

Ela embaralhou de novo. Colocou a língua no meio dos dentes, como uma criança.

– Quem era seu par? – perguntou Tara. – Era o vovô Bill?

– Não, nem tinha conhecido o Bill ainda. Era um caipira daqui – disse enquanto distribuía as cartas. Mas já estava perdida naquelas lembranças. – Na verdade, você o conhece. Sabe quem era? Burris Jones.

– O velho policial? – disse Tara. – O que frequenta a nossa igreja?

– Acredite em mim: vou apostar nessa garota aqui – disse Nell, chamando atenção para a rainha que tinha na mão. – Vou começar esse massacre com cinquenta centavos, para ser gentil.

– Você *saiu* com o Deppity Dawg?

– Saí.

– Como *era*?

– Oh, Deus. *Chato*?

– O sangue fez com que ele a deixasse?

– Não. Ele sempre foi louco por mim. Vai apostar?

Tara pagou os cinquenta centavos. Mais cartas foram entregues e a aposta cresceu. Logo Tara estava mostrando um rei, uma rainha, um valete e um dez. Na verdade, ela não tinha uma sequência, já que suas cartas não valiam nada. Mas a mão *parecia* boa e o vinho e a loteria e as histórias de Nell fizeram com que ela não se preocupasse, por isso decidiu blefar.

Apostou o máximo: doze dólares.

Geralmente não blefava. Contra Nell, blefar era suicídio. Mas ela pensou: "Quem sabe?". Já tinha conseguido com Clio. Talvez a habilidade de blefar seja outro dom vindo com a loteria.

– Olhe para mim, filha – disse Nell.

Os olhos das duas se encontraram. Era tudo que precisava fazer. O mesmo com Clio. Bom, não, *muito* mais difícil do que com Clio, mas, mesmo assim, ela ia conseguir. Era só manter a vista sem fraquejar e se lembrar: a loteria fazia com que tudo fosse possível.

Mas o olhar da avó era muito inquisidor.

Nell podia ser tonta; podia ser petulante, carrancuda. Seu gosto era eclético. Amava tanto a ópera de sábado quanto o peixe cantor da loja de 1,99. Teve casos durante seus casamentos, bebia muito, sua casa era desleixada. Podia ser ótima para as pessoas que amava, às vezes até com Tara, que a achava divina e acreditava que ela possuía poderes sobrenaturais de clarividência. Era impossível manter o olhar. Tara desviou por um instante e, mesmo tendo voltado a olhar, sabia que era tarde demais. Nell já estava pagando sua aposta. Tara fugiu em silêncio. Nell pegou todas as moedas.

– Eu te pego sempre, não sabe disso?

Tara riu:

– Esqueci momentaneamente.

– Bem agora posso afirmar que você tem uma boa notícia que não me contou. Sinto que está por contar. Por que não diz para sua avó?

– Sou tão transparente assim?

Nell assentiu:

– É quando fica sentada aí sorrindo como uma abóbora de Halloween. Está apaixonada?

– Uh-uh.

– Algo relacionado com a escola?

– Não.

– Bem, o que foi então?

Tara sorriu, tímida.

– Quer adivinhar?

– Não – disse Nell. – Não se ganha nada adivinhando. Se acerto, você ficará desapontada porque não teve chance de contar seu segredo. E se eu errar, mas meu palpite for melhor que a verdade, aí nós duas vamos nos sentir mal.

– Não tem como seu palpite ser melhor que a verdade.

– Filha, conte logo.

– De verdade? Assim, sem emoção?

Tara não conseguia se lembrar de um momento mais agradável em sua vida e não queria que ele acabasse. Mas Nell estava começando a perder a paciência.

– Está bem – disse a garota. – Mas não pergunte se estou brincando. Não estou brincando. Não pergunte se foi um erro. Não foi um erro.

– Uau. É algo importante, não é?

– É sim.

– Bom, então desembuche.

– Certo. Daqui a pouco.

Ela riu, pegou seu copo e saiu da cozinha. Foi até a varanda que dava para o quintal de Nell. Deitou no sofá de balanço, relaxando nas velhas almofadas. A varanda era protegida e rosas amarelas subiam pelas pilastras. Tara chamou:

– Vem cá, vovó, venha aqui fora e eu conto.

– Estou cheia das suas brincadeiras.

– Prometo que conto!

Tinha esperado por esse momento o dia todo. Não só gostava de estar aqui com Nell; gostava especialmente dessa varanda na parte de trás da casa, desse sofá, desse ângulo em particular, com o pequeno monte de almofadas decorativas atrás dela e os dedos de um pé tocando o chão de modo a empurrar e manter o sofá balançando enquanto olhava para o quintal de Nell, o resedá e as pimentas, mais a banheira antiga, a pastinaca claramente florescendo, as rosas penduradas na tela. Deu um gole no vinho. Chamou novamente:

– Eu *prometo*!

Nell veio se arrastando. Sentou-se na cadeira de balanço sem falar uma palavra.

Do lado de fora, uma brisa movia as folhas no resedá.

– Certo – disse Tara. Respirou fundo. – Ganhamos na loteria.

– O super-prêmio?

– O Max-Milhão. Quero dizer, papai ganhou.

– Está brincando?

– Você prometeu que não perguntaria isso.

– Não foi um erro?

– Vovó.

– Quanto ganharam? Muito?

– Muito.

– Uns cem dólares?

– Mais.

– Mil dólares?

– Um pouco mais.

– *Cem* mil?

– Um pouquinho mais.

– Pare com isso – disse Nell. – Não minta para mim.

– Sei que não consigo.

– Está dizendo a verdade?

– *Estou*.

Nell falou com uma voz final:

– Vocês ganharam um milhão de dólares?

– Mais.

– Meu Jesus amado.

– Isso.

– *Conte*, minha filha!

– Está bem. Pronta?

– Estou.

– Ganhamos trezentos e dezoito milhões de dólares.

– Meu Deus.

– E, enquanto estava vindo para cá, eles anunciaram no rádio. Quer dizer, não falaram nosso nome, mas que o bilhete tinha sido vendido em

Brunswick. E disseram que só havia um ganhador. Então, nem vamos precisar dividir. É todo nosso. Mas esse é o valor bruto, então vai ser menos. E há os impostos, sabe. Vamos ficar só com uns cento e vinte milhões.

– Cento e vinte. *Milhões*.

– Hã-hã.

– Você está me dizendo que vão *levar para casa* cento e vinte milhões de dólares?

– Mais ou menos.

– Mitch não precisa ficar vendendo mais toner pelo condado?

Tara balançou a cabeça.

– E você vai se formar?

– Se quiser. Talvez compre minha própria faculdade.

– E eu posso ficar me mostrando por aí como a Rainha Marie da Romênia?

– Você já faz isso, minha querida.

Elas riram tanto que Nell precisou cuspir seu vinho e Horace Jackal desapareceu.

Nell percebeu que sua taça de vinho estava vazia.

– Droga, precisamos brindar. Vou pegar mais vinho.

– Não consigo beber mais – disse Tara. – Tenho de dirigir.

– Não, você vai fazer um brinde com a velha Nell. Vou ligar para o Willie; ele te leva para casa. Espera.

Ela fez um gesto e entrou na cozinha.

Tara ficou deitada ali e seu coração estava cansado de tanta alegria. Tanta! Tudo era dela! Claro que o dinheiro não era realmente dela e, se fosse pela mãe, não veria um centavo, mas sabia que seu pai garantiria que ela tivesse tudo que queria. Viagens. Nova York e noites selvagens com Clio. Galápagos para uma viagem de verão com Nell. E poderia estudar em uma excelente faculdade, talvez Duke. E roupas. Talvez um ou dois vestidos. Como aqueles de Marc Jacobs em *Marie Claire*. E ela não ligava muito para sapatos, mas não se importaria em ter um par de saltos altos. *Pare*, ela pensou. Mas se *ia* para Duke precisaria de um carro, com certeza. Não um Geo caindo aos pedaços. Talvez uma BMW conversível, mesmo que não fosse novinha. Mas, por que *não* uma nova? E um lindo apartamento só dela. E um jardim. Com uma banheira antiga!

Deitada ali, pensando nisso, mais o balanço do sofá e o calor e o vinho, e tudo começou a girar. Quando Nell voltou com uma nova garrafa, deve ter sentido que algo estava errado porque disse:

– Querida, você está bem?

– Oh. Estou.
– Certeza?
– Estou ótima. Estou só um pouco, sabe... não sei.
Nell encheu o copo de Tara, depois o próprio. E perguntou:
– Não está com medo, está?
– Medo de quê?
– De todo esse dinheiro.
– Oh. Eu deveria estar?
– Bom, todo mundo diz como ficar rico de repente arruína vidas.
– *Você* está com medo, Nell?
– Não, senhora.
– Bom, então acho que também não estou.
– Certo. Devemos estar em processo de *negação*.
– Acho que sim – concordou Tara, rindo.
– Acho que é *ótimo* ser a Rainha Maria da Romênia! Vamos beber pela negação. Vamos beber pela Romênia. Vamos *comprar* a Romênia. Puta merda!

Romeu acordou num quarto de motel. Shaw ainda estava na mesinha, as costas suadas, inclinado em frente à tela. Romeu viu que ele estava olhando as fotos de uma garota. Não era pornografia. A garota não estava nem pelada, mas Shaw a olhava como se estivesse.

Romeu se levantou e foi para o banheiro.
– Acordou? – perguntou Shaw, sem se virar.
– Acordei.
Romeu ainda estava meio sonolento. Preferiu mijar sentado.
– É assustador quanto você dorme – disse Shaw.
No boxe de vidro fosco estava a maior barata que Romeu já tinha visto. Ela nem tentou correr. Só ficou parada ali, mexendo os bigodes.
Romeu voltou para a sala e disse:
– Isso está um forno. Tudo bem se eu ligar o ar-condicionado?
– Muito barulho. Espere eu terminar.
– Terminar o quê?
– De mudar nossas vidas.

Romeu colocou os jeans e o par de tênis. Foi até o Tercel e abriu o porta-malas, pegou uma camiseta de sua mochila. Vestiu-a ali no estacionamento, onde fazia um calor absurdo. Havia algum tipo de cheiro ruim no ar. Ele esperava que logo pudessem ir embora daquele lugar.

Procurou uma máquina de refrigerantes, que encontrou embaixo de uma escada de concreto. Estava procurando moedas quando apareceu uma garota, atrás de gelo. Tinha a testa grande e vestia uma camiseta com Jesus pregado na cruz. Deu um sorriso rápido e encheu seu balde. Ele se surpreendeu por ela não sentir medo.

– Ei, está sentindo esse cheiro? – ele perguntou.

– Estou – ela fungou. – É o que chamam de jasmim confederado.

– Não, estou falando do outro cheiro. Não sei, como se tivesse algo podre?

– Oh – ela cheirou de novo. – Talvez seja a fábrica de celulose.

– Achei que havia uma fossa comum ou algo assim.

– Não estou sentindo – ela respondeu. – Acho que já moro aqui há muito tempo.

– Há quanto tempo?

– Quatro meses.

– O que está escrito embaixo da sua cruz?

– Igreja do Jesus Triunfante.

– Essa é a sua igreja? Você a frequenta?

– Não é exatamente uma igreja para frequentar. É uma igreja missionária. De Missouri. Sou missionária.

– Você deveria ser minha missionária.

– Você quer dizer, *pregar* para você.

– Certo, mas desejo boa sorte.

Ela nem tentou ir. Eles continuaram conversando, mas não sobre Jesus. Falaram sobre o calor. Romeu disse como podia estar tão quente se ainda era maio? A garota disse que aqui o calor chegava antes. Romeu perguntou se era quente assim no Missouri. Ela respondeu que às vezes, e depois contou que o Missouri era um lugar muito chato. Ele contou como Piqua, Ohio, também era. Ela disse que Brunswick também era um lugar chato, mas não *tão* chato porque havia praias ali perto, apesar de não frequentá-las muito.

Estava encostada na máquina de gelo e fazia algo que parecia *sexy* para ele: chupava um pedaço de gelo. Seu nome era Tess. Ela o convidou para ir até o quarto dela e conhecer sua amiga.

Ele concordou. Conheceu sua amiga Megan e os três ficaram assistindo a uma reprise de *Gilmore Girls*.

As garotas tinham uma caixa de panfletos contando como o mundo estava nas últimas. Ele pegou um e tentou ler, mas ficou instantaneamente deprimido e com medo de que tudo já tivesse começado. Por isso colocou-o no bolso, para ler mais tarde. Então falou:

– Acho que vocês não bebem, ou bebem?

– Podemos beber quando não estamos pregando.

– Bom, então vocês vão pregar para mim em outro momento – disse Romeu e as garotas riram.

Ele perguntou se elas tinham namorados. Elas se entreolharam e riram mais.

– Tess teve um namorado – contou Megan. – Mas ele era um completo estúpido.

– Você conhece Arroyo? – perguntou Tess.

Ele deu de ombros:

– É alguém daqui? Não conheço ninguém.

– Ah, certo.

– Você sabe o que ele faz? – continuou Megan. – Ele faz suspensões de corpo. Tem uma oficina velha na 17, e um tipo de grua na parte de trás. Ele coloca uns ganchos em você e o pendura no ar.

– Ele coloca ganchos nas pessoas?

– Isso.

– Na pele?

– Isso.

– As pessoas *deixam* ele fazer isso?

– Não me pergunte o porquê – disse Megan, dando de ombros.

Mas Tess falou com orgulho:

– *Eu* deixei ele fazer isso.

– Sério? – disse Romeu. – E como foi?

– É difícil explicar – ela falou com um olhar distante.

– Fez com que você se sentisse perto de Deus? – ele insistiu.

– Não, fez com que eu sentisse que *era* Deus. Quando Ele estava na Cruz. E depois que termina? *Oh*. É tão bom. Como se *nada* pudesse dar errado.

– É, mas depois ele te deu um chute – lembrou Megan. – Porque é um estúpido.

Romeu gostou de ouvi-las. Nunca tinha conhecido missionárias antes. Ele as convidou para ir ao quarto dele para beber e, no caminho, foi atrás delas, tentando decidir qual era a mais bonita, para oferecê-la a Shaw. Mas não havia a mais bonita. Tess tinha essa testa estranha e Megan era baixinha e gordinha como um cone de trânsito, e nenhuma era atraente, a não ser que você fosse muito generoso. Shaw estava estranho. Ainda estava na internet quando eles entraram no quarto, ainda trabalhava naquele projeto misterioso. Parecia transtornado. Assentiu quando Romeu as apresentou, mas não falou nem as cumprimentou, e o olhar que dirigiu a Romeu queria dizer: *Qual é a dessas vagabundas?*

Romeu não gostou porque tinha trazido as garotas como presentes.

– São missionárias – contou. – De Missouri.
– Missionárias de quê? – perguntou Shaw.
– Vamos de porta em porta – contou Tess.
– Aqui?
– Isso.
Shaw olhou para elas.
– Vocês são missionárias em Brunswick, Geórgia?
– Isso.
– Estão espalhando o evangelho pelo *Cinturão da Bíblia*?
Ele sorriu e elas também. Sempre que Shaw dizia uma frase que ia direto ao fundo das coisas, seus lábios se levantavam de lado e ele podia ser charmoso e realmente engraçado, se não exagerasse.
Romeu preparou bebidas para todos. Bastante uísque. Ia se transformar em uma festa; ele estava animado. Mas aí Shaw se virou sem dizer uma palavra e voltou para o *laptop*, *click-click*. Foi muito estranho ouvir aquilo, então, depois de um minuto, Romeu e as garotas decidiram voltar para o quarto delas.
No entanto, quando estavam a ponto de sair, Shaw disse:
– Espera. Romeu, fique um segundo. Preciso perguntar uma coisa.
Romeu falou para as garotas que logo iria.
Era evidente que Shaw estava preparando algo. Sentia isso. O melhor seria dizer não, antes mesmo de Shaw falar qualquer coisa. Nem mesmo ouvir a proposta dele. Ir embora, para a farra com as garotas. Mas não fez isso. Sentou-se numa das camas do motel enquanto Shaw se sentava na outra, de frente para ele. Quando Shaw disse:
– Certo, ouça, preciso de você – Romeu assentiu.
– Para quê?
– Algo que só confio em você para fazer. Quero dizer, eu e você, somos os únicos seres vivos que podem fazer isso. Porque confiamos um no outro. Mas vai ser muito assustador e podemos terminar mortos, portanto, se não quiser fazer é só falar e eu entendo. Certo? Você volta para casa e para o suporte técnico. Mas eu vou fazer isso. E se quiser fazer comigo, quero dizer, se quiser *viver*, bem, *vamos* mudar o mundo.
– Do que você precisa? – perguntou Romeu, aterrorizado. As palavras saíram roucas, mas saíram.
– Não estou falando somente de mudar nossas vidas – disse Shaw. – Estou falando de mudar a porra do mundo.
– Do que você precisa, Shaw?
– Preciso que você assuma um papel. Como o que chamaria de *anjo da vingança*. Está pronto para isso?

Tara achou tudo incrível. A forma como seu pai tinha trabalhado para manter seu ar de indignação. A forma como Jase tinha fingido que estava realmente humilhado: fazendo-se de criancinha, enfiando a cabeça entre o ombro da mãe e o banco.

– Caleb *jurou* que não ia contar. Eu fiz ele *jurar*, pai.

– Mas você prometeu para nós, Jase. Deu sua palavra que ficaria de boca fechada. Lembra-se? Não ia contar a ninguém sobre a loteria. Ninguém.

– Então, me *desculpa*.

Não estava muito preocupado com sua travessura porque sabia que estava fora de perigo. Não ia ser punido *essa noite*. O sermão do pai era formal e pouco entusiasmado.

– Bom, agora eu sei que já se espalhou por toda a cidade. Espero que tenha aprendido algo. É um mundo complicado e vai ficar pior. Meta isso na cabeça; confie na sua família e na sua fé, em nada mais. Está me ouvindo?

– Já pedi *desculpas*.

– É melhor rezar para que nenhum repórter fique sabendo.

– Pai?

– O quê?

– Se comprarmos uma mansão na praia? Posso ter um *jet ski*?

Tara não conseguiu evitar o sorriso. Pobre pai, obrigado a gritar:

– ESTÁ PRESTANDO ATENÇÃO NO QUE ESTOU DIZENDO?

Claro que Jase começou a choramingar de novo, mas a mãe passou a mão em sua cabeça e murmurou:

– Oh, claro que você pode ter um *jet ski*.

– O que você está *falando* para ele?

– Pelo amor de Deus, Mitch. Vamos ser trilionários. Não vai ser um problema ter um *jet ski*.

Tara riu:

– Então, *eu* posso ter um *jet ski*? Posso ter um *jet ski* de ouro?

– Pode parar – disse o pai.

– Não me importa se o meu é feito de ouro – disse Jase. – Só quero que seja rápido.

– Isso, também quero um rápido – completou Tara. – Mas quero que seja de ouro. E anfíbio. Acho que é justo...

Jase caiu na armadilha.

– Se *ela* tiver um *jet ski* anfíbio, eu deveria ter...

– NINGUÉM VAI TER *JET SKI*! – gritou o pai.

Bateu a mão na cabeça e deu um suspiro:

– Ou, sei lá. Que droga. *Todos* vamos ter um *jet ski*.

Era uma coisa impressionante para Tara, ver toda sua família rindo ao mesmo tempo. Não conseguiria lembrar a última vez que isso tinha acontecido. Mais da mágica da loteria, mais dessas ondas de felicidade e liberdade.

A mãe foi para a cozinha preparar uma bebida e o pai começou a contar sobre esse financista que tinha conhecido hoje, um figurão de Sea Island e também um advogado de Atlanta; e o bilhete da loteria estava seguro numa caixa forte do banco, então isso estava garantido; e amanhã ele ia ver uma empresa de segurança para contratar guarda-costas porque eles precisariam, pelo menos nas primeiras semanas...

Ouviram a campainha.

– Oh, Senhor. Já? – disse o pai. – Se for um repórter. Eu juro, Jase, se *já* for um repórter...

Tara atendeu. Era um jovem: vinte e poucos anos, meio pálido, um pouco desalinhado, com uma jaqueta de cotelê que não lhe caía bem. Mas tinha um lindo sorriso e sabia o nome dela.

– Olá, Tara.

– Quem é você?

– Bill Rooney – ele disse. Mostrou sua identidade. – Comissão de Loteria da Geórgia. Seus pais estão?

O pai já estava bem atrás dela:

– Em que posso ser útil?

– Meu nome é Bill Rooney – a identidade mostrava, *William B. Rooney. Agente. Comissão de Loterias do Estado da Geórgia*. – Posso entrar?

O pai ficou nervoso:

– Achei que nós é que procuraríamos vocês. De todas as formas, como você... por que você pensa que *fomos nós* que ganhamos...

Rooney riu:

– Não tenho nada a ver com isso, sr. Boatwright. Só estou aqui para dar uns conselhos no caso de vocês serem os ganhadores, certo? Podemos conversar por um instante?

O pai ainda estava preocupado:

– Você se importa se eu ligar para o meu advogado primeiro?

– Bom, isso transformaria tudo numa visita *oficial*. E limitaria o que posso contar. Tudo que quero é apresentar algumas hipóteses à sua família. Vai demorar menos de dez minutos.

A mãe gritou do sofá:

– Ah, deixe-o entrar, Mitch. Não seja rude.

Finalmente, o pai deu de ombros:

– Está bem.

Ele deu um passo para o lado e deixou o visitante entrar. A mãe estava arrumando a sala.

– Sra. Boatwright? Meu nome é Bill Rooney e é um prazer conhecê-la.

– Bebe algo? – perguntou a mãe. – *Scotch*, gim e tônica? O que prefere?

– Nada, obrigado. Só queria dizer umas palavras a todos vocês.

– Todos?

Rooney assentiu. Virou-se e disse para Jase:

– Olá, rapaz. Você também precisa escutar isso.

Todos se sentaram. Rooney estava na poltrona do pai. Ele destravou a mala e tirou de dentro o que parecia uma pasta. Todos seus movimentos pareciam estudados, deliberados.

– Bom, o que quero falar com vocês – começou – tem a ver com isso. Preparem-se. Porque, porque toda a vida de vocês vai mudar. E essa mudança poderá ser uma fonte de grande prazer ou terrivelmente destrutiva.

Voz calma, mas fervorosa. Diferente dos burocratas que Tara tinha visto. *Terrivelmente destrutiva*? Estava doidão? E por que não? Se fosse esperto, e parecia ser, esse emprego devia ser uma merda e talvez fumar um fosse a única forma de aguentar. O pensamento fez com que sorrisse. Rooney percebeu e também sorriu para ela.

Ele se parecia, apesar de que só o queixo, com JCD Jr.

– Sr. Boatwright – continuou –, posso perguntar uma coisa? Quais são seus planos? Quero dizer, supondo que ganharam na loteria. Vai fechar sua empresa?

– Não, senhor. Gostaria de *expandir* minha empresa.

Rooney continuou a sorrir.

– É? Bem. Sei que você acha que deveria. Mas não vai. Perdoe-me. Não estou dizendo que é um mentiroso; estou só afirmando que uma noite vai ficar até tarde numa festa e na manhã seguinte vai pensar, que droga, vou dormir um pouco mais. Só dessa vez. E na manhã seguinte *vai* voltar ao trabalho, mas não conseguirá se concentrar. Porque estará pensando, bom, talvez, já que tenho todo o dinheiro do mundo, talvez manter uma empresa pequena de copiadoras em Jesus do Leste, Geórgia, não faz sentido.

O pai começou a protestar:

– Na verdade, não tenho certeza se é, hã, apropriado para você...

Rooney levantou uma mão, pedindo silêncio:

– Cedo ou tarde vai deixá-la e comprar uma casa no Havaí para pegar todo o sol que puder, o que vai ser ótimo, mas vai acabar se queimando muito e começar a se parecer com uma iguana. E vai tentar fazer amigos, mas em quem confiar, certo? Então não vai conhecer ninguém e ficará em casa e vai assistir à TV e se sentirá solitário e entediado até a merda do *esqueleto*...

– Senhor! – disse o pai. – Cuidado com as palavras...

– E vai se encher de comida por causa do desapontamento e da amargura. Bem-vindo ao maravilhoso mundo dos ganhadores da loteria. E o que estou contando, a todos vocês, é que só há *uma* forma de se salvar dessa vida horrível. E é usar essa riqueza que receberam para fazer algo bom. Estão entendendo? Fazer coisas boas pelo mundo. Demonstrar o amor. Aliviar o sofrimento. E que se dane a casa no Havaí. Para o inferno com os brinquedos caros e as...

– Agora basta! – disse o pai. Sua voz recuperando a força. – Não quero essa linguagem chula na minha casa!

Rooney nem olhou para ele.

– Calma, Mitch – disse. – Vou contar uma história. Sobre um cara que eu conheço. Esse cara, ele trabalha com suporte de tecnologia. As velhinhas, quando o programa de *bridge* não carrega, ele ensina como resolver. "Vá a Todos os Programas, clique nisso." "Vá até Adicionar ou Remover Programas, clique naquilo." Um emprego bem chato, um trabalho extenuante, mas, em todos esses anos, ele nunca desistiu. Nunca parou de sonhar. Porque sabe que há poderes que ele pode explorar. Sempre que olha para o mundo, pensa que pode ser um mundo cheio de belezas, que pode ser *extasiante*. Pensa: de alguma forma, vou encontrar o poder para trazer êxtase e beleza a esse mundo. Aí, um dia, ele está de férias. Indo para o Sul, pela primeira vez na vida. Está na I-95, pode ter tomado um pouco de anfetamina. Para numa loja de conveniência. Entra e descobre que naquela mesma loja foi vendido um bilhete de loteria premiado. O bilhete. E pensa: agora, aqui estou, tenho esse grande sonho. Tenho todo esse amor; quero levar bondade e virtude ao mundo. Mas nunca tive as ferramentas certas antes e aqui aparece a ferramenta na minha frente...

O pai levantou-se de repente. Estava com os punhos fechados.

– Saia da minha casa.

– O quê, agora?

– Vou ligar para a polícia. Saia já.

– Mitch, estou falando sobre o nosso futuro...

O pai tirou o celular do bolso e o abriu.

Mas Rooney enfiou a mão na pasta, tirou uma arma e disse:

– Coloque o fone na mesa.

A mãe soltou um grito.

Rooney encostou a arma na testa dela:

– DESLIGUE A PORRA DO TELEFONE!

O pai largou o telefone, que caiu no chão.

Jase estava chorando:

– MÃE! MÃE!

Mas Rooney o agarrou e puxou para perto, dizendo:

– Mais uma palavra e vou *matar* sua mamãe, mocinho. Bem na sua frente. Então, cala a boca.

Jase continuou com os soluços, mas conseguiu parar de chorar. Rooney o empurrou e Tara abraçou o menino.

– Certo – disse Rooney. – Todo mundo está prestando atenção?

Olhou para todos os rostos.

Abaixou a pistola. Inspirou fundo e depois disse:

– Certo, então. Toda a verdade. Meu nome verdadeiro é Shaw McBride. O que quero é a metade do que ganharam. Quando conseguir isso, vou embora. Se cooperarem e não fizerem nenhuma confusão, vou embora e vocês ficarão seguros, e felizes, e ainda ricos, mais do que imaginam.

Estava olhando direto para Tara. Como se fosse ela e não seus pais quem tomava as decisões nessa casa. Continuou:

– Você me entendeu?

Ela manteve os olhos baixos:

– Entendi.

– Vai fazer o que estou mandando?

– Vou.

Mas ele balançou a cabeça, cético:

– Não, você já está pensando num plano. Posso ver. Está pensando, como podemos avisar a polícia? Como vou conseguir mandar uma mensagem para a polícia vir nos resgatar e matar esse animal? Certo? Está bolando planos contra mim?

Ela continuou sem olhar para ele:

– Não.

– Você quer saber por que seu plano não vai funcionar?

Ela não sabia o que dizer. Finalmente, sussurrou:

– Certo.

Ele mandou:

– Jase. Apague todas as luzes.

Jase não se moveu.

– APAGUE TODA A MERDA DAS LUZES!

Jase, chorando, se levantou e apagou as luzes, depois os abajures. Só ficou um halo de luz da rua entrando pela janela.

Shaw McBride disse:

– Olhem lá para fora. Estão vendo?

Uma sombra, um traço. Embaixo da nogueira.

A mãe gemeu com medo.

Shaw continuou:

– Quero que você vá lá fora, Tara.

– Lá fora?

– Isso.

– Por quê?

– *Por quê?* Nunca volte a repetir "por que" para mim. Vá lá fora.

– Eu vou com você – disse o pai.

Mais uma vez Shaw colocou a arma no ouvido da mãe.

– Sente-se, Mitch. Só a Tara.

O pai pensou em resistir, mas achou melhor não. Voltou a se sentar. Shaw falou para Tara:

– Vá agora.

Ela se levantou e foi até a porta e a abriu. Saiu no jardim. A figura embaixo da árvore disse:

– Venha aqui.

Ela já não conseguia controlar a respiração. Pensou que ia perder a consciência. Tentou rezar, mas não conseguia lembrar as palavras.

Novamente o homem falou:

– Venha aqui.

E ela se encontrou com ele embaixo da árvore. Perto o suficiente para ver o rosto dele na escuridão. Infantil. Grandes olhos doces, dentuço.

Não tinha certeza, mas achou que ele poderia estar tremendo.

– Veja – ele disse. – Se fizer algo para nos atrapalhar, vou matar as pessoas que você ama.

Ele ficou em silêncio por um momento. Aí falou:

– Você acredita em mim?

– Acredito.

– Eu vou, prometo. Sua amiga Clio? Vou matá-la. Está ouvindo?

– Estou.

– Vou matar sua avó. É só... foda-se. E seu primo Alfred. E sua prima Vanessa e seu tio Shelby e toda sua família. Todos. Quando Shaw me mandar um sinal. Ou se eu ligar e ele não atender? Eu vou. Na ordem que eu escolher. Você não poderá me impedir. Acha que tenho medo? *Estou com* medo. Tudo que quero é ir embora daqui o mais rápido possível, ir para casa. Mas e daí? Vou fazer o que for preciso.

Ela assentiu.

– Por meu amigo – continuou. – Não pelo dinheiro. Por ele. Odeio tudo isso, mas não vou deixá-lo na mão.

Silêncio.

– Você não liga pro dinheiro também, não é, Tara?

– Não.

– Então. Depende de nós. Você e eu. Não Shaw, não seus pais, só nós. Está ouvindo o que estou dizendo?

– Estou.

Falou com uma voz triste, quase pedindo:

– Deem o que ele quer.

Romeu, duas horas depois, estava dirigindo à noite até a casa de Nell Boatwright, guiando-se pelo mapa que Shaw tinha feito. "Pontos de interesse" tinham sido marcados com estrelas e a casa de Nell estava na parte mais ao sul. Era uma parte velha e cheia de árvores da cidade. Quando chegou, estacionou do outro lado da rua e desligou o motor. Ela estava no quarto. Ele via o brilho da TV, os pés da cama, seu pé. Ficou esperando.

Logo depois ela se levantou (primeiro tirando com cuidado o gato que estava em cima dela), passou rápida pela frente da janela e se encaminhou para o que ele imaginou ser o banheiro. Não conseguiu ver seu rosto, mas gostou do jeito que andava. Ereta, apesar da idade. Havia outro gato no peitoril da janela do banheiro e Nell fez-lhe um carinho rápido. Aí desapareceu e Romeu só voltou a vê-la quando retornou ao quarto, pegou de novo o primeiro gato e se deitou.

Se Shaw mandasse uma mensagem: Agora, significaria que os Boatwrights tinham se rebelado e Romeu deveria entrar na casa e matá-la sem hesitação.

Ele ficou imaginando, teria coragem de fazer isso?

Falei a Shaw que conseguiria. Por que falei isso?

Ficou ali olhando até que a senhora desligou a TV e apagou as luzes.

Foi com o carro até a rodovia 17, a principal ligação norte-sul. Chegou ao bairro chamado Belle Point, onde tio Shelby e tia Miriam tinham um rancho e uma quadra de basquete e outra de *badminton*, além de um quintal grande que acompanhava o pântano. De acordo com Shaw, Shelby e Miriam tinham dois filhos. Numa emergência, Romeu deveria executar toda a família.

Ele foi para o sul pela 17. Colocou um CD de Cradle of Filth e deixou a música entorpecer seu cérebro. Aquele cheiro de crematório estava no ar. Era tão pesado que quase podia sentir na boca.

Em Island View, entrou e dirigiu até a casa de Clio, que ficava ao lado de um terreno vazio e tomado pelo mato. Ele desceu, saiu e fechou a porta, enfiando-se no meio das palmeiras. Era difícil, com tudo tão seco e quebradiço, evitar fazer muito barulho. Mas em toda a vizinhança os ares-condicionados estavam ligados. Ele duvidava que alguém o ouvisse, e, se o ouvissem, estava fazendo os mesmos barulhos que um cervo ou um cachorro, então quem iria se importar?

Entrou no jardim de Clio, indo para o fundo da casa. Videiras brancas e grama, uma janela com luz. Caminhou até ficar embaixo dela, espiou e viu Clio no quarto. Em sua mesa, no *laptop*. Era alta e magra. Tatuagens por todo o braço e aquela serpente prateada que deslizava até o rosto. Shaw tinha mostrado suas fotos no MySpace. Era como se Shaw estivesse perseguindo a menina, tentando deixá-lo excitado e chateado, sabendo que era desse tipo de garota que ele gostava. E agora aqui estava ela, em carne e osso, usando só camiseta e calcinha, sentada em cima da perna direita. Parecia se sentir segura. A noite entrava por sua janela. Tinha pôsteres de banda de rock na parede atrás dela: Arcade Fire, TV on the Radio e alguma banda chamada Drive Fast & Shut Your Eyes. Estava com fones de ouvido. Por um momento, enquanto pensava no que ia escrever, ela se abraçou e isso realçou o formato dos seios, e Romeu se sentiu ansioso só por olhar.

Você fez *dela* um "Ponto de Interesse"? Shaw, estava brincando? Como vou conseguir machucá-*la*?

Finalmente os pernilongos o afastaram. Ele voltou pelo mato, cheio de bichos. Era demais. Esse calor, essas tarefas, esses pernilongos voando ao redor de sua cabeça, Clio voando e aquela outra garota também: Tara. Que tinha ficado ali no escuro enquanto ele soltava suas ameaças, dizendo sim sim sim para ele, mas não cedendo nem um centímetro. Se não tivesse ficado com medo de mim, então estaríamos fodidos. Quando voltou para o carro, o cheiro voltou a suas narinas e o carro estava cheio de mosquitos, que ficaram voando ao redor da sua cabeça.

Ele voltou para a rodovia 17, mas não andou muito antes de ser obrigado a parar. Entrou no estacionamento de uma loja Rent-All, que estava iluminada por uma daquelas antigas lâmpadas de mercúrio. Abriu a porta e se inclinou para fora. Seu jantar acabou todo no chão. Ficou inclinado por um tempo, respirando o próprio vômito, pensando que talvez vomitasse de novo, mas a vontade não veio. Depois de um tempo, limpou a boca e continuou dirigindo. Encontrou um posto de gasolina chamado Happy Times e no banheiro fez gargarejo depois de escovar os dentes. Aí voltou para o carro. Sem parar. Precisava continuar a trabalhar. De acordo com o grande plano de Shaw, preciso continuar circulando com o carro o tempo todo.

Shaw acordou de um pesadelo com mil olhos. A casa cheia de inimigos, inimigos por toda parte. Seu coração batendo forte no peito.

Ele tateou na cama até encontrar sua Walther .32 automática e a agarrar. Sentou-se. Tentou ajustar os olhos à escuridão. Onde estou? Tem alguém aqui comigo. Alguém está respirando. Estou vendo. Uma presença maligna, brilhando. Devo atirar? Matá-lo antes que ele me mate?

Finalmente se lembrou: o menino.

Jase. Esse era o quarto de Jase e Shaw estava na cama de Jase enquanto o menino dormia numa cama de armar. Os Boatwright, o prêmio da loteria: lembrou-se de tudo.

Exceto pela respiração do menino, tudo estava silencioso.

Mas ele sabia que estavam acordados. Estavam apenas esperando uma chance.

Ah, Deus.

Qual o problema dele? Como pensou que poderia sobreviver a isso? Essa loucura? Agora não havia saída. As únicas eram a prisão ou a morte. Não tinha como recuar, nem correr. *Eu até dei nossos nomes reais.*

Ele olhou para o relógio no celular. Doze para as duas. Romeu deveria fazer um *check-in* em doze minutos. Mas, oh Cristo, ele dependia de Romeu? Este era o cúmplice? Se os policiais o pegassem, com certeza não aguentaria. Como tinha se metido nessa? Culpa daquela página do MySpace, por causa de Tara. Tara e toda sua família, tão ingênuos e de olhos arregalados, flexíveis e fracos: ela o tinha arrastado para isso; era culpa dela. Ele estava pensando em seus assuntos e a "inocência" deles o havia arrastado para isso. Oh, seus merdas.

O calor aumentou dentro de seu crânio até que todo o medo desapareceu e não havia nada, só fúria.

Ele respirou fundo. Esticou a mão, acendeu a luz e imediatamente o quarto se encheu de aviões de brinquedo e bonecos do Homem de Ferro que brilhavam no escuro. Atrás dos aviões de guerra, uma estátua de cerâmica de Jesus. Shaw ficou sentado ali, tentando se recuperar. Segurando a arma. Jase estava na outra cama fingindo dormir. Ele sabia que o menino estava acordado; claro que estava acordado: como todo mundo na casa, estava muito assustado. Todos estavam acordados. E Shaw não tinha problema com isso. *Vocês todos fiquem deitados aqui e sintam medo; pensem em Romeu e na doença de Romeu e no desejo de sangue de Romeu, enquanto eu aproveito essa energia e preparo todo o terreno. Vocês podem pensar em revidar, todos vocês. Vão em frente. Estou pronto para derramar sangue quando vocês quiserem.*

Mitch continuou ensaiando em sua cabeça o que faria se ouvisse qualquer som vindo do quarto de sua filha. E se Shaw tentasse entrar lá? Mitch não estava mais com seu revólver – Shaw McBride o havia confiscado –, mas ainda podia pular da cama, pegar o abridor de cartas na mesa e correr para o quarto dela, com sorte poderia atacá-lo antes que ele conseguisse mirar. Entrar devagar. Com o braço abaixado, com *toda* minha força e girar enfiando com força nele. Agarrar o braço que segurava a arma, com a mão esquerda e, com a direita, enfiar a faca e girar, enfiar e *girar*.

Ou deveria esperar?

Até quando? Até ele estar *no meio do ato de estuprar minha filha?*

Pode ser. Porque estaria mais vulnerável.

Mas e o *preço*?

E se ele colocá-la por cima, usá-la como escudo, manter a arma na mão e os olhos na porta enquanto fizer aquilo. Oh, meu Senhor Jesus.

Talvez eu devesse esperar até ele terminar? Até dormir depois de fazer aquilo?

Oh, meu Senhor. Como poderia *esperar*?

Ajude-me, meu Senhor. Guie-me.

Será que já dormiu agora? O bastardo parecia exausto quando se deitou. Deve ter dormido. Matá-lo enquanto dorme?

A pressa, o terror nos olhos de McBride, eu esfaqueando, a faca e me assegurando de enfiar a ponto de o sangue *voar* e me lembrando de segurar bem seguro, para que minha mão não escorregue mesmo com seu sangue em cima de mim e *esfaqueando* e *esfaqueando*, e o sangue *voando*, meu Deus.

Mas aí tem o outro cara. O cara na rua, o louco.

Deus meu, Deus meu, por que me desamparaste? Por que te alongas do meu auxílio e das palavras do meu bramido?

Perto dele, Patsy dormia. Incrível como ela conseguia dormir. Mas estava bastante bêbada. Sentia o ar saindo de seu nariz, quando expirava. Enquanto Mitch ficava ensaiando a corrida, várias vezes, mil vezes: a facada, o sangue, os pedaços que iria arrancar daquele filho da puta. Matá-lo a noite toda.

Shaw se levantou, foi até o banheiro e mijou. Deixou a porta um pouco aberta e, quando terminou, ficou ouvindo. O silêncio entrava pela porta. Achou que era um silêncio agressivo – rebelde. Deu a descarga, saiu e ficou parado na porta do quarto de Mitch e Patsy.

– Mitch? – falou baixinho.

Naturalmente, ninguém respondeu.

– Mitch, sei que está acordado. Diga algo antes que eu fique bravo.

Isso mereceu uma resposta baixa:

– O que foi?

– Só queria que você soubesse, Mitch, não vou violentar sua filha ou qualquer coisa assim, a menos que você esteja planejando me atacar. Você não está planejando nada, está?

– Não.

– Bom. Se estiver, vou violentá-la e depois cortar a língua dela, assim nunca vai poder dizer quanta vergonha sente de você, mas vai ver isso no rosto dela todo dia pelo resto da sua vida de merda. Mas, se cooperar comigo, vou tratá-la como uma princesa e nada vai acontecer com ela. Nem com você ou com outra pessoa que ama. Certo?

Depois de um tempo.

– Certo.

– Muito bom. Durma um pouco.

Shaw andou pela casa e saiu pela porta dos fundos, na noite sem vento. Ficou parado na varanda de madeira e esperou. Exatamente às duas da manhã, Romeu ligou.

– Ei, Romeu.

– Como me saí?

– Com Tara? Acho que foi muito bem. Ela está morrendo de medo.

Silêncio, aí Romeu falou:

– Me sinto um merda.

– Você deve mesmo se sentir assim. Deve ter todos os assassinatos planejados na cabeça. Como se estivesse pronto para entrar, como se estivesse esperando pelo sinal.

– Isso.

– Onde está agora?

– Andando de carro por Brunswick.

– Encontrou a casa de todo mundo, certo? Encontrou a avó?

– Encontrei.

– Clio? Tio Shelby?

– Encontrei. Mas ainda não sei o que devo fazer.

– Continue dirigindo. O que eu disse: se mandar uma mensagem, você vai matar quem estiver mais perto.

– Certo.

– Mas não pare, assim eles nunca saberão onde você está.

– Tudo bem.

– E, se não responder à ligação de controle, isso significa que devo estar morto. Você continua tentando por vinte minutos – aí começa a matar.

– Começando com qual?

– Não importa. O importante é que *você* saiba qual.

– Começo com Nell?

– Quem você quiser. Faça um plano, guarde-o na cabeça. Que seja concreto. Você precisa acreditar para que eles acreditem.

– Certo.

– Entendeu?

– Acho que sim.

– Se for verdade para você, será verdade para eles.

– Certo – disse Romeu.

Romeu, depois daquela ligação, sentiu dor de estômago. Não era fome, mas mesmo assim achou melhor comer algo. Pegou a I-95 e encontrou um Huddle House. A luz forte pareceu horrível para ele, mas era a única coisa aberta. Sentou-se assim que entrou. O menu brilhava tanto que quase não conseguia ver nada. Sentiu que estava chamando muita atenção. A garçonete se aproximou. Apesar de saber muito bem o que era polenta, achou que ela estava esperando a pergunta, então falou:

– Você poderia me dizer como é a polenta?

A garçonete deu de ombros:

– Branca.

Ele aprovou essa opacidade: achou que isso era bom. A hora, esse emprego, essa porcaria meio cheia de bêbados e marginais: por que ela deveria se abrir com alguém? Ele pediu a polenta com ovos mexidos e bacon. A mulher da mesa ao lado se virou e o olhou, dizendo:

– Polenta não é nada. O importante é como se passa a manteiga. Você está fazendo tanta confusão por causa da polenta, *deve* ser um *yankee*.

– Sou mesmo – ele respondeu.

– Eu sabia.

Ela se virou para o cara com quem estava sentada. Olhou para ele como se dissesse: *não falei*? E este concordou:

– Você estava certa, Wynetta.

Ela se voltou novamente para Romeu.

– Sou Wynetta. Ele é Lonnie.

– Legal. Sou Romeu.

Naturalmente, Lonnie achou que isso era engraçado. Sua risada era recortada. Wynetta fez com que parasse com um olhar frio, e perguntou a Romeu o que achava do concurso de Miss Condado de Glynn. Aquilo era ou não um travesti? Romeu disse que não sabia nada sobre o concurso. Wynetta mostrou a foto no *Brunswick News* e explicou tudo para ele: a traição, a recriminação, o bebê secreto, a bala perdida.

Mas Lonnie acabou ficando cansado de ser ignorado. Pagou seu café e foi embora, assim Wynetta acabou vindo sentar-se à mesa de Romeu.

Era uma mulher grande. Tinha pouco cabelo e uma boca que parecia uma ranhura de caixa de correio; não havia nada sexy nela, nem o cheiro, que era uma mistura de cebola, carne e gim. Quando seu lanche chegou, Romeu não conseguiu comê-lo. Mas provavelmente não teria comido de nenhum jeito, assim ficou feliz pela companhia, feliz de que Wynetta falasse sem parar. Isso o distraía de suas obrigações.

Depois de alguns minutos, a garçonete voltou e notou que o prato não tinha sido tocado.

– Não gostou da polenta?

– Gostei, estão ótimas, só não consegui comer. Poderia trazer a conta?

Ela murmurou:

– Não vai pagar se não comeu – e retirou o prato. Tinha ficado irritada, mas ele não podia fazer nada.

Wynetta tinha esquecido o que estava falando. Por um momento, ela e Romeu ficaram quietos, olhando um para o outro. Aí ela pensou em perguntar:

– Então, o que você está fazendo aqui?

Era uma pergunta difícil. Shaw tinha mandado ele responder uma coisa, mas não conseguia se lembrar. Tentou:

– Bom, estou com meu amigo.

– É?

Ela esperou.

– E, hã, estamos trabalhando. Meu amigo e eu.

– Trabalhando em quê?

– Bom, com seguros.

– Eu já vendi seguros – ela disse. – Para quem vocês trabalham?

– Não é um seguro normal.

Ela esperou.

– É difícil explicar – ele continuou. – É como, não sei. Como seguro *secundário*.

– O que é isso?

– Ah. Bem, é como se todas as pessoas que você adora estivessem ao ar livre durante uma tempestade? Quero dizer, poderíamos falar quais as chances de serem atingidas por um raio e quanto dinheiro você receberia se isso acontecesse. Mas isso é secundário porque não podemos *devolver* a vida de ninguém. Sabe?

– Preciso de uma bebida – ela disse. – Você me paga uma?

– Está bem.

Ela olhou a hora.

– Tudo está fechado, mas poderíamos ir ao Pigeon's em Sterling. Eles nos deixam entrar. É para lá que deveríamos ir.

No entanto, eles acabaram não indo lá.

Quando saíram do estacionamento do Huddle House, estava de volta todo o calor e ao lado estavam os restos de uma picape enfiada no meio da vegetação. Ouviram o apito de um trem ao longe. Era o Sul que Romeu tinha imaginado, exceto pelo próprio Huddle House, que se parecia com qualquer outro restaurante de beira de estrada.

Wynetta perguntou:

– Onde você está hospedado?

– Blackbeard's Motel.

– É uma merda, não é?

– Acho que sim.

– Mas tudo em Brunswick é uma merda, para dizer a verdade. Tenho um trailer em Balm-of-Gilead, se quiser ficar lá. É na verdade do meu pai, mas ele está no hospital.

– Por quê?

– Insuficiência cardíaca.

– Nossa.

– É.

Romeu achou que o trailer ia acabar sendo um pesadelo caipira, com baratas do tamanho de bois. Mesmo assim, teria mais privacidade do que no Blackbeard's Motel, e não faria nenhum mal dar uma olhada no lugar. Ele entrou no Tercel e a seguiu. Ela dirigia rápido e fez um monte de curvas, era difícil acompanhá-la, mas ao mesmo tempo era relaxante, como um videogame ruim. Deixou que ela o guiasse, para cá e para lá, sem fazer perguntas. Não se importaria se ela saísse da Geórgia.

Perguntava-se por que sempre dizia sim a Shaw.

Qual é o meu problema? Shaw diz que precisa de mim e eu respondo, está bem, à sua disposição. Por que não falei que não podia fazer isso?

Wynetta o levava por um bairro onde tudo estava construído com blocos de cimento cinza. Todas as casas pareciam usinas de tratamento de esgoto. As igrejas também. Continuou seguindo Wynetta da melhor forma possível e lembrou a primeira vez que Shaw tinha dito:

– Preciso da sua ajuda.

Eles tinham 12 anos. Shaw tinha vindo até a casa de Romeu, uma visita que Romeu descreveria como milagrosa. Estavam no quarto de Romeu quando Shaw disse, "preciso de sua ajuda", numa voz tão grossa e ressonante quanto a de um adulto, junto com aquele sorriso de lado. E Romeu ficou espantado, pasmo e sem resposta.

Certo, pensou. Mas agora deveria dizer para ele:

– Não sou bom nisso. Adoro você, mas peça para outra pessoa.

Por que não tinha falado isso? Qual é o meu *problema*?

Wynetta fez outra curva. A placa dizia Estrada Balm-of-Gilead. Romeu virou atrás dela e alguns minutos depois chegaram ao trailer. Ele parou atrás dela. Entraram juntos. Para sua surpresa, o lugar estava limpo e arrumado. Modelos de barco em madeira e nas paredes fotos da pequena Wynetta e sua mãe. Romeu perguntou:

– Essa é a sua mãe?

– É.

– E onde ela está?

– Morta.

Ela deu uma lata de cerveja para ele, ligou a TV e comeu uma lata de salsichas Vienna enquanto assistiam a um dos famosos infomerciais de Christy Brinkley. Aí ela subiu em cima dele. Não foi tão ruim. Pelo menos era enérgica e, para falar a verdade, apesar de estar bêbada, não era nojenta. Num momento, com o peso dela em cima dele e seu rosto no meio dos grandes peitos brancos, ele se imaginou preso entre o *Titanic* e o iceberg, e isso quase fez com que esquecesse onde estava.

Sexta-feira

Tara fez ovos mexidos pro safado, já que foi o que ele pediu. Quebrou a casca e bateu as gemas. De chinelo, ela se arrastou até a geladeira, e enquanto tirava o bacon, o leite e a manteiga, se perguntava com o que poderia envenená-lo. Havia uma lata de aerossol embaixo da pia. Mas ele sentiria o cheiro, não? Também algum tipo de coisa para baratas: Combat; não era um tipo de veneno para o sistema nervoso? Acho que não tinha cheiro nem sabor. Ela pensou na imagem de pequenos cristais brilhando. Quanto deveria colocar? Quanto, seu maldito, para fazer sua espinha quebrar? Talvez conseguisse mascarar o gosto com molho de pimenta? Ou talvez não. Ela não tinha ideia. E, de qualquer forma, mesmo se ele comesse, será que isso realmente o mataria? Talvez só o deixasse mal, com raiva e mais perigoso do que já era.

E se ele morresse, isso nos ajudaria? Seu amigo Romeu ainda estaria lá fora.

E Romeu poderia matar Nell. E depois disso...

Mas o que haveria depois disso?

Não posso bancar, ela falou para si mesma, essa raiva. Preciso manter a cabeça tranquila. Preparar os ovos e servir o suco e ficar de olho em todos os movimentos que ele fizer, cada gesto. Descobrir quem ele é. Pode ser que consiga descobrir como pegá-lo. Também ficar de olho na mãe, que ela não fique bebendo; também garantir que o pai não perca a cabeça. Manter todo mundo calmo e estabilizado.

O sol começou a aparecer através da grande porta de vidro deslizante. Ela fechou as cortinas.

A família comeu sem falar uma palavra. Quando terminaram, Shaw passou o guardanapo na boca com cuidado, limpou a garganta e disse:

– Certo. Está na hora de trabalhar na nossa história.

Todos olharam para ele.

– A minha ideia é: pneu furado. Eu estava na estrada e meu pneu furou. Aí, Mitch, você estava passando e me ajudou. Como um bom samaritano, certo? Levamos o pneu para aquela loja de conveniência para enchê-lo. Na volta, você se lembrou que deveria comprar bilhetes de loteria para sua esposa. E eu pedi para você comprar um para mim.

Ele esperou a reação deles. Mas não houve nenhuma. Bebeu um gole de café e ficou pensando. Balançou a cabeça.

– Não. Vocês têm razão. Parece falso.

Pensou mais um pouco.

– Mitch, você frequenta bares?

– Não bebo – disse o pai. – Patsy, sim. Às vezes.

Tara ficou olhando para Shaw. Ele estava mordendo o lábio inferior e os olhos cinza emitiam uma luz tormentosa. Disse:

– Poderia funcionar melhor se já nos conhecêssemos. Já esteve em Ohio?

O pai deu de ombros:

– Passei. Uma vez. A caminho de Chicago.

– Quando foi isso?

– Hum... 1985?

– Muito tempo. Por onde mais você passou?

– Bom. Eu fui até Columbus quando estava na Guarda. Estou falando de Columbus, Geórgia. Isso foi, bom, acho que 1991?

– Nada mais recente?

– Eles me levaram a Greenville uma vez, para fazer um treinamento.

– Onde fica Greenville?

– Carolina do Sul.

– Treinamento do quê?

– Copiadoras Mita.

– Quanto tempo você ficou lá?

– Não sei. Dois meses.

– Isso foi quando?

– Alguns anos atrás. 2003.

– Nenhum bar?

– Não, senhor.

– Bom, então – pressionou Shaw –, como eu posso tê-lo conhecido? Digamos, se eu estivesse somente passando por Greenville, Carolina do Sul?

O pai deu de ombros:

– Ficava no motel quando não estava treinando. Era só isso. Exceto pela igreja.

– Que igreja?

– Fé Renovadora. A mesma daqui.

– Então eu poderia ter ido até a igreja e encontrado com você ali?

– Poderia.

– Você diria que a igreja é acolhedora para estranhos?

– Ah, claro. Tínhamos um centro de crise ali. Sabe, para pessoas com problemas. Eu era voluntário. Acho que poderíamos nos ter conhecido ali...

– O que é um centro de crise?

– Hã. E se alguém tem tendências suicidas? Ou, sabe, se precisa falar com alguém, se está deprimido, ou se usa drogas, qualquer coisa. Ou qualquer tipo de problema e só precisa conversar.

– É só entrar?

– A maioria das pessoas liga.

– Mas é *possível* ir até lá?

– É.

– E quantas pessoas trabalham lá por vez?

– Bom, só uma, na maior parte do tempo. Ou dá para transferir as ligações para seu telefone particular. Mas eu não tinha telefone porque estava ficando num motel. Então ia lá. Domingos e segundas.

Os olhos de Shaw estavam incandescentes.

Ele esticou sua caneca e Tara a encheu de café. Sentou-se ali segurando a caneca perto dos lábios, mas sem beber. Tinha esquecido de beber. Estava perdido em seus pensamentos e começava a surgir um pequeno sorriso. Ela podia adivinhar que a história estava se formando em sua cabeça: o encontro de dois estranhos, uma ovelha perdida e um pastor caridoso. Ele começou a rir e o pai deve ter pensado que estava rindo da ideia de uma linha anticrises cristã, porque falou:

– Não, realmente chegamos a ajudar algumas pessoas, de verdade.

– Oh, Deus – disse Shaw. – Eu *sei* que sim. Sei que salvaram várias almas. Salvaram a minha.

Burris, o velho policial da cidade, estava no Trudy's Café na rua Newcastle, esperando na fila para o caixa. Rose Whittle estava bem atrás dele. Começaram a conversar e ela perguntou o que ele achava das notícias da loteria. Ele respondeu que não sabia sobre o que ela estava falando.

A mulher ficou espantada:

– Realmente não sabe? Os Boatwright ganharam a Max-Milhão.

Um longo momento de silêncio. Finalmente, ele perguntou:

– De qual Boatwright estamos falando?

– Mitch e Patsy.

– É uma piada?

– Não, senhor.

– De quanto era o prêmio?

– Enorme. Uns trezentos milhões. Mais.

– Rose. Diga a verdade.

– É a verdade. Bem, acho que é só um boato. Mas eu acredito.

Rose tinha uma faixa branca demoníaca em seu cabelo e unhas de vodu com uns três centímetros. E sabia tudo sobre todo mundo, não por causa do vodu, mas porque trabalhava com despachos na polícia de Brunswick. Se Rose acreditava num rumor, é porque devia ser sólido.

De forma estúpida, imprópria, Burris respondeu:

– Uau.

Aí tentou dar um pequeno sorriso. Expirou fundo e disse:

– Bem, isso é ótimo.

Pagou, procurando umas moedas no bolso e saiu para a rua, onde tudo estava branco, apagado e as emanações que saíam do asfalto estavam tão quentes que ele achou que poderiam arrancar o chapéu de sua cabeça. No caminho até seu carro, passou pelo chefe de polícia, que estava indo para o Trudy's com um par de comissários da cidade. O chefe era um cara jovem. Tinha muito cabelo. Fez um gesto imperceptível para Burris, depois murmurou algo para os comissários. Eles riram. Burris não conseguiu ouvir, mas deve ter sido: "Lá vai o Deppity Dawg" ou "Se não é o Deppity Dawg" ou algo do estilo. Por que o chefe o chamaria assim? Burris não tinha certeza. Há muito tempo já era seu apelido. Pode ser que tivesse a ver com seus muitos anos de trabalho policial. Ou seu pescoço gordo. Ou porque era um idiota divertido.

Ele cumprimentou o chefe.

Manter os ombros num ângulo reto. Entrar no carro, ligar e ir embora. Dar um show de degradação e puxar o carro dali. Dirigiu até seu esconderijo favorito na rodovia 17, perto de Spur, atrás de uma confusão de oleandros e acionou seu radar. Mas hoje seria um dia de sorte para quem gostava de correr em Brunswick, Geórgia, porque ele não estava olhando para os números. Todos os seus pensamentos estavam voltados para Nell Boatwright. Agora ele a perderia para sempre. Seu filho Mitch vai comprar uma mansão no sul da França e ela vai tomar chá com duquesas e jogar pôquer com Bea Arthur, que irá adorar seu sotaque e sua risada louca. Está perdida para mim. Acabou tudo. Já sou passado e não há nada que possa fazer.

Tara precisou levar Shaw de carro até a casa de Nell. Ela implorou para não obrigá-la a fazer isso.

– Não consigo mentir para a Nell. Ela vai saber que tem algo errado. Por favor.

Mas ele não ouviu.

– Preciso me encontrar com ela, cedo ou tarde. Por que não agora? – ele guardou o revólver no bolso de trás da calça e colocou sua jaqueta de veludo cotelê, entrando no Geo de Tara. Foram na direção da rua Norwich, que parecia fasciná-lo. Pediu para diminuir a velocidade, para poder olhar ao redor: o bar detonado e a loja de envio de dinheiro, os idosos sentados debaixo da árvore jogando dominó. Saíram então do bairro mexicano e entraram no bairro negro: lojas de pneus, o mercado do Marvin e uma igreja atrás da outra. Shaw leu os nomes em voz alta: "Ministério do Pescador dos Homens", "Instituto de Cura e Liberação com a Bíblia", "Igreja de Cristo dos Últimos Tempos".

– Jesus – falou, rindo. – Que grande cidade.

Ela dirigiu e achou melhor ficar quieta.

– Tara, você está preocupada? – perguntou.

– Estou.

– Não fique.

– Sei que ela vai acabar descobrindo.

– Não, eu te mataria na frente dela. Não seria tão ruim para você, mas para ela seria melhor que você nunca tivesse existido. Como se toda a vida dela fosse o acúmulo desse sofrimento e iria se arrepender todo minuto, de tudo que já fez, porque isso a levaria até o momento em que ia vê-la morrer. Desculpe ser tão bruto. Mas é preciso enganá-la. Você *precisa*. Então vai conseguir.

Shaw olhou para ela por um momento. Virou-se e olhou a cidade, pensando: o que *eu* preciso fazer é manter esse fogo aceso. Essa caldeira de chamas negras. Não ter medo de deixá-la queimar dentro de mim. Ser capaz de criar todo o horror. Medo se transforma em disciplina, que se transforma no mais profundo amor, e, se não mantiver o padrão alto para essas pessoas, a vida de todo mundo vai virar uma merda. Se eu for tímido ou indeciso, tudo vai para a merda. Para todos os lados envolvidos. Tudo está nos meus ombros agora.

Romeu acordou com o som de um carro do lado de fora do trailer de Wynetta. Cristo, o que é isso, um namorado? Ele foi até a janela. Na entrada, havia algum tipo de van oficial. Viu um homem negro de uniforme branco saindo. Não parecia ser algum namorado. Parecia que tinha vindo fazer alguma coisa.

Romeu empurrou Wynetta.

– Tem alguém aqui.

Ela murmurou algo e se virou.

Ele colocou os jeans. Pela janela, viu o negro baixar uma rampa do lado da van, depois viu surgir uma cadeira de rodas. Na cadeira, estava uma criança toda enfaixada: a criança mais estranha que Romeu já tinha visto. Magra e sem cabelo, vitoriana, parecia estar com tuberculose.

Romeu chacoalhou Wynetta de novo. Ela abriu um olho.

– Que foi, *merda*?

– Olá? – chamou o negro de fora. – Olá? Estou com o sr. Santos aqui.

Isso finalmente a acordou:

– O quê? Oh, meu Deus. Espera!

Pegou o sutiã do chão. Era quase uma armadura e ela demorou um tempo para conseguir prendê-lo. Aí lutou para colocar o *shorts* e a camiseta, depois abriu a porta.

O negro estava parado ali, com a criança nos braços.

– Papai! – ela gritou. – O que está fazendo aqui?

A criança falou com uma voz rouca:

– Não vou. Morrer. Naquele lugar.

De perto, Romeu pôde ver que não era uma criança, mas um velho murcho. O negro, evidentemente o enfermeiro, carregou-o até a cama e o deitou.

– Ele recebeu alta? – perguntou Wynetta.

– Marcus? Como eles dizem?

– CCM – disse o negro. – Contra o conselho médico.

– Esse sou – disse o velho. – Eu.

– Você precisa voltar, papai – disse Wynetta. – Eu preciso ir para Tifton hoje. Com Jesse.

– Certo. Tudo bem.

– Mas não posso deixá-lo aqui.

– Pode sim.

– Você está muito doente!

– Estou bem. Como. Um Violino. Exceto pela parte. Da morte – ele piscou o olho para Romeu. – Filho. Qual é o seu nome?

– Romeu.

– Meu é. Claude. Santos. Prazer. Em conhecê-lo.

Levantou a mão da cama e Romeu a segurou por um instante, depois se afastou quando o enfermeiro voltou com o equipamento intravenoso. O homem era muito hábil. Deslizou o dedo pelo punho de Claude até encontrar um ponto macio, depois enfiou a agulha do cateter. Claude nem piscou, aguentando tudo estoicamente. Nem repreendeu a filha pelo choro.

– Pai, o que vamos *fazer*? – perguntou.

– Que tal... Tênis? – ele respondeu, tranquilo.

– Por favor, papai. Seja *responsável*.

– Certo. Vou cortar. Madeira. Vou limpar. O rio.

Não tinha nenhum dente, mas o sorriso se abriu de orelha a orelha. Perguntou para Romeu:

– Esse é mesmo... Seu nome?

O inesperado olhar fixo fez Romeu corar.

– Bom, minha mãe já sabia que ótimo amante eu viria a ser.

– Ahá! É italiano?

– Meio. Sou polonês por parte de pai.

– Sou português – disse Claude.

Romeu sorriu.

– Meu avô. Veio para cá. Para pescar. Primeiro em Darien. Depois Brunswick. Ele tinha... Barcos para camarão. Ele e meus tios.

– Você trabalhou nos barcos?

– Ah, claro. Meu avô. Ficava parado. No porto. E dizia: *"Galo pequeno! Quem o ama? O pescador. Idoso. Ama-o!"*

– O que isso quer dizer?

Claude traduziu a frase para o inglês.

Wynetta reclamou:

– Papai, preciso levá-lo de volta ao hospital.

– Ele carregava uma agulha para rede. Feita de osso. No bolso.

– Você poderia repetir isso? – pediu Romeu.

– Repetir o quê?

– O que ele falava.

– Oh – Claude abaixou o queixo e se levantou nos cotovelos. – *Galo pequeno! Quem o ama? O pescador. Idoso. Ama-o!* – Era o fantasma de uma criança fazendo pose de galo. Romeu ficou emocionado com isso.

– Poderia repetir?

Mas Wynetta já estava cheia.

– Vou levá-lo de volta, papai.

– Não, não – disse Claude.

– Eu *preciso*.

– É aqui. Que vou morrer. Bem aqui.

Romeu viu que era hora de partir. Não tinha nada a ver com aquilo.

– Bom, acho que preciso ir. Muito prazer em conhecer. Os dois.

Saiu para o dia ensolarado, entrou no Tercel e foi embora. Foi quando o mau cheiro de Brunswick o pegou de jeito. Desapareceu, imediatamente, a frase "O velho marinheiro te ama". Ele se ajeitou no banco e colocou uma cara severa. Dirigiu de volta para a cidade sem prestar atenção em nada.

Tara serviu o vinho Madeira enquanto Nell mostrava a Shaw seus brinquedos: o cervo cantor, o peixe troféu, o girassol que se virava para a luz da janela e cantava "On the Sunny Side of the Street".

Shaw riu:

– Finalmente! A tecnologia produz algo útil! Onde você conseguiu esses, Nell?

– Bom, o cervo eu comprei no Wal-Mart. Fui até a Dollar, mas eles ainda não tinham. Você joga pôquer, meu jovem?

– Claro.

– Joga o de sete cartas? Ou só aquela porcaria da TV?

Ele sorriu:

– Acho que sei jogar o de sete cartas.

– Não gostamos desse Tédio Hold'em por aqui. Onde você vai com um *all-in* num par de noves e cruza os dedos e reza? Há mais habilidade no bingo. Mas, se gostar de *pôquer*, podemos jogar.

Tara bebeu seu vinho ainda parada ao lado da pia. Voltou a encher o copo e preparou sua cara. Lembre o quanto você a ama. Não pense em nada mais.

Trouxe os copos para a mesa. Shaw fez um brinde aos gatos. Nell disse os nomes deles e Shaw fez outro brinde. Aí olhou para Tara e esta contou sua primeira mentira:

– Shaw é um velho amigo do papai.

– O quê, querida? – Nell estava pegando o saco de moedas da prateleira com a porcelana. Trouxe tudo para a mesa.

– Disse que Shaw é um velho amigo do papai. Estava passando por aqui, ligou para o papai e os dois foram ao lugar que vende bilhetes de loteria juntos.

Nell pegou um punhado de moedas e começou a contá-las. Falou para Shaw:

– Gostamos de jogar com *dinheiro* de verdade. Fichas são para fracos. Vou te dar o equivalente a uns vinte dólares, está bom?

– Vovó – disse Tara. – Você não está ouvindo.

– Não estou? – ela continuou contando. – Desculpe. O que você estava dizendo?

– Estou dizendo que Shaw pagou por metade de nosso bilhete de loteria. No dia em que ganhamos.

– Oh. Então bem, por que ele não fica com metade do prêmio?

– Ele vai ficar. É o que estou tentando dizer. Está ouvindo?

Finalmente, Nell olhou para ela:

– O que você está falando?

Não abaixe os olhos.

– Shaw tem direito a metade de tudo.

Nell estreitou os olhos:

– Por que você não me disse isso antes?

– Porque o papai não tinha *nos* contado. Estava com medo que a mamãe ficasse doida.

– *Aposto* que ela ficou. Aposto que gritou até explodir.

– Bem. Gritou. Mas é justo.

Se for para salvar a vida dela, não é uma mentira de verdade.

– Bem – disse Nell. – Se sua mãe não está brava, eu estou. Você está me dizendo que somos somente *meio*-gazilionários? – virando-se para Shaw. – *Você* vai ficar com o resto?

– Perdão – ele disse.

– Seu moleque. Eu já *gastei* meio-gazilião. Ia comprar Brunswick, transformar toda a cidade no meu campo de golfe particular. Você gosta de golfe? Espere, você precisa ver meu urso polar.

O urso estava no alto da geladeira. Quando Nell ligou, ele girou um taco de golfe e cantou: "It Don't Mean a Thing If It Ain't Got That Swing". Shaw riu. Nell explodiu numa gargalhada. Aí embaralhou e deu as cartas.

– Vou ganhar tudo de volta – ela anunciou. – Tudo. Cada centavo roubado de nós. Quanto era mesmo?

Shaw tossiu e murmurou:

– Hum. Antes dos impostos? Algo como. Cento e cinquenta e nove milhões.

– Bom, prepare-se para perder.

Ela blefou de imediato. Tara tinha um ás descoberto e outro no buraco, então pagou as apostas de Nell durante duas outras rodadas e até tirou um terceiro ás. Mas, quando Nell apostou quarenta dólares, Tara pensou que tinha um *straight* e desistiu. Nell ganhou. Olhando para Tara de uma forma bastante crítica. Tara sabia que estava com problemas. Estava jogando de forma muito tímida. Estaria jogando assim para que Nell adivinhasse que havia algo errado?

Shaw disse:

– Vocês se importam se eu jogar um pouco também?

– De jeito nenhum – disse Nell. – Estou esperando por você. Cada centavo. – Colocou o baralho na mesa. – Sua vez.

Enquanto ele distribuía, começou a falar. Falava sobre as mãos durante o desenrolar do jogo.

– Valete, possível *straight*. Um par de oito. Oh, veja, tenho três cartas de ouro aparecendo. Meu *flush* está bem à vista. Bom, melhor apostar alto e esperar que vocês pensem que estou blefando.

Apostou cinco dólares e Nell desistiu, assim como Tara. Ele riu e tentou fazer a mesma coisa com a próxima rodada. Nell não caiu na dele e o venceu. Mas ele não desistiu. Em todas as rodadas, continuou falando e jogando. Tara conseguia ver o que ele estava fazendo. Estava tentando distrair a atenção de Nell, enquanto ela tentava recuperar o equilíbrio, impedindo que a avó descobrisse a verdade, da mesma forma que um passarinho afasta os predadores do ninho. Ele continuou rindo, fazendo gestos e discursando:

– Ninguém percebeu que tenho dois reis aqui? Tenho um reino comigo! Ninguém está ouvindo os poderosos cascos dos cavalos?

Perdeu vinte naquela mão.

Nell distribuiu na seguinte. Ele reclamou:

– Ei, me dá algumas *cartas*, por favor? Dê algo que não seja uma porcaria? Perdão pelo meu francês.

Nell, já no terceiro copo de vinho, falou:

– Você recebe o que merece! Está com o três de espadas!

Os dois começaram a latir, atacando-se e rindo. Tara tentou rir com eles, o que foi um pouco mais fácil depois do vinho. Começou a relaxar um pouco.

Aí Shaw se inclinou, fingindo tentar olhar as cartas dela e Tara gritou:

– Ei, seu safado! – e isso saiu um pouco alegre demais.

Ela percebeu que Nell estava olhando os dois. Vendo a química.

Como se pudesse existir algum romance.

E Tara percebeu que tinha encontrado o disfarce perfeito. Se fosse doce com Shaw isso explicaria tudo. O nervosismo, o sorriso forçado, a timidez no jogo. Tudo poderia ser explicado por uma nova e repentina paixão. Assim, na próxima rodada, quando Shaw estava a ponto de apostar, Tara deu um tapinha na mão dele e avisou:

– Vai com calma, caubói – fingindo que tinha sido uma desculpa para tocá-lo e Nell percebeu isso. E sorriu.

Algumas rodadas depois, Nell foi até os fundos para alimentar os gatos e Shaw disse, baixinho:

– Tara. Você é incrível. É perfeita. Vai conseguir salvar todos eles – disse sorrindo.

Um sentimento cresceu dentro dela. Se não fosse orgulho, então não saberia dizer o que era. Tudo desapareceu num instante, vaporizado pelo asco. Mas havia estado ali por um instante.

Nell voltou, sentou-se e disse:

– Dê as cartas! Vamos!

E agora Tara aumentou as apostas. Colocou trinta dólares na mesa numa mão que parecia muito boa. Shaw gritou:

– Você não tem nada! – e aumentou a aposta, mas com uma espécie de confiança maníaca. Tara aproximou o rosto e disse:

– Tenho um exército de escorpiões – e voltou a aumentar: cem dólares.

Shaw desistiu. Nell gritou entusiasmada. Shaw propôs um brinde aos *cojones* de Tara e todos viraram o copo.

Romeu estava estacionado na rua Egmont, na frente da casa de Nell. O banco estava inclinado, por isso ele não via muita coisa, só a cozinha. Os três estavam se divertindo lá dentro. Jogando cartas, bebendo e rindo muito. Enquanto isso, no Tercel, ele estava sentado em silêncio, cozinhando no calor. Por duas horas, sem se mover, exceto para espantar umas moscas do rosto e limpar o suor da testa. Finalmente o alarme em seu telefone tocou. Hora de fazer o controle. Apertou o número 7. Viu Shaw pedir licença, sair da mesa da cozinha e ir até a pequena entrada, colocando o telefone no ouvido.

– Você está sendo vigiado – disse Romeu. E pôde ver, mesmo daquela distância, como Shaw não gostava disso.

Shaw procurou pela rua até ver o Tercel.

– O que está fazendo aqui? É perigoso ficar tão perto de mim! Por que não está patrulhando?

– Não posso.

– Por que não?

– O fedor desta cidade está me matando.

– Que fedor?

– Dizem que é uma fábrica de celulose. Mas, para mim, parece que tem um monte de gente morta. Acho que estas casas e apartamentos estão cheios de gente morta. Se não estão mortos, como é que as ruas estão tão vazias? Por que Brunswick fede tanto?

– Me parece um cheiro normal – disse Shaw.

– Acho que você está muito bêbado para sentir o cheiro.

– Não estou bêbado.

– Ah, merda – disse Romeu. – Eu estou *vendo* você beber. O que foi, está tentando seduzi-las? É o que parece. Toda a bebida, o jogo e o flerte.

– Estou tentando deixá-las cômodas.

– Certo. Bom plano. Você vai ser o charmoso, eu, o monstro.

Romeu não sabia de onde tinha saído aquilo. Falta de sono, provavelmente. Mas Shaw ficou olhando por um bom tempo. Quarenta metros entre eles, mas ainda podia sentir que Shaw estava olhando bem nos seus olhos. Finalmente, ele disse, com a voz suave:

– Ouça, Romeu, sei como isso é duro para você. O que está fazendo é muito solitário e estou impressionado como está tudo bem. Mas você precisa saber que estou *com* você. Sabe? Estou com você a cada segundo. Tudo que precisamos fazer é ir até o fim; aí colocamos nosso dinheiro no banco e nos aposentamos e passamos a vida nos divertindo, certo? Sabe o que quero fazer? Quero ir para Trinidad como planejamos e, quando chegarmos lá, vamos abrir um hospital para os pobres, certo? Ou um orfanato ou algo assim. Estou falando sério. Só espalhar a porra do amor para onde formos. E beber cubas-libres e ter uma grande piscina e trepar com todas as enfermeiras bonitas e aproveitar a vida, mas uma coisa eu prometo: nunca vou me esquecer da sua coragem aqui nesta semana. Entendeu?

– Acho que sim.

– Falei que precisava e você estava lá. E tudo que aconteceu desde então foi fruto da sua coragem. Nunca vou esquecer isso. Certo?

– Claro. Quero dizer, não precisa falar isso.

– Está tudo bem?

– Está.

– Só precisamos terminar com isso.

Depois que Shaw entrou, Romeu deu outra volta pela cidade. Pegou a rodovia 17 até a casa de Clio. Até Belle Point, onde viviam Shelby e Miriam com os filhos. Depois até Chapel Crossing na avenida Altama, Poinsettia Circle, Vanessa e Henry.

Falei que precisava e você estava lá.

Na quinta série, em Ohio, Romeu tinha ouvido falar desses meninos que tinham ido até a ponte Vandemark e com um canivete suíço marcaram a letra D no peito e esfregaram pólvora na ferida para que a marca nunca apagasse. Ninguém sabia o que queria dizer a letra D. Romeu não era amigo de nenhum deles. Só sabia que queria entrar no clube.

Durante todo o ano escolar, ficou obcecado com isso. Ter a marca. Ter amigos de sangue que morreriam por ele. E saber que faria o mesmo por eles. Um dia, estava na rua Hardy, indo a pé para casa, e viu o líder do clube, sozinho, vindo em sua direção. Romeu reuniu toda a coragem e o parou:

– Shaw?

O cara olhou para ele:

– Sim? – ele não tinha ideia de quem era Romeu. – O que foi?

Isso aconteceu em frente ao Wendy's (naquele tempo ainda havia um Wendy's na esquina de Hardy e Pine). Era outubro e o vento estava carregando folhas amareladas.

Fale logo, pensou Romeu. Mas não conseguiu:

– Nada.

Shaw começou a se afastar.

– Espere. Quero entrar. Posso entrar no seu clube?

– Que clube? – disse Shaw, se virando. – Quem é você?

– Seu clube. Seria um bom membro.

– Não existe nenhum clube – disse Shaw. – E, se existisse, por que iríamos querer você?

Romeu não tinha resposta. Não pensou em nada, só ficou rezando para não chorar na frente de Shaw McBride.

Shaw foi embora.

Uma semana depois, mais ou menos, Romeu estava andando pela rua Adams depois da escola e Shaw estava esperando por ele.

– Então, digamos que *haja* um clube. O que você faria para entrar?

– Qualquer coisa.

– *Qualquer coisa*? Por quê?

– Não sei – respondeu Romeu.

– Isso é bem... foda – disse Shaw e foi embora de novo.

No dia seguinte, quando Romeu subia a rua Adams, Shaw e outros caras estavam lá esperando. Chamaram Romeu, que ficou com medo, mas se aproximou.

– Venha conosco – disseram.

Levaram o menino até a ponte Vandemark, para sua iniciação.

Que consistia nisso: ele precisava cagar numa caixa de papelão e esfregar a merda na cara como se fosse pintura de guerra. Depois pular no rio e ficar embaixo da água por trinta segundos. Aí, entraria no clube.

Romeu fez essas coisas. Esfregou a própria merda no rosto e pulou na água gelada, ficando lá por meio minuto e saindo sem ar. Os meninos haviam desaparecido. Suas roupas tinham sido jogadas na água. Ele nadou até elas, resgatou-as da correnteza e se arrastou até a margem. Torceu-as e vestiu-se. Mas sabia que eles estavam escondidos por ali, espiando e não chorou enquanto subia na ponte.

No dia seguinte, foi a primeira vez na escola que ninguém o chamou de "Por que és tu, Romeu". Em vez disso, todos o chamaram de Cara de Merda. Todos menos Shaw – ele não o chamou de Cara de Merda. Shaw não falou nada, como se ele não existisse.

Romeu passou os meses seguintes pensando em formas de se matar. Mas nunca chorou em público, nunca reclamou nem denunciou ninguém. Aguentou seu novo apelido e a interminável passagem de tempo até que um dia, em dezembro, sua mãe entrou em seu quarto e disse:

– Um amigo seu está aqui.

E era Shaw.

A mãe ficou fazendo festa, oferecendo bolachas e limonada, deixando Romeu mortificado. Finalmente ela foi embora e Shaw disse:

– Ei, desculpe por ter sido tão babaca lá embaixo da ponte. Toda aquela merda que fizemos, não foi ideia minha.

– Tudo bem – Romeu deu de ombros.

– Porque você foi um bom soldado em relação a tudo aquilo.

Romeu tentou não mostrar nenhuma emoção.

Aí Shaw disse:

– Preciso de sua ajuda. Você vai me ajudar?

Tinha havido algum tipo de golpe de Estado no clube. Shaw tinha sido deposto. Romeu falou que ajudaria como pudesse e foi com Shaw até o Hollow Park. Eles se esconderam no meio de uns arbustos esperando pelo líder dos amotinados. Shaw ficou perfeitamente parado e paciente. Não se moveu por horas. Romeu estava congelando. Uma vez tentou sussurrar algo, mas Shaw só levantou a mão. Esperaram. Finalmente, quando já estava quase escuro, o líder passou e Shaw fez um sinal para Romeu, saiu do meio dos arbustos e começou a brigar com o cara. Ficou chamando:

– Romeu, me ajuda! – mas Romeu estava com medo e não conseguia se mover.

Mas aí o cara deu uma chave de braço e Shaw gritou de dor – e algo mudou em Romeu, nesse momento. Ele pulou em cima do menino, os punhos voando pelos ares; era feroz; era um ciclone. Parecia que tinha saído do corpo: que estava vendo a si mesmo de longe. E Shaw segurou o cara para que Romeu pudesse continuar batendo e chutando. O cara estava sangrando e pedindo misericórdia, mas Romeu só parou quando Shaw o segurou.

– Jesus! – disse Shaw. – O que você tem, tá louco?

Mas Shaw estava rindo ao falar isso. Ele se virou para o menino e exigiu:

– Certo, ajoelhe-se e peça meu perdão ou meu amigo vai te matar bem aqui.

O menino fez isso. Foi o golpe final. Shaw recuperou seu poder. A gangue voltou ao normal.

E Romeu garantiu sua participação no clube. Dessa vez, os ritos foram de verdade. Na presença de todos os membros, incluindo o golpista machucado, Romeu cortou um D no próprio peito. O nome secreto do clube era Os Devoradores, contou Shaw, lembrando que seria morto se alguma vez revelasse esse segredo. Depois de se cortar, com o sangue escorrendo, Romeu teve de esfregar pólvora na ferida, o que queimou como ferro quente. A dor foi aniquiladora, mas mesmo assim, tinha sido, de longe, o melhor momento da sua vida.

Patsy se sentia destruída.

Sua filha ainda estava fora com aquele maldito. *The Real Housewives of Orange County* estava passando na TV, um monte de mulheres grasnando e ela não entendia nada. Seu marido estava na mesinha "imperial" falsa no canto, estudando as Escrituras, estudando tanto que era possível ver as gotas de suor caindo da testa no Livro Sagrado. Enquanto isso, Jase continuava se vingando em seu videogame, com o monte de gritos que isso produzia. E quando Patsy não aguentou mais nada disso, se levantou, foi até o quarto e fechou a porta, deitando-se na cama com o *laptop*.

Por um momento, tentou jogar *Tetris* na internet. Mas não conseguia se concentrar.

Do lado de fora, estava escurecendo rapidamente. Uma tempestade estava vindo. Onde estava Tara? Por que não tinham voltado ainda? Minha menininha.

Com aquele demônio, minha garotinha!

Se conseguisse encontrar alguma forma de não pensar nisso.

Foi até o Google. Na caixa de buscas, digitou:

mansões

Pensou por um momento. Aí acrescentou

malibu

Era errado fazer isso, ela sabia. Aqui estavam todos em perigo – não só ela, Mitch e as crianças, mas seu irmão Shelby também, e sua sogra, e outros; quem sabe quais amigos e parentes aquele monstro tinha escolhido? E Tara estava com um deles naquele minuto! O que estava errado com ela, que, num momento como esse, só conseguia pensar em imóveis na Califórnia?

Mas essas *eram* casas lindas. E essa busca era somente para ajudar a aguentar o terror. Permitia que pensasse que momentos melhores viriam. Quando tudo isso terminasse. Com os valores das propriedades no chão, havia muitas barganhas. Podia cair sobre elas como uma ave de rapina e encontrar a melhor.

Ela passeou pelas listas.

O que encontrou, no entanto, foi desanimador. Tudo era caro demais.

Por exemplo, aqui havia uma casa de cinco quartos com garagem para dois carros e "acesso à praia a poucos metros". Moderna, teto alto, muitos vidros. Mas o preço era de dezoito milhões.

Dezoito milhões?

O mercado não estava *no fundo do poço*? Como poderiam pedir dezoito milhões e não estava nem perto do mar? Dezoito milhões e ela precisaria *pedir uma carona para ir até a maldita praia*? Por algum caminho cheio de turistas? Caminhando com Mitch e suas sandálias roxas, e Whoopi e Barbara e Sting olhando para ela e rindo, ha ha, olhem esses fedidos na areia!

Sem chance, pensou Patsy. Não vou ser a palhaça de Whoopi. Essa fracassada que nunca mais fez um filme engraçado, *me* humilhando?

Bem. Ela procurou um pouco mais e finalmente encontrou uma propriedade bem na praia. Logo acima de um ponto de *surf* e tinha pelo menos um quarto a mais do que tinham agora, muito bom – eles poderiam ter um convidado de vez em quando. E o lugar tinha sido desenhado por algum bom arquiteto. Mas parecia uma casinha. Como um posto de praia melhorado. Veja isso! Apertada entre vizinhos dos dois lados e o preço é de 22,500 milhões!

Vinte e dois vírgula cinco *milhões*? Por uma barraquinha de cachorro-quente com quatro dormitórios?

Estão brincando?

Ou aqui – um terreno vazio com dois acres. Bem na praia, mas com a Pacific Coast Highway passando bem atrás, e o que é esse prédio que parece uma fábrica do outro lado da rua? Será uma loja? E eles querem dezenove milhões? Por dois acres de areia?

Estava começando a perceber que não tinha todo o dinheiro do mundo.

Queria que não tivesse começado com isso.

Ela se perguntou quanto dinheiro realmente tinha. Começando com esse monte de desconto, o que significava que os supostos trezentos e dezoito milhões eram uma mentira, para começar. Depois, os impostos, subtraindo os cinquenta por cento de Shaw, o que sobrava? Menos de sessenta e cinco milhões. E ela deveria gastar metade disso num patético barzinho na praia?

Claro, ela não *tinha* de viver em Malibu. Se não se importasse de viver longe da praia, em algum lugar nas montanhas, talvez pudesse encontrar algo realmente legal por vinte milhões. Se não se importasse de ter dentistas e advogados como vizinhos. Em vez de Mel, Goldie e Matthew McConaughey.

Certo, então é isso; vou viver onde Judas perdeu as botas.

Mas, é claro, independente disso, teria de redecorar. Isso, ela sabia, custaria outros cinco milhões, no mínimo. Agora tinha ficado com uns trinta milhões, os juros que isso renderia... dois milhões por ano? Um milhão e meio depois dos impostos? Já podia sentir que a vida estava ficando apertada. E o mordomo? E um *chef*, jardineiro, as empregadas e a segurança? Tudo isso custa uns dois milhões por ano, no mínimo. E ela não exigia o iate mais bonito do mundo, mas, se quisesse se divertir no oceano, significaria ter um barco de meio milhão, pelo menos, e Deus sabe quanto de tripulação. E roupa não é algo barato. E escolas particulares, clubes, spas e uma babá...

Ela se levantou e foi até a cozinha preparar um gim-tônica. Com pouco gim porque era cedo. Achou que poderia tomar um gole, já que tudo isso era muito triste. Por um instante, tinha sido verdadeiramente rica. Por um instante. Antes de aquele bastardo entrar em suas vidas. Se não fosse por ele, ela teria o dobro agora. Cento e vinte milhões, e sim, poderia gastar muito mais. Uma casa bonita, de quarenta milhões ou mais, numa cidade à beira do mar, onde poderia receber Nancy Reagan para tomar chá e ter colheres de prata para usar. E poderia ter doado alguns trocados numa das campanhas de caridade de Nancy, para fazê-la sorrir.

– Oh, querida, quase me esqueci. Uma coisinha para as células-tronco.

Nancy respondendo:

– Oh! *Queria* que Ronnie estivesse aqui agora.

Um rápido abraço, muito gentil, claro, e a pobre viúva choraria baixinho nos braços de Patsy.

Ela podia ter um cavalo de corrida! E um pequeno avião para viajar até Lexington, para vê-lo correr. Seria ótimo. E ontem, ela tinha tudo isso! Essa tinha sido sua vida!

A fúria corria por seu sangue. Tomou o gim de um gole só e se levantou para preparar outro. Malditos bastardos! Vão queimar no inferno! E iriam mesmo, pensou. Porque se tentarem escapar de Brunswick para gozar o dinheiro, ela mandaria o FBI atrás deles, como um enxame de abelhas. O FBI faria tantos buracos neles que suas mães não os reconheceriam.

Romeu estava começando a se sentir um pouco melhor. Até pensou que poderia comer algo, por isso foi até o *drive-thru* do Burger King em Altama. Mas, quando olhou para o grande cartaz com o menu, percebeu que não estava se sentindo *tão* bem. Ele acabaria vomitando todos os itens. Preferiu ir embora – passou direto pela janela dos pedidos, com a garota ali olhando feio para ele, como se entrar no *drive-thru* sem fazer um pedido fosse o pior crime contra a humanidade. Virou à esquerda e pegou a Habersham até Poinsettia Circle, para a casa de Vanessa e Henry.

Vanessa era a sobrinha de Nell. Era uma artista que pintava quadros com paisagens marinhas, isso Romeu sabia por causa do seu *site*, no qual havia uma foto dela usando algum tipo de linda blusa sul-americana. Seu marido, Henry, era negro e elegante, trabalhava para o Condado de Glynn com algo envolvendo jovens delinquentes. Romeu estacionou em frente à linda casinha deles e esperou; depois de um tempo, Henry saiu usando uma jaqueta, entrou no carro e foi embora.

Romeu foi para o outro lado. Em direção ao centro.

Certo. Poderia fazer desse jeito. Bater à porta da cozinha. Vanessa atende, digo que sou da Sociedade Protetora dos Animais. Ela vai ser simpática e, assim que abrir a porta, levanto a pistola e dou-lhe um tiro no rosto. Certo? Talvez não morra na hora, vai gritar e o sangue voará da sua cabeça. Não posso fazer isso.

Ele passou pela casa de Alfred e depois pela de Nell, voltando para a rua Gloucester. Virou à direita. O limite de velocidade era 40 km/h. Ele não o ultrapassou. Queria ir até mais lento; andar na velocidade de uma bicicleta ou de um entregador de leite. Mas isso chamaria muita atenção. Então andou exatamente no limite e a cidade sepulcral passou devagar ao lado do carro. Quando cruzou a rua Lee e viu uma loja que vendia Mapas Antigos, Armas de Fogo e Espadas, parou.

Como um assassino de sangue-frio, um anjo vingador ou um servo sombrio, ou algo do gênero, ele deveria ficar excitado com um lugar como esse.

O proprietário da loja tinha uma cara que parecia uma daquelas antenas de satélite. Parecia estar recebendo sinais naquele momento. Deixou

Romeu caminhar sozinho pelas mercadorias, olhando as facas, passeando pelas fileiras de balas. Tudo parecia frio, duro, repelente. Mas havia um item que chamou sua atenção: um sabre de cavalaria quebrado, pendurado na parede. Ele gostou *porque* estava quebrado. Tinha um ar de nobreza caída. Estudou-o de longe, até que o proprietário surgiu do espaço sideral e disse:

– Guerra revolucionária. Francês, aço Solingen, mas tem a dupla águia americana. Acho que Lafayette pode ter trazido para cá ou um de seus homens. Quer ver?

– Por favor.

O proprietário a pegou e deixou que Romeu a segurasse.

– Quanto custa? – perguntou Romeu.

– Bom, se não estivesse quebrada, dez mil. Pelo menos. Mas, do jeito que está, trezentos e oitenta. Incluindo a bainha.

Seria mais fácil matar com isso do que com a .22? Oh, muito mais. Um toque de *glamour* descontraído, pensou... Isso poderia lhe dar mais confiança. Assim como saber que o momento da verdade não seria tão distante e vazio. Isso poderia ajudar. Então, se ainda não tivesse detonado seu Mastercard...

O cartão foi aceito.

Romeu levou a espada até o Tercel e a ajeitou, entre jornais e camisetas, no porta-malas.

Continuou dirigindo. Mas dessa vez o mau cheiro voltou mais rápido, mais forte e ele percebeu algo: estava aqui. Nesse carro. Não na cidade, não no ar; mas *nesse carro*. Não havia nenhum cheiro ruim naquela loja de antiguidades. Estava ou no carro ou em sua cabeça. Cruzou a rodovia 17 e parou num pequeno parque ao lado do pântano. Estava sozinho ali. Saiu e se distanciou do Tercel. Seguiu um caminho de madeira e ficou ali parado, olhando as gaivotas. Uma fraca brisa quente batia em seu rosto. Respirou fundo.

Não tinha nada fedido aqui. Havia um cheiro de lodo, uma certa salinidade. Era tudo.

Mas, quando voltou ao Tercel, o fedor entrou de novo em suas narinas.

Ele abriu a porta, se abaixou e cheirou embaixo dos bancos. Copos de café, recibos de pedágio, papel de embrulho do Subway. Uns mapas antigos de *Cincinnati incluindo o sudoeste de Ohio*. Mas nada que pudesse gerar esse tipo de cheiro.

Ficou ali agachado, tentando pensar o que poderia ser.

Levantou-se e deu a volta no carro. Cheirando em todas as partes. Abaixou-se e cheirou de novo.

Deitou no chão. Agora estava na sombra do Tercel, mas o asfalto estava quente como um forno.

Olhou embaixo do carro, na frente e atrás.

Bem em cima da cabeça dele, como se estivesse olhando para Romeu, havia um animal, preso na roda. Não dava para saber de que espécie. Os gases da decomposição tinham expandido os olhos para fora da órbita, o que dava um olhar de fúria, de um ódio preso esperando para ser liberado. As patas dianteiras estavam levantadas: as garras para fora, prontas para matar. Oh, Jesus, e Shaw achava que isso nos daria *sorte*. Mas todo esse tempo, estava andando conosco, irradiando ressentimento, fedor e putrefação. Quem sabe como conseguiu ficar preso aí? Deve ter pulado no momento errado ou a roda pode ter batido e enganchado em algo. E provavelmente deve ter sobrevivido por um tempo. Talvez tenha sobrevivido por toda a viagem, todo o caminho até aqui, a Geórgia, vendo a autoestrada passando por baixo, as linhas brancas intermitentes, o desenredar de tudo que havia importado para ele.

Tentou olhar firme para os olhos do animal, mas o cheiro era asfixiante. Estava cheio de vermes e pedaços de cascalho solto espetavam suas costas. Já era suficiente. Ele deslizou e ficou deitado sob o sol, tentando respirar.

Dirigiu até um lava-carros automático logo depois de Altama Conector. Usou a mangueira comprida para tirar a criatura da roda. A maior parte da carcaça caiu no concreto em um único pedaço, com um barulho suave. Um lado do animal era côncavo e perfeitamente liso; talvez, em algum momento, tivesse encostado na roda. Ele empurrou o bicho até colocá-lo dentro de um saco plástico de lixo que amarrou, depois usou a mangueira para limpar os restos e, como já estava mesmo ali, decidiu lavar o resto do Tercel – limpá-lo todo, por dentro e por fora. Com sabão e cera quente, finalmente passando o aspirador. No final do trabalho, o carro ainda parecia uma lancheira velha e amassada, mas agora era uma lancheira velha e amassada brilhante.

Foi até a Ace e comprou uma pá portátil, deu uma volta de carro, procurando um bom lugar para enterrar sua pobre alma, algum lugar com uma visão clara do pântano, das estrelas e da Lua.

Burris, o velho policial, finalmente desistiu. Tinha tentado evitar o desejo o dia todo, mas afinal se entregou e passou em frente à casa de Nell, para dar uma olhada nela.

Olhou pela janela de sua cozinha e lá estava ela, alimentando os gatos. Parecia tão tranquila que pensou que talvez ela não fosse deixar Brunswick, afinal. Apesar do prêmio. Realmente, pensando bem, por que iria? Toda sua vida está aqui. Não vai deixar tudo e ir dançar na França, não se parece com ela.

O que o levou a um pensamento surpreendente e feliz. Pode ser que o prêmio até trabalhasse a seu favor. Porque, quando os farsantes e os carniceiros começassem a aparecer, ela apreciaria o único cara que sempre se preocupou com ela. O cara em quem ela podia confiar. E, assim, o dinheiro que ela tinha ganhado ou não, a posição dele no departamento de polícia, ou se era meio lento ou não, ou careca ou gordo: tudo isso não importaria muito, não é mesmo?

Se Nell pudesse ouvir o que o próprio coração dela estava falando.

Na rodovia 17, virou para o norte. Seguindo sua rota anti-horária ao redor da cidade. Uma nuvem escondeu o sol, ele olhou para cima e viu várias nuvens negras vindo do oeste. A sombra delas passando pelo pântano. Pensou: "Bem, poderia ser bom um pouco de chuva". Pegou a direita na estrada de Riverside, que era comprida e atravessava o pântano indo em direção ao enclave de casas ricas. Alguns dos comissários da cidade viviam ali, então não era preciso patrulhar muito.

Um Toyota Tercel marrom estava estacionado na grama: 91 ou 92. A placa era de Ohio. O motorista, um homem branco, estava tirando um saco de lixo negro do porta-malas.

Burris parou atrás. O motorista tinha o cabelo escuro, um pouco alto. Tinha uma postura um pouco submissa. Mas o rosto era amigável.

Burris falou pelo rádio:

– Aqui 43, na escuta?

Rose, parecendo de saco cheio como sempre, provavelmente pintando as unhas, respondeu:

– Vá em frente, 43.

– Descendo em Riverside, depois da primeira curva. Dê um 29 num Tercel 91 ou 92, Ohio placa JBX-681?

O motorista estava esperando pacientemente, segurando aquele saco. Burris não sentiu a necessidade de esperar a resposta sobre a placa, assim, saiu da viatura e se aproximou do homem, dizendo:

– Boa tarde.

– Boa tarde.

– Posso perguntar o que tem aí dentro?

– Um animal que encontrei.

– Um animal vivo?

– Não. Eu o encontrei preso na minha roda. Quero enterrá-lo.

– Senhor, posso ver sua carteira e o seguro do carro?

O motorista tirou sua carteira e a entregou. Nome engraçado. Burris ficou olhando enquanto o cara foi até o porta-luvas e pegou o cartão do seguro. Quando voltou, Burris perguntou:

– Senhor, como se pronuncia seu sobrenome?

– Zu-DER-ko.

– Primeiro nome, Romeu?

– Mamãe sabia como eu seria um bom amante.

Parecia uma piada, apesar de Burris não ter entendido.

– E seu endereço atual é Piqua, Ohio?

– Isso.

– E o que o trouxe a Brunswick?

– Hum. Férias.

Burris levou os documentos para a viatura e chamou Rose de novo, que disse que o Tercel estava registrado no nome de Zderko. Ele tinha rodado uma 27 na OLN. Não tinha aparecido nada. Nenhum mandado. Tudo bem. Ele devolveu os papéis para Zderko e disse:

– Senhor, posso ver o animal?

– Claro. Mas vai ser, bem, quando eu abrir este saco, o cheiro vai ser forte, certo? Só estou avisando.

– Vou tentar estar pronto.

– Está bem, então.

Zderko desfez o nó.

Burris olhou dentro e viu uma massa de pele, cartilagem e ossos. O cheiro foi como um tapa na cara e seus olhos se encheram de lágrimas.

– Uau.

– É mesmo.

– Já está *podre*.

– E eu tive de conviver com isso.

– Pode fechar agora.

Zderko amarrou o saco.

Burris perguntou:

– Há quanto tempo está morto?

– Umas quarenta e oito horas. Hoje é o quê, sexta? Bem, quarta à noite. Eu estava vindo da Carolina do Norte. E bati nessa coisa, que deve ter ficado presa na roda, não sei como, mas só percebi há pouco.

– Estou vendo.

– Mas eu sentia o cheiro, sabe? Quero dizer, meu Deus. É muito rápido, não?

– O quê?

– Como as coisas apodrecem.

– Sim, senhor.

– Mas não sabia o que estava cheirando até que olhei ali embaixo.

– Está planejando enterrá-lo, senhor?

– Uh-huh.

– Onde?

– Não sei. Aqui, acho.

– Não é uma boa ideia.

– É ilegal?

– A não ser que consiga permissão do dono.

– Quem é o dono?

– Hercules, Incorporated. Aquela grande indústria química no caminho.

– Oh. Certo. Então o que posso fazer com essa coisa?

– Bem.

Era uma boa pergunta.

Zderko pressionou:

– Quer dizer, você está dizendo que eu poderia jogá-la fora, que estaria tudo bem, mas é contra a lei tentar tratá-la com alguma dignidade?

Burris refletiu sobre isso:

– Não, senhor. Não estou dizendo que você não pode tratá-la com dignidade. Pode tratá-la com toda a dignidade que quiser e tudo bem, mas não pode entrar aqui, porque essa terra pertence à Hercules, Incorporated.

Um bando de corvos passou voando, fugindo da tempestade.

– Não tenho dinheiro para comprar um terreno no cemitério.

– Entendo.

– Estava tentando fazer o que é certo com esse animal.

– Estou vendo.

– É uma droga que ele tenha sido carregado até aqui, onde é um completo estranho, longe de sua casa e agora eu vou acabar jogando-o no lixo ou algo assim. Sabe?

Foi então que Burris falou algo que deixou a si mesmo surpreso:

– Senhor, está vendo aquele poste com um pedaço de fita amarela? Tudo que está depois daquele poste pertence à cidade de Brunswick. Não estou dizendo que você pode enterrar algo ali. *Estou* dizendo que, independente do que fizer, não deixe a bolsa de plástico jogada por aí – olhando para o céu, completou. – E é melhor correr. Entendeu, senhor?

– Sim, senhor. Obrigado, senhor.

– Certo.

Era diferente de tudo que Burris tinha feito antes na vida. Era como se dissesse: realmente não dou a mínima para o que você fizer com esse saco de carne podre, desde que faça quando eu não estiver aqui.

Voltou para sua viatura e foi embora. Feliz de não ter agido ao pé da letra da lei. Se o necessário era um pouco de tolerância, um pouco de compreensão, por que não agir assim? Fez com que se perguntasse se já tinha encontrado o segredo para ser um policial de sucesso. Misericórdia, pode ser que eu tenha. Quarenta anos atrasado, no entanto.

Mitch estava lendo os Salmos:

Já os meus olhos estão consumidos pela mágoa, e têm-se envelhecido por causa de todos os meus inimigos. Por que está ao longe, SENHOR? Por que te escondes nos tempos de angústia?

Ele ouviu Patsy chorando na cozinha. Pensou em ir confortá-la, mas o ritmo de seu choro mostrava que ela estava bêbada e, afinal, o que ele poderia dizer? O inferno tinha caído sobre suas vidas.

Olha para meus inimigos, pois se vão multiplicando e me odeiam com ódio cruel.

Ele pensou, precisamos enfrentá-lo. Agora. Agora é o momento de chamar a polícia. O bastardo é tão arrogante e vaidoso que acha que vou ficar sentado aqui enquanto ele vai a um jogo de pôquer com minha filha e minha mãe, enquanto ameaça a vida da minha família, enquanto rouba metade da minha fortuna? Oh, Senhor. Seria tão fácil agarrá-lo. Uma ligação. Ligar para aquele velho policial Burris Jones que frequenta nossa igreja. Ou talvez Burris não fosse a melhor escolha já que ele parece ser um pouco lento, sonhador e triste, mas *qualquer* policial. Só contar toda a história. Contar que eles devem agarrar Shaw logo depois de uma das chamadas de controle. Então, teriam muito tempo para procurar esse "Romeu". Provavelmente seu carro tenha placa de Ohio, então será fácil encontrar. Mas, mesmo se não conseguirem, podem colocar toda a minha família e amigos sob proteção de 24 horas, assim, o que o cara poderia fazer conosco?

Deus meu, faze-os como um tufão, como a aresta diante do vento. Como o fogo que queima um bosque, e como a chama que incendeia as brenhas, assim os persegue com a tua tempestade, e os assombra com o teu torvelinho.

Não que eles fossem realizar aquelas ameaças de qualquer forma. Era tudo um blefe. Tudo isso era causado por dois moleques espertalhões que achavam que tinham encontrado um pote de ouro, exceto que não eram profissionais e não sabiam no que tinham se metido. Quando Mitch os enfrentasse, o vento estaria a seu favor.

Sejam como a moinha perante o vento; o anjo do SENHOR os faça fugir. Seja o seu caminho tenebroso e escorregadio, e o anjo do SENHOR os persiga.

Ele ouviu o som de um carro parando do lado de fora. Um minuto depois, Shaw e Tara entraram, fazendo barulho. Estavam bêbados. Shaw falou:

– Pegamos um táxi. Ninguém estava em condições de dirigir. Deus. Mitch, sua mãe nos depenou. Não foi, Tara?

– Ela *te* depenou – disse Tara.

E Mitch pensou ter detectado um tom de flerte nela. Oh, Deus. Minha filha está *flertando* com ele? Filho da puta.

Oh Deus, quebra-lhes os dentes nas suas bocas; arranca, SENHOR, os queixais aos filhos dos leões.

Tara foi até a cozinha ver sua mãe. Enquanto isso, Shaw se aproximou da mesa:

– O que você tem aí, Mitch?

– Nada.

– Lendo as Escrituras? Estou impressionado. Ei, os caras da loteria ligaram? Já marcaram uma entrevista coletiva à imprensa?

– Amanhã. Onze horas.

– Deus. Ótimo. Precisa ser um estouro.

O bastardo continuou ali, enquanto Mitch lia:

Consome-os na tua indignação, consome-os, para que não existam, e para que saibam que Deus reina em Jacó até os fins da terra.

Tara voltou da cozinha.

– A mamãe quer saber: você quer vinho tinto ou branco com o jantar?

Shaw riu:

– Diga à sua mãe que ela não vai me embebedar. Esse é o clássico erro dos ladrões de segunda.

– Parece que você já o cometeu.

– Oh, então tudo bem, se o cavalo já saiu do estábulo, vou tomar tinto – ele sorriu e perguntou para Mitch. – Ei, contei que sua mãe nos *limpou*?

Mitch assentiu.

– É a edição do rei James, certo? Você prefere essa edição?

– Acho que sim – respondeu Mitch dando de ombros.

– Por quê?

– É só a que eu sempre usei.

– Sei o que você quer dizer – disse Shaw. – O mesmo comigo, gosto do modo antigo. Toda a beleza está na tradição.

Mas tu, SENHOR, não te alongues de mim. Força minha, apressa-te em socorrer-me.

Romeu só teve tempo de chutar algumas conchas e cobrir a carcaça antes de começar a chover. Grossas gotas que o perseguiram até o Tercel. Sentou-se no banco do motorista e a tempestade começou forte ao seu redor. Raios por todos os lados. Ele tocou Worms of Wisdom, que tomou conta do carro enquanto os trovões faziam barulho do lado de fora. Os para-brisas funcionavam como remos e ele parecia estar flutuando. Pegou a rodovia 25 até Cap'n D's. Parou no estacionamento e mudou de camisa. Abaixou o vidro, colocou as mãos para fora e pegou um pouco de água da chuva, que jogou na cara. Pegou seu barbeador do porta-luvas e fez a barba. Não havia sabão e a única luz vinha dos raios, mas, quando olhou seu trabalho no espelho retrovisor, achou que estava bastante bem.

Assim que a tempestade diminuiu um pouco, ele correu até a porta do restaurante. Jantou um linguado recheado e ostras fritas, que estavam deliciosas. Assim que terminou de comer, pensou que, se Shaw tinha falado que o esquema estava indo bem, talvez estivesse. Ele *é* um visionário. Parece entender bem esses caras. É verdade que a audácia geralmente funciona. Talvez eu nem tenha de matar ninguém.

Depois de sua refeição, dirigiu até o shopping e comprou uma camiseta para sua mãe. Ela queria uma da Flórida, mas agora parecia improvável que chegassem lá, então comprou uma que dizia *As Ilhas Douradas da Geórgia*. Tinha uma palmeira, um ouriço do mar e um pirata. Em seguida, foi para a Hermann's Candle Shoppe e comprou um presente para Claude. Aí foi para Camelot Music e comprou um álbum da banda Drive Fast & Shut Your Eyes, só para descobrir de que tipo de música Clio gostava. Acabou sendo toda uma xaropada harmoniosa. Ele tocou o CD enquanto dava outra volta pela cidade. Não aguentou, mas deixou tocar inteiro, enquanto visitava, uma a uma, as estações de sua patrulha.

Eu deveria *tentar* gostar dessa coisa nojenta.

Shaw adoraria.

Depois da chuva, o ar ainda estava tomado pelos cheiros da terra. A luz tinha uma cor dourada instável e havia um chapéu de palha caído no meio da estrada. Ele decidiu passar pelo Motel Blackbeard e ver se as garotas missionárias queriam sair. Podia levá-las para beber no St. Simon's Island. Pode ser até que as convide para jantar, pensou. Já que agora era um milionário.

Bem aí, por um golpe de sorte, cruzou com o pequeno Miata de Clio indo para o outro lado. Viu a menina sentada atrás do volante, com aquele último raio de sol no cabelo: a coisa mais adorável que já tinha presenciado.

Clio entrou na rua Norwich para ir até a loja de tatuagem do Shambol, mas ele estava com outro cliente, assim, teve de ficar esperando na entrada. Sentou-se olhando os anéis, narguilés e kits antidrogas, pensando na traição de Tara. Clio tinha deixado três mensagens de voz, dois SMSs e enviado um par de *e-mails*, mas só tinha recebido o silêncio como resposta. Tara já havia escolhido. E sua escolha fora o adeus. Sua ex-melhor amiga poderia *desaparecer* que Tara não estava nem aí. Morrer, arrastar-se até a esquina e morrer.

Mas será que ela realmente me descartou? *Tara*? Acho que não. Ela só está me ignorando. Só está ocupada, pelo amor de Deus. Ela me ama. Só preciso ser paciente, não paranoica e louca...

Foi então que um cara estranho entrou na loja.

Shambol saiu e falou que precisaria esperar, e o cara respondeu que tudo bem. Ele se sentou. Tinha grandes olhos, como um animal noturno. Sentou-se ali, olhando para tudo, menos para Clio – evitava olhar para ela. Finalmente, no entanto, ela o ouviu respirar fundo e dizer:

– Oi.

Oh, Deus. Por favor, não tente conversar comigo.

Mais uma vez.

– Oi.

Todo nervoso e entusiasmado. Não lhe dê atenção.

– Vai fazer uma tatuagem? – ele perguntou.

Que pergunta mais estúpida.

– Vou fazer uma também – ele continuou. – Qual tatuagem você quer?

– Sabe o quê, não estou a fim de conversar.

– Oh, está bem.

Mas, dez segundos depois, ele voltou à carga:

– A minha vai ser aqui. Bem acima do tornozelo. Quero escrever: *What's the damage?*

Demorou um minuto para cair a ficha.

Ela se virou:

– Você disse *What's the damage?*

– Uh-huh.

– Está falando da música?

– Isso – ele respondeu. – Você conhece?

– A música do The Drive Fast & Shut Your Eyes?

Ele sorriu e recitou:

– *What's the damage? What's the cost?*

Ela respondeu:

– "Is there anything I haven't lost?"

Ele riu:

– Você conhece nossa música?

– *Nossa* música?

– Sou o gerente de turnês deles.

– Você é o gerente de turnê do Drive Fast & Shut Your Eyes?

– Uh-huh. Apesar de que o Truck está muito babaca ultimamente e eu, provavelmente, não continue por muito tempo.

– Você conhece o *Truck*?

– Bem, sabe, não somos *tão* famosos – ele falou e deu de ombros.

– Vocês são *o máximo*. Eu fui ver o concerto de vocês em Savannah!

– É mesmo?

– Cara! Foi legal pra caralho!

– Legal – ele disse.

Mas aí ele se levantou, foi até o balcão e começou a folhear uma revista *Prick*, olhando as tatuagens. Como se tivesse terminado com ela. Clio achou que podia ter exagerado na demonstração de amor pela banda. Será que tinha assustado o cara? Quando ele disse "legal", estava tirando um sarro da cara dela? Esse cara era amigo do Truck Martin e ela tinha agido de forma estranha com ele. Que estúpida!

Mas aí ele voltou:

– Ei, sabe qual foi a inspiração para essa frase: *What's the damage?*

Ela fez não com a cabeça.

– Foi quando estávamos em Tallahassee num bar, tipo, ou algo assim, e começamos a jogar copos, pratos e a quebrar as coisas, ai, meu Deus, e a garçonete veio e falou, tipo, ah, que merda! Tipo, parecia que tinha caído uma bomba ali. E Truck falou tipo: "Quanto foi o estrago?"

Clio sorriu:

– Você estava lá?

– Tipo, se você está vivo, *vão* existir estragos.

– Isso é verdade – ela concordou.

Eles ficaram quietos, até que ela perguntou:

– Qual é o seu nome?

– Romeu.

Ela sorriu.

– Mamãe sabia que eu seria um ótimo amante – ele completou, mas girou os olhos para mostrar que sabia que essa frase era brega. Ela pensou que nenhum cara em Brunswick *nunca* se chamaria Romeu.

– Então, vai me contar? – ele perguntou.

– Contar o quê?

– Que tatuagem vai fazer?

– Oh – ela disse. – O número trinta.

– Por que trinta?

– Porque minha melhor amiga está me vendendo por tipo umas trinta moedas de prata.

Ele ficou olhando para ela. Mas agora ela não ligava. Agora ela se permitiu olhar para ele, e viu que os olhos dele estavam cheios de compaixão e perdão. E daí que me veja chorando? Qual é o problema de contar minhas vergonhas e meus segredos para um total estranho, por que não? Preciso conversar com alguém.

Romeu ouviu apaixonadamente Clio lhe contar toda a história: como Tara a havia abandonado agora que era tão rica, como não atendia suas ligações, como tinha se sentido perdida. Isso deixou Romeu triste. Queria dizer algo reconfortante. Mas, como ele e Shaw eram a fonte do sofrimento dela, confortá-la seria meio absurdo, não? Acabou não dizendo nada, só ouvindo.

De repente, um cara fortão entrou, um ciclista com tranças na barba e sem camisa. No peito, um mural de tatuagens representando a saga de Lynyrd Skynyrd. No ombro esquerdo, o sacana professor de ginástica que deu nome à banda; ao redor do peito direito, o terrível acidente de avião. Resulta que o cara conhecia Clio dos tempos em que ela era garçonete no Southern Soul Barbeque na ilha. Começou a falar sobre algo chamado Semana da Bicicleta, contando todos os seus problemas, e Romeu pensando por que você não cala a boca, não dá para ver pelo que ela está passando? Por que não cala a boca e coloca sua maldita camiseta? Mas ele continuou falando até que finalmente ela se levantou e disse:

– Preciso ir. Acho que não quero mais aquela tatuagem.

Lutando para não chorar. Ela disse para Romeu:

– Ei, me liga, tá? – e escreveu seu telefone num papel e foi para seu carro.

O cara do Lynyrd Skynyrd ficou olhando para ela e assobiou baixinho, dizendo:

– *Hummm*. Olha que bunda deliciosa. – Virou-se então para Romeu e perguntou: – Vai fazer uma tatuagem?

Que pergunta estúpida, pensou Romeu. Levantou-se de repente e saiu atrás de Clio, mas ela já tinha ido embora.

Tinha o número dela. E podia ligar agora. Mas pensou melhor e achou que era muito cedo. Poderia parecer estranho. *Seria* estranho. Ligar para ela. Enquanto estava fazendo isso com a família de sua melhor amiga? Não.

Voltou para o Tercel, mas não sabia para onde ir. A noção de fazer a patrulha agora parecia absurda. Então foi para o Motel Blackbeard, procurando as garotas missionárias. Mas o velho com olhos maldosos na recepção disse que elas tinham ido embora. Então, ele preferiu dar uma volta por ali até encontrar um bar: o Oleander Inn perto do shopping. Chato como a morte. A decoração de uma sala de espera de aeroporto. Três grandes TVs de tela plana, sem som, nenhuma das três. Os clientes pareciam viajantes perdidos, mas eram, na verdade, pessoas dali. Quando um deles se levantou para sair, os outros disseram: "A gente se vê, Lloyd" e "Cuide-se, Lloyd" ou "Até a próxima, Lloyd". E depois voltaram a seus estados de coma.

Romeu foi embora. Foi para a estrada Balm-of-Gilead, para visitar Wynetta e o velho Claude. No entanto, a caminhonete de Wynetta não estava lá. Será que tinha levado o pai de volta para o hospital?

Será que ele *já* tinha morrido? Merda, pensou Romeu, espero que não esteja morto.

Aí percebeu que a TV estava ligada.

Foi até a porta e bateu. Ouviu um "entra".

Abriu a porta. Claude estava deitado ali, nu como um pinto.

– Minha filha. Não está. Aqui.

– Oh, tudo bem. Onde ela está?

Algo parecido com um mexer de ombros.

– Você está bem, Claude?

– Nunca estive. Melhor.

Os olhos de Claude não estavam muito conectados entre si. Onde um ia, o outro seguia, mas em ritmos separados.

– Entre – ele disse. – Qual é? O seu nome mesmo?

– Romeu.

– Oh. Como pude? Esquecer? Estou vendo TV. Pode pegar. Uma cerveja.

Romeu pegou uma PBR da geladeira e sentou-se na cadeira estilo motel ao lado da cama. Claude estava assistindo a um episódio de *The Honeymooners* e Romeu ficou assistindo com ele. Demorou um tempo para se concentrar, mas depois achou que era o melhor programa que já tinha visto. A história girava ao redor da compra de um aspirador de pó. Ralph Kramden tinha comprado um de segunda mão para sua esposa Alice e, é claro, ele logo quebrou. Seu amigo Norton ofereceu-se para consertá-lo. *Realmente* consertou, mas ele começou a funcionar tão de repente que quase arrancou a língua de Ralph. Romeu não conseguia se lembrar da última vez que tinha rido tanto. A parte da língua era hilária, mas a coisa mais engraçada, e a mais triste, era a vergonha que Ralph sentiu por comprar um aspirador de pó de segunda mão para sua esposa.

Claude também gostava do programa, mas sua risada surgia num ofegar lento. Durante os comerciais, ele levantou seus olhos para as fotos de sua esposa na parede.

Romeu perguntou:

– Precisa mudar a bolsa?

– Oh. Não. Se preocupe.

Não era problema. Romeu tinha cuidado de seu pai quando o velho teve câncer nos testículos. Conectar a nova bolsa de morfina à cânula intravenosa só demorou um minuto. Juntos, eles continuaram assistindo ao final do programa. Uma eleição no Raccon Lodge: Ralph estava concorrendo, mas perdeu por um voto. Tinha certeza de que havia sido a deslealdade de

Norton que afundara sua candidatura, mas estava errado: Norton fora fiel até o fim. Quando ele revelou isso para Ralph, Claude e Romeu pararam de rir. Estavam à beira das lágrimas. Lealdade, lealdade em relação a um amigo frente à adversidade: isso era algo grande.

Começaram a passar os créditos. Claude disse que já tinha visto muita TV e Romeu a desligou.

Sentado em silêncio, ouvindo a respiração do velho.

Então Romeu perguntou:

– Você está mesmo morrendo?

– É o que eles. Me disseram.

– Sente dor?

Deu um sorriso fraco.

– Bom. Deixe essa bolsa. Cheia.

– Quer uma cerveja?

– Não posso. Engolir muito bem. Mas você. Pegue outra.

– Água?

– Bom. Só Para. Molhar. A boca.

Romeu encheu um copo na pia e colocou perante os lábios do velho. Apareceu uma língua, tímida. Romeu olhou para outro lado até Claude terminar, levou o copo e se sentou.

– Você não é. De Brunswick. É, filho? – perguntou Claude.

– Ohio.

– Posso perguntar. Por que está aqui?

– Oh, a negócios. Eu e meu amigo.

– Oh.

– Bem, na verdade, é um negócio *dele*. Só estou aqui, tipo, se ele precisar.

– Entendo.

Ficaram um tempo sentados. Aí, Romeu perguntou:

– Posso contar uma história?

– Claro.

– Uma vez havia um cara, um estudante da Universidade de Ohio. E ele encheu o saco do meu amigo. Estávamos trabalhando nesse lugar de tecnologia, eu e meu amigo, e uma noite encontramos esse cara e ele era um estúpido arrogante, mas nosso amigo Amber gostava muito dele. Shaw ficou puto com o cara e eles brigaram. Depois Shaw me perguntou se eu poderia ajudá-lo com o que queria fazer. E, sabe, ele é meu amigo, sabe?

– Sei – disse Claude.

– O que ele queria fazer era entrar no apartamento do merda e colocar um vírus no computador dele, sabe? E eu fiz isso. Aí o Shaw podia ler seus *e-mails* e saber por onde ele navegava pela internet e ferrá-lo de todas as formas possíveis. Sabe? A gente dominava o pobre cara.

Claude assentiu. Parecia desconfortável.

– Estou dizendo que não posso dizer que não me diverti, porque foi legal, porque estava fazendo isso com Shaw. Interceptamos os *e-mails* que o cara enviava e mudávamos um pouco para parecer meio ofensivo. Conseguimos que ele fosse demitido do emprego, induzimos o diretor de sua faculdade a pensar que era um tipo molestador de crianças e fizemos com que Amber odiasse o otário. E eu dizia para Shaw: "Já está bom, não?". Mas Shaw respondia: "Está comigo ou não? Vamos até o fim". E fomos. Fomos até o fim com esse merda.

O velho perguntou:

– Até onde. Foi isso?

– Oh, Deus – disse Romeu. – Estou falando até *a porra* do fim. E agora Shaw me enfiou numa história parecida de novo. E tenho medo. Não quero fazer essa merda.

Mas o desconforto de Claude era evidente, o que fez Romeu sentir-se mal. Queria não ter começado essa história.

O silêncio ficou opressivo.

– Conte-me de novo o que o seu avô disse? – pediu Romeu. – Sobre o velho galo.

Mas Claude tinha dormido.

Romeu arrumou o cobertor no ombro do velho e deu um tapinha em sua cabeça como se fosse uma criança, saindo do trailer. Encostou-se no capô do Tercel. Achava que ainda conseguia ouvir o ritmo da respiração de Claude e ficou ouvindo por um tempo, sentindo-se confortável, até perceber que estava ouvindo o barulho do ar-condicionado.

Então tocou o alarme: era hora de fazer a chamada de controle.

Shaw atendeu a ligação do lado de fora, na varanda.

– Ei, como está indo tudo? – murmurou.

– Bem – respondeu Romeu.

– Há uma coletiva à imprensa amanhã de manhã. Onze horas, no Plantation House Inn. Aquele lixão feio em Gloucester. Sabe de qual estou falando? Logo na saída da 17?

– Espere. Uma coletiva à imprensa?

Shaw sentiu o medo:

– Uh-huh. Você ganha o prêmio, é preciso fazer uma coletiva à imprensa.

– Com câmeras e toda a merda? E você vai?

– Claro. Por que não?

– *Por que não*? – Romeu estava atônito.

Shaw falou com uma voz tranquila, quase um sussurro:

– Vai ser bom para nós – era assim que tinha de falar com Romeu. Precisava mimá-lo e dizer que entendia seus medos e nunca permitir que percebesse o quanto isso era um saco. – É dessa forma que precisamos fazer, Romeu. Tudo à vista. Sem segredos, nada escondido. Sabe?

– Acho que é uma loucura? – disse Romeu. – Quem vai?

– Todo mundo.

– Toda a família?

– É o que me disseram.

– O primo Alfred? Vanessa e Henry?

– Acho que sim.

– Shelby e Miriam e as crianças?

– Exato.

– E os amigos? Também vão?

– Uh-huh.

– Então o que eu faço? – disse Romeu. – Se todo mundo vai estar na coletiva à imprensa e o lugar vai estar lotado de policiais, não vou poder tocar em nenhum deles. Quem é o nosso refém? Quem eu pego?

– Você fica com a Nell. Ela não gosta de multidões, então não vai.

– Só a Nell?

– É tudo que precisamos.

– Shaw, eles vão nos ferrar! – parecia em pânico.

– Não vão, não – murmurou Shaw. – Estamos bem. Os Boatwright estão bem. Estão se adaptando. Não querem problemas, Romeu. E eu tenho uma surpresinha planejada para esse evento que será algo lindo. Você precisa confiar em mim.

– O que *eu* devo fazer?

– Fique perto da Nell. E não se preocupe tanto. Tenha fé em mim.

Sábado

Romeu, logo cedo, foi até o Trudy's Café e comeu um sanduíche de ovo frito.

O lugar tinha carne de porco por todos os lados. Um grande balcão na parede estava tomado por bacon. Até aquele velho policial barrigudo, aquele que tinha parado ontem por causa do enterro. Parecia meio envergonhado, ali sozinho, enquanto os outros policiais no balcão estavam fazendo piadas e rindo. Romeu pensou em se sentar ao lado do pobre cara, mas não fez isso. Conversar com um policial? Shaw não teria gostado.

Em vez disso, pediu um sanduíche para levar e dirigiu até a casa de Nell. Estacionou a uns metros de distância na rua Egmont, baixou o banco e ligou na WICK 103.9. Esperando as notícias sobre a coletiva à imprensa. O que ouviu, em vez disso, foi um monte de músicas melosas: "Ebony and Ivory", "You Light Up My Life". "*Sometimes when we touch, the honesty's too much.*" E o sanduíche de ovo estava tão oleoso e desagradável como a música: deu três mordidas e deixou de lado.

Pensou: se eu começar a dirigir agora, poderia estar a uns oitocentos quilômetros de distância da cidade antes de escurecer.

De volta a Piqua antes da manhã. Minha mãe poderia me fazer o café da manhã. Ovos e batatas. Nunca mais tomar mingau cor de sujeira pelo resto da vida. Ligar para Carla, pedir desculpas pelo que tinha dito, perguntar se gostaria de passar o fim de semana no lago Loramie? Pedir emprestada a cabana de Burchie. Fingir que é Trinidad e dançar calipso perto do lago, sob a lua que vai estar tão grande que pareceria estar grávida. Carla, rindo com minha dificuldade de dançar. Deus, olha aquela lua!

Aí ele abriu os olhos. Tinha dormido e, quando olhou para fora, viu que Nell estava na rua, entrando em seu carro. Estava usando um terninho feminino e brincos, e Romeu *soube*, no ato, que ela ia para a coletiva à imprensa. Sentiu uma pontada de terror no coração. Sabia. Eu podia ter dito. Eu *disse*, Shaw. Eles vão nos foder.

Shaw estava tão animado que se sentia tranquilo. Indo para a coletiva à imprensa, usava sua jaqueta de veludo cotelê marrom – a única que tinha – e uma gravata que pegara de Mitch. Estava com o .32 enfiado no cinto, na parte de trás. Preparado para o que desse e viesse. Isso é que era vida, pensou. Tinha tentado viver de outra forma, mas isso é que era vida de verdade: tudo no meio do fogo. Estava no banco de passageiros da SUV dos Boatwright, um Jeep Liberty 2002 todo detonado, e Tara estava dirigindo, com os outros atrás. A expressão de Tara era séria, mas determinada. Shaw tinha certeza de que ela estava bem. Era a garota que liderava os outros. Tudo vai terminar bem.

Mas aí tocou o telefone e, quando atendeu, Romeu gritou:

– Nell está indo para a coletiva à imprensa!

– O quê?

– Ela está indo agora!

– Como você sabe?

– Está toda vestida e entrou no carro. Onde mais poderia estar indo?

– Espere – disse Shaw e olhou para Mitch. – Você disse que Nell não iria?

Mitch disse:

– Achei que ela não ia. Muda muito de ideia.

Shaw contou a Romeu:

– Mitch disse que ela muda de ideia.

– *Ela muda de ideia?* Shaw, se ela estiver na coletiva à imprensa, não vou poder tocar na mulher. Não posso ameaçar ninguém! Eles vão nos foder!

– Certo. Tente se acalmar.

– Isso é um *motim*! Eles vão nos matar!

– Eu não posso falar agora. Estou no carro.

– Estamos mortos!

– Está tudo bem, Romeu. Preciso desligar.

Ele desligou o celular bem quando pararam no estacionamento da Plantation House Inn. Um cara da Loteria da Geórgia, sr. Creave, olhos do tamanho de feijões, cumprimentou-os e os acompanhou pela multidão de repórteres até a entrada lateral do hotel. Levou-os para um tipo de sala de espera. Tara e Patsy foram instaladas em cadeiras de alumínio, onde lhes aplicaram a maquiagem. Jase se sentou num canto e cortou contato com as hordas inimigas. Creave continuava falando.

– O anúncio acontecerá na Sala Vince Dooley! A estação de TV local de Savannah está ao vivo e também Jax, e haverá inserções na CNN e na Fox! Isso vai passar no *mundo todo*, gente! Então não é só o maior dia de suas vidas, é a coisa mais importante que já aconteceu nesta cidade! Desde o ensopado de Brunswick!

Ninguém respondeu.

Shaw estava tentando pensar: será que Romeu poderia estar certo sobre os Boatwright? Nenhum sinal de complô, nenhum cochicho, nenhum olhar significativo entre eles. Todos só pareciam exaustos. Sabiam que ele tinha uma arma. Sabiam que, se tentassem qualquer coisa, todos sairiam perdendo: *sabiam* disso. Não eram *loucos*.

Mas, quando olhou para Mitch e viu seu lábio gordo, pensou: bem, talvez um *pouco* louco.

Levou Mitch para um canto da sala, com a desculpa de arrumar sua gravata:

– Está tudo bem?

– Oh, claro.

Creave os chamou:

– Cinco minutos! Como estamos indo? Cinco minutos! Vidas estão a ponto de mudar para sempre!

Tara levou sua mãe até o banheiro e Shaw deixou que fossem. Eu preciso, pensou. Acredito nessa família, agora. Ele sussurrou para Mitch:

– Certo, meu amigo, quando você me salvou?

– Março de 2003.

– E onde estávamos nesse momento?

– Greenville, Carolina do Sul.

– E o que você estava fazendo na noite em que nos conhecemos?

– Trabalhando na linha telefônica anticrise da igreja.

– O que *eu* estava fazendo?

– De passagem.

– Certo.

Mas Mitch ficou olhando para a frente, para o nada. Que cara estúpido, pensou Shaw. Estou colocando meu destino nas mãos de um idiota.

– Você precisa parecer exultante, Mitch. Não abatido.

– Está bem.

– O bem-estar de todos depende de você parecer exultante.

Tara foi até o banheiro com a mãe e tirou uma garrafa de Coca Diet da bolsa, dizendo baixinho:

– Gim. Dê um gole.

A mãe a afastou.

– Oh, docinho, como você é ótima, mas, sabe, eu nunca bebo a essa hora.

Tara fechou os olhos. Beba isso. Não faça pose agora. Não temos tempo.

– Mãe. Preciso ter certeza de que você vai estar relaxada – ela disse. – Não pode parecer amedrontada ou nervosa ou preocupada.

– Oh, vou estar *bem*.

– Tome um gole.

A mãe olhou para o lado. Depois, deu de ombros e levou a garrafa até os lábios e deu um gole e meio. Depois, jogou o queixo para trás como sempre fazia depois do primeiro gole do dia, com um olhar petulante. Ela resistiu um pouco quando Tara pegou a garrafa de volta. Mas Tara disse firme, enquanto a levava de volta para o meio do furacão: "É só continuar a pensar em como ficaremos ricas, mãe. Ricas. Realmente *ricas*. É só nisso que precisa pensar".

Burris e um par de outros policiais estavam mandando os carros sair da entrada, tentando manter o controle do caos. Mas as pessoas continuavam desobedecendo. O prefeito chegou com uma limusine cheia de vereadores. Um congressista muito arrogante apareceu também; um cara dizendo que era o secretário de Estado da Geórgia, vai saber o que era isso. Um monte de caminhões com *links* para TV que pareciam louva-a-deus. Burris estava mal-humorado, pronto para brigar com eles. Afastou-se e deixou que os policiais mais jovens cuidassem disso. A verdade era que ele não dava a mínima para quem estacionava ou não. Por que deveria?

O gerente do hotel saiu brigando:

– Não tem mais espaço! Mandem estacionar no Bartow! – entrou, voltou e disse: – Que estacionem na rua G!

Voltou a sair dois minutos depois e gritou:

– Mandem estacionar na Goodyear!

Contrastando com ele estava esse cara da Loteria que ficava gritando, contente:

– É o congressista! Deixem o congressista entrar! – ou – É a WICK 103.9! Deixem a WICK 103.9 entrar! – ou – É o presidente da Sea Island Company! Pelo amor de Deus! Deixem-no entrar!

Burris não dava a mínima para nenhum deles. Buzinas, xingamentos, confusão, nada disso o incomodava. Ele estava apenas tentando sair do caminho de todos.

No meio de tudo isso, apareceu Nell.

Em seu velho Cadillac branco. Estava na rua Gloucester, querendo entrar no estacionamento. Um dos policiais jovens estava tentando mandá-la embora.

Mas aí Burris se apresentou:

– Está bem, Nell, pode vir!

O outro policial não gostou da interferência. Começou a xingar, mas Burris fez com que parasse:

– Eu disse que ela pode *entrar*.

Nell ouviu isso. Riu e disse:

– Essa é a forma como gosto de ser *tratada*!

Burris falou para ela:

– Você pode estacionar na entrada ali. Vê onde está a minha viatura? Estacione bem ali.

– Obrigada, Burris – ela falou. – Te amo, querido.

Disse isso sem pretensões e sem cuidado, mas, mesmo assim...

Burris sabia que Nell não era bonita, e nunca tinha sido. Tinha o corte de cabelo de um colegial gazeteiro e os ombros de um estivador. Mas sua risada era tão musical que poderia derreter o ferro; na verdade, há muito tempo já tinha derretido as correntes que o prendiam aos códigos de propriedade e proporção. Burris não deu a mínima para o jovem policial que estava agora olhando para ele. Não se importou com o cara da Loteria reclamando:

– Não tem *lugar*! Você não pode simplesmente deixar *qualquer um* entrar aqui.

Ele não tentou se explicar. Não disse: "É a mãe do ganhador", ou algo assim. Só ficou com um olhar sonhador acompanhando Nell enquanto ela parava no lugar especial que lhe tinha reservado.

Romeu estava no Tercel bem atrás de Nell. Ele a seguiu aqui até o hotel e viu quando ela entrou. Eles não *o* deixariam entrar, claro, então dirigiu até a rua próxima e virou à direita, foi até o final do quarteirão na rua G e encontrou uma vaga na frente de um consultório de dentista. Desceu do carro e começou a correr até o hotel. O ar estava tão pesado que era como se estivesse andando sobre água e, quando chegou ao fundo do hotel, já se sentia destruído. Havia uma cerca anticiclones coberta de jalapas-verdadeiras. Ele pulou, se agarrou ao arame e trepou no alto. Ao fazer isso, raspou um pouco no punho, mas nem chegou a sentir dor. Pulou e caiu do outro lado, levantando-se no ato.

Deu a volta ao redor da piscina. Tentou várias portas até encontrar uma aberta. Que o levou para a lavanderia. Uma velha descansando entre dunas de lençóis sujos olhou para ele.

– Estou perdido – falou. – Sabe onde está acontecendo a coletiva à imprensa?

Ela continuou olhando. Era evidente que não tinha entendido nenhuma palavra.

– Prêmio? – ele falou.

Isso funcionou. Ela o levou até um corredor estreito e apontou para uma porta. Assim que se aproximou, ouviu um clamor do outro lado. Abriu a porta e estava numa grande sala de conferências cheia de pessoas. Estava perto da frente, ao lado do palco. Ninguém notou sua entrada, havia muita coisa acontecendo. Luzes acesas, câmeras fazendo barulho. No palco havia um tripé de microfone e dois cheques gigantes, um para a *Família Boatwright* e outro para *Sr. Shaw McBride*. A quantia em cada um deles, escrito em letra cursiva falsa era de *Cento e cinquenta e nove milhões de dólares*.

Romeu olhou para os rostos da audiência. Quem estava aqui? Estavam todos. O velho primo Alfred, bastante distinto. O irmão de Patsy, Shelby e sua esposa, Miriam. Vanessa e Henry. E na frente estava Nell, firme em sua cadeira de armar como se fosse um trono. Romeu viu um pequeno espaço na parede perto dela e ficou ali.

Nell era a estrela aqui. Todo mundo queria ficar perto dela. As pessoas a cumprimentavam, e ela sorria respondendo:

– O-*lá*! – ou – Olá, *queri*-do! – ou – Drew Wilson, eu *tentei* falar com você!

Ficava se esticando para cumprimentá-los. Num momento, quando percebeu uma câmera apontada para ela, fez pose, piscou os olhos e disse:

– Estou pronta para meu *close* agora, sr. DeMille.

Alguém perguntou:

– Nell, por que você não está no palco?

– Bem, não *sei*. Acho que estão tentando se livrar da pobre vovó. Infelizes ingratos!

Ela se virou para uma matrona que estava perto:

– Anita, você tem filhos?

– Ainda não.

– Pois eu digo para *não ter* – disse e riu. Ela não parecia preocupada, nem carregava nenhuma bolsa. Se havia alguma insurreição sendo organizada, ela não era parte.

De repente, a sala foi tomada por aplausos. Os Boatwright estavam entrando no palco. Primeiro o menino, depois Tara e Patsy e Mitch. Por último entrou Shaw com um grande sorriso no rosto.

Tara olhou para a multidão. Todos estavam aplaudindo, até as equipes de TV, os policiais e os repórteres – todos assobiando e gritando descaradamente, comovidos perante o resplendor da boa sorte da família.

Aí o sr. Creave subiu ao palco, pediu para todos se acalmarem e apresentou um congressista que fez um longo discurso sem sentido sobre os valores norte-americanos e a recompensa pelo bom trabalho. Nell, na frente, falou alto para uma amiga: "*Trabalho*? Do que ele está *falando*?". Todo mundo riu. O congressista riu como se estivesse realmente encantado, e voltou para sua fala sem sentido. Tara deu uma olhada em sua mãe. Ela parecia estar bem agora. A bebida tinha feito muito bem. Seus olhos estavam brilhantes, estava contente com a atenção. Ela vai conseguir, pensou Tara, por uma hora mais ou menos, o suficiente até sairmos daqui. E Jase estava perdido em seu mundo de sonhos, mas e daí?, contanto que mantenha a boca fechada.

Mas aí Tara virou para a direita e viu o sorriso do pai. Isso a amedrontou. Os músculos se contorciam em seu rosto. Ela pegou a mão dele e apertou. Ele devolveu o gesto, forte demais. O congressista estava acabando agora, chegava o momento que todos esperavam: a apresentação dos cheques falsos. Dispararam *flashes*. O aplauso foi retomado. Creave chamou Shaw para ir até o microfone.

A jaqueta de Shaw era muito pequena e sua gravata não combinava; ele ficou ali parado, parecendo embaraçado, enquanto o silêncio dominava a sala. Finalmente, se inclinou para o microfone:

– Bem, vocês estão, hum, acho que estão se perguntando como *eu* cheguei aqui?

Todos riram.

Shaw se virou para papai:

– Mitch, talvez, talvez *você* pudesse contar?

Mitch foi até o microfone. Parecia tremer. Passando dois dedos por dentro do colarinho, disse:

– Bem, acho, hum. O que aconteceu? Foi há um par de anos, eu acho. Estava, hum, fazendo algum treinamento em Greenville? Na Carolina do Sul? E a igreja que frequentava, tinha esse número para as pessoas ligarem? Então, eu estava trabalhando ali um dia, e esse jovem entrou, e foi, hum, esse jovem aqui. E bem...

Ele parou. Virou-se para Shaw.

– Você deveria contar.

Tara ficou com medo. Mas a audiência não parece ter visto nada de estranho. Estavam rindo; estavam adorando ver esses dois caipiras tímidos passando o bastão um para o outro.

Shaw voltou ao microfone e contou:

– Bem, acho, acho que o resto da história é que eu estava meio *louco* – isso fez com que todos rissem. – Estava tendo problemas com a justiça e acho que estava tomando muitas drogas. Bem. Com *certeza* eu estava tomando muitas drogas. E isso foi em, hum, 2003?

Ele olhou para o pai, que assentiu.

– Eu estava dirigindo uma noite, estava numa cidade estranha, em Greenville, Carolina do Sul, e estava me sentindo muito solitário, estava, bem, preciso dizer: estava pensando em terminar com minha vida. Porque estava desesperado. E passei por essa igreja e tinha uma placa, que dizia, Se você precisa de ajuda? Então eu parei, e havia um cara ali. Vou contar, não achei que ia gostar desse cara. Quero dizer, no começo ele me pareceu meio, bem, meio *malvado*.

Ele precisou esperar que o riso acabasse.

– Porque, sabe? Porque ele não aceitava nenhuma das besteiras que eu falava. Nenhuma das minhas, acho que vocês diriam, *evasivas*? Então, eu tipo lutei com ele. Realmente foi uma *briga*. Tipo, sabem como é quando um peixe quer brigar com você? Bom, eu sei que por aqui não há tantos peixes pequenos como temos lá no norte, mas eu gosto como os peixinhos de lá nunca desistem. Eles vão lutar o tempo todo, vão mesmo. Você está num barco, eles *te* puxam. E era o que eu estava fazendo, estava lutando com toda minha força, mas o Mitch aqui, o sr. Boatwright, ele resistiu. Até que conseguiu me levar para dentro do barco. Através da graça de Nosso Senhor Jesus Cristo. E salvou minha vida.

A audiência ficou quieta. Tara olhou novamente para Nell: seus olhos estavam brilhando. Ela era a pessoa menos sentimental, mas Shaw estava sendo tão direto e simples em seu discurso que ela estava a ponto de chorar. Assim como toda a sala. O silêncio aumentou a confiança de Shaw e Tara sentiu um profundo alívio, o sangue voltou a correr em sua veias. Pensou: ele está bem. Sabe o que está fazendo. Pode até ser que acredite no que está fazendo: que é algum tipo de Farol de Redenção enviado para brilhar em um mundo de trevas. Mas o importante é que *todos* acreditaram.

– Tenho certeza que algumas pessoas não acham que existe o bem e o mal – continuou Shaw. – Mas deixe-me contar, eu vi os dois e sei diferenciar. Esse homem aqui. Esse homem, esse Mitch Boatwright? Esse homem é *bom*.

Shaw esperou que se fizesse silêncio. Aí aproximou os lábios do microfone e falou com a voz baixa:

– Então, desde aquele dia, eu quis encontrá-lo novamente, esse homem que salvou minha vida, assim poderia agradecer. E finalmente descobri como. Sabem como o encontrei?

Fez uma pausa:

– Eu procurei no Google.

Todos adoraram isso.

– Liguei e falei que estava passando por Brunswick. E perguntei se poderia vê-lo? E ele respondeu, claro. Saímos e comemos um churrasco e eu falei que não importava que não era rico, porque agora eu sabia qual era meu chamado. Não importa se não sou bem-sucedido, porque agora eu sei o que é o *verdadeiro* sucesso.

– Então, quando ele estava me levando de volta para meu carro, passamos por essa, bem, era um posto de gasolina. E ele ia comprar uns bilhetes de loteria e eu disse: Por que não compra uns para mim? Acho que estava me sentindo bem, bastante abençoado, porque eu lhe dei vinte dólares, que é mais do que já gastei com loteria em toda minha *vida*. E aí, bem, vocês sabem o resto. Mas foi assim que eu cheguei *aqui*.

Alguém começou a aplaudir. Outros seguiram e o aplauso cresceu numa grande onda de adulação que Shaw podia sentir chegando direto até sua testa e passando pelo seu cabelo. Seus pulmões se encheram de ar. Ele sentiu o sangue fluindo por sua veias.

Creave abriu espaço para perguntas.

Romeu estava com os olhos em Mitch. Ele estava parado atrás de Shaw e parecia todo elétrico, como se estivesse a ponto de fazer algo. Seus lábios gordos estavam saltados e suava na testa. E os olhos, pensou Romeu. Esses olhos de buldogue, como ovos fervendo, estão fixos em Shaw e mostrando tanto ressentimento. Pensamentos maus estão passando por aquele cérebro.

Um repórter estava dizendo:

– Essa pergunta é para o sr. McBride. Sr. McBride...

– Pode me chamar de Shaw.

– Shaw, você acha que todo esse dinheiro pode piorar sua vida?

– Bem. Acho que foi o que trouxe problemas para este país, não? Foi por isso que ocorreu o colapso de Wall Street. Por causa da ganância. E poderia acontecer comigo, sim. Espero que não.

Outro repórter:

– O que você vai comprar, Shaw?

Shaw coçou o queixo um pouco, como se fosse a primeira vez que estivesse pensando naquilo. A audiência sabia que estava sendo enganada. Alguns riram, enquanto Shaw pensava, pensava... e soltou:

– Bem, não vou comprar nada. Vou doar tudo.

Toda a sala segurou a respiração.

Ele tinha acabado de falar isso? Realmente tinha se comprometido a doar cento e cinquenta e nove milhões de dólares?

Então, com o rosto mais leve, ele continuou:

– Bem, isso não é totalmente verdade. Meu plano é ficar com um pouco. O suficiente para comprar um barco.

Mais risos, apesar de que agora a qualidade dos risos tinha mudado. Agora havia um tom de assombro misturado, numa louca ebulição. A audiência estava muito contente.

Mas Romeu continuava olhando para Mitch e a expressão dele era cada vez mais sombria.

Mitch estava dizendo silenciosamente: vou matar esse pedaço de merda.

O pedaço de *merda*. A forma como está distorcendo o nome do Senhor para seus próprios fins e espalhando mentiras para o mundo e ele acha que vou ficar parado aqui e *permitir que ele escape*? Acha que sou um cordeiro que vou deixá-lo sujar o nome do Senhor com a lama de suas mentiras vis? Logo vai descobrir que não sou um cordeiro. Quando tomar a arma dele, quando depositar uma bala de sua própria arma em sua cara, não vai pensar que sou um cordeiro, vai? Vai mudar de ideia, não vai?

Mitch procurou entre os rostos da audiência. Um por um, encontrou os membros de sua família. Todos aqui. Mamãe, bem na frente. Primo Harry. E ali está Rocket; e o irmão de Patsy, Shelby, com Miriam e seus filhos. E Alfred. E Will. E todos os filhos de Jane. Todo mundo. Todos seguros. Até meu amigo Enoch, e Vince, dos Leões de Judá: todos estão aqui e em segurança. E Romeu está fora patrulhando as ruas, então minha única preocupação é a arma de Shaw. Se eu me jogar sobre ele, e pegá-lo forte o suficiente, vou jogá-lo para fora do palco e vai cair nas primeiras fileiras. Aí, eu pulo atrás dele. Bem no meio da loucura, no meio dos gritos e das cadeiras voando, ele vai estar confuso por causa da queda, então tiro a arma de seu coldre e coloco na cabeça dele e dou um tiro e o bastardo não vai parecer a Madre Teresa, vai? Mas aqui vai ele, vejam isso, uma entrega especial para o *inferno*, filho da puta.

E vou fazer isso. Agora.

Acha que sou um cordeirinho?

Essa sua ideia vai acabar agora.

Romeu estava rezando: Shaw, vire-se. Bem atrás de você, esse porra tá ficando louco; vire-se e olhe para ele! *Vire-se!*

Mas Shaw falava sem parar sobre o barco que ia comprar, como queria um com motor Verado, um Humminbird Fishfinder etc. Não percebia nada a não ser o som de sua voz e toda a atenção da plateia. Ignorando completamente Mitch. Os olhos saltados de Mitch lembraram, para Romeu, o animal preso na roda. Aquele homem quer vingança. Quer sua dignidade de volta. Está desesperado por sangue e sabe que sua família está a salvo, e vai pular a *qualquer segundo*. Vai correr até Shaw e nocauteá-lo, pegar sua arma e matá-lo. E eu vou ter de matar Mitch e os policiais vão *me* matar, e tudo vai perder o sentido, vai ficar tudo escuro e um mar de merda, para sempre.

Um repórter perguntou:

– Sr. Boatwright?

Mitch demorou um minuto para perceber que a pergunta era para ele.

– Sr. Boatwright, você salvou a alma do rapaz, e agora ele diz que vai doar todo esse dinheiro – você chamaria isso de milagre?

Lentamente Mitch se aproximou do microfone. E murmurou:

– Um *milagre*?

E ficou em silêncio. Um silêncio assustador, como se não conseguisse nem *falar* de tão cheio de veneno que estava.

E então, bem na frente de todos, ele se virou e olhou com raiva para Shaw. O sorriso deste evaporou no ato. A audiência ficou em silêncio. Era como uma nuvem, uma grande sombra gelada descendo sobre a sala. E Romeu sabia que tinha de fazer *algo*, qualquer coisa e bem agora.

Ele se viu dando um passo à frente:

– POSSO FAZER UMA PERGUNTA? TENHO UMA PERGUNTA!

Mitch se afastou.

Romeu gritou:

– TENHO UMA PERGUNTA PARA TARA! TARA, VOCÊ NÃO ACHA QUE SEU PAI ESTÁ BRAVO POR TER DE DIVIDIR ESSE DINHEIRO?

Tara se virou para ele. E o reconheceu.

O cara da Loteria o recriminou no canto do palco:

– Senhor, há uma fila! Há repórteres na sua frente...

Mas Romeu só pensava na mensagem que estava mandando para Tara: *estou aqui*.

Ele falou alto:

– SEU PAI DEVE ESTAR BRAVO! AQUI ESTÁ TODO ESSE DINHEIRO E ESSE ESTRANHO VAI DOÁ-LO E, SE FOSSE EU, NÃO DEIXARIA NINGUÉM DIVIDIR O *MEU* DINHEIRO!

Ninguém viu nenhuma coerência, mas ele não ligou. Tudo que importava era: *estou aqui. Estou a dez passos de sua avó. Faça com que ele pare.*

E viu que ela começou a entender. Olhou para seu pai e entendeu. Houve um longo momento em que sentiu que o mundo estava desabando, então Tara colocou a mão sobre o ombro do pai, o levou até o microfone e disse:

– Não, senhor, meu pai não está nem um pouco bravo! Ele só está, bem, todos estamos *espantados*, sabe? Mas estamos felizes por compartilhar esse prêmio, *é* um milagre e estou muito orgulhosa do meu pai!

Ela o abraçou. Houve um aplauso de compreensão, enquanto isso falou umas poucas palavras em seu ouvido. Romeu pensou: ela está falando quem sou eu.

Mitch olhou para ele.

Romeu fez um pequeno sinal. E apontou para Nell.

Mitch viu isso. Desistiu de tudo. Bem em frente a seus olhos, Mitch pareceu desinflar, mas Tara ainda estava com o braço ao redor dele e o segurava, enquanto esticava o outro braço para Shaw. Os três, então, estavam de braços dados, numa fila, e Tara sorria e chorava, e os aplausos continuavam e os *flashes* disparavam por toda a sala. Patsy e Jase se aproximaram e toda a família estava parada ali, com Shaw bem no meio. A audiência se levantou e todos estavam batendo palmas e celebrando, sem dúvida, pensou Romeu: isso *é* um milagre, ainda estamos vivos e é um verdadeiro milagre.

Tara dirigiu de volta. Eles conseguiram fugir da multidão no estacionamento e saíram na rua G. Silêncio mortal. Ninguém falou nada. Quando Shaw mandou uma mensagem de texto, o barulho das teclas de telefone era perfeitamente audível.

Ela entrou na rua Norwich. As fachadas das igrejas, as fachadas que pareciam de uma cidade-fantasma. Depois de um minuto, Shaw recebeu uma resposta e a instruiu: "Vire aqui".

Ela entrou em um minimercado abandonado. Florista, salão de beleza, academia de dança, tudo fechado. A única loja que ainda sobrevivia era uma H&R Block, mas, como era sábado, até ela estava fechada.

– Vá até a parte de trás – disse Shaw.

Atrás das lojas, debaixo de uma árvore, havia um monte de lixo.

– Desligue o motor.

Ela fez isso. Ele abriu a porta e saiu. Afastou-se, deixando-os no meio do calor.

Ninguém disse nada.

Havia um bando de pássaros na árvore. De vez em quando, eles desciam no lixo, andavam um pouco e saíam voando.

Quando ela viu Romeu, ficou com tanto medo que achou que ia desmaiar. Começou a chorar. Ninguém no carro pôde ver, já que ela não se virou.

Romeu estava parado com Shaw na porta traseira do velho salão de beleza. Eles estavam discutindo, mas só Shaw estava falando. Gesticulava, bravo, o rosto vermelho. Estavam muito longe para se ouvir o que diziam. Tudo o que Tara conseguia ouvir era o barulho dos pássaros no carvalho.

Romeu ficou ali parado enquanto Shaw dizia:

– Você estava certo. Fui um tolo. Continuo tendo fé nas pessoas e elas querem me foder. O *tempo* todo. Esses bostas. Eles não valorizam nem a *própria família;* como dá para trabalhar com eles? Estou cansado. Não me importo com o que você fizer com eles. Tentei protegê-los. Mas é assim que são as pessoas. É meio que um egoísmo animal. Se você não estivesse ali, eles estariam mortos! Toda a família! Foda-se. Você não tem ideia de quanto eu os odeio. Transformaram minha vida num pesadelo. Querem nos foder? Vão se foder.

Nesse inferno de calor do meio-dia, com o peso da maldade no ar, era uma luta para Romeu dizer alguma coisa. Mas ele finalmente conseguiu:

– Eu poderia tentar falar com eles.

– *Falar* com eles? Precisamos *puni-los,* isso sim.

– Deixe-me tentar falar com eles.

– Oh, pode fazer a merda que quiser – disse Shaw e se afastou.

Romeu procurou a espada quebrada no porta-malas do Tercel. Aí caminhou até a van dos Boatwright, mas Shaw o fez parar.

– Romeu?

– Quê?

– Faça com que eles acreditem em você dessa vez.

– Está bem.

– Eles precisam acreditar que você não tem nada a perder. Precisam achar que você é um louco completo.

– Certo.

– *Você mesmo* precisa acreditar. Aí eles acreditarão em você.

Romeu foi até o Liberty e abriu a porta lateral. Estava tão quente que era difícil respirar. A família estava suando e com medo, quieta como se estivesse na igreja. Tara estava ao volante, Mitch no assento do meio, Patsy e o pivete no fundo.

Todos olhavam para a espada que ele carregava.

– Mitch – disse Romeu.

– Senhor?

– O que você estava pensando ali, Mitch?

– Senhor?

– Você queria pular sobre ele, era esse seu plano?

– Não, senhor.

– Pare de mentir.

Mitch balançou a cabeça:

– Não estou mentindo, não tenho certeza sobre *o que* estava pensando.

– Sabe por que sua mãe ainda está viva? – disse Romeu. – Por causa de Tara. Por causa do que ela disse, lá no palco. O que ela disse para você?

– Ela me disse que você estava ali.

– Isso. É por isso que sua mãe está viva. Mas você quase chegou a ver o cérebro dela espalhado pela sala. Como teria sido isso?

Eles começaram a ouvir um estranho gemido, incorpóreo e distante. No começo parecia uma sirene, Romeu demorou um momento para perceber que vinha do menino. O som parecia vazar dele.

– Você *precisa* calar a boca – disse Romeu.

Mas o menino continuou chorando. Finalmente, Romeu o agarrou pelo colarinho e o levantou do banco, empurrando a ponta quebrada da espada contra o pescoço dele. Isso fez com que calasse a boca.

– Vocês precisam parar de fazer merda – disse Romeu. – Precisam entender isso. *Nunca* vão ter ideia de onde eu vou estar. Se acham que estou aqui, vou estar em outro lugar. Tenho uma dúzia de pessoas na minha lista e quando Shaw mandar um alarme, vou começar a matar. Ou se eu ligar para Shaw e ele não responder, vou começar a matar. Vou mesmo. Faço o que precisa ser feito. Meu companheiro está meio louco, eu sei. Mas eu vou protegê-lo. Certo? Acreditam em mim?

Poderia ter sido mais eficiente se não fosse tão óbvio que ele estava segurando as lágrimas. Quando disse "acreditam em mim", sua voz falhou. Empurrou Jase para longe e saiu.

Shaw estava esperando por ele.

– Como estamos?

Romeu passou por ele, entrou no Tercel e foi embora.

Burris chegou em casa depois do trabalho e esquentou uma lata de sopa de minestrone com frango, que tinha o gosto, ele achou, de areia oleosa. Ligou num jogo de beisebol. UGA *versus* LSU. Não gostava de nenhum dos dois times, nem das mascotes nem das torcedoras nem dos fãs. Ele só queria um pouco de barulho. O silêncio nessa casa era como uma reprimenda. Uma extensão do longo silêncio de sua esposa Bárbara, que tinha sido, por sua vez, um comentário sobre a infidelidade dele. Não que ele tivesse sido infiel, não *fisicamente,* mas ela sabia desde o começo que ele gostava de Nell Boatwright e, em troca, deu-lhe anos de silêncio. Ele respondia com seu próprio silêncio, e durante quarenta anos os dois continuaram com esse debate sem palavras. Agora havia dois filhos crescidos e sete netos, todos dispersos, e Barbara tinha morrido, mas seu silêncio ainda podia ser ouvido. Burris deixava a TV ligada para espantá-lo.

O arremessador da UGA fingiu jogar primeiro. Talvez um movimento ilegal. A plateia sentiu que *tinha sido.* Burris tomou sua sopa. Foi mostrado o *replay*. Na opinião do comentarista, *não* tinha sido um movimento ilegal. Hoje, Nell tinha dito para Burris: te amo, querido. Ela tinha mexido os dedos enquanto se sentava naquele Caddy como se fosse uma rainha de Hollywood e tinha dito, para que todos ouvissem: Te amo, querido.

Ele mordeu uma torrada. Apertou e soltou os lábios. Tentou entender. Ficou pensando se nos últimos quarenta anos já tinha passado mais de quatro minutos sem pensar em Nell Boatwright.

Poderia fazer isso agora? Agora que a esperança tinha morrido, poderia finalmente se esquecer dela?

Legal ou ilegal, dizia o comentarista, só é possível ter certeza de uma coisa: ainda vamos falar muito sobre esse momento. É um momento-chave, não só nesse jogo em particular, mas realmente um momento-chave na história da rivalidade UGA-LSU...

Te amo, querido...

Poderia ser verdade? Mesmo que só por um instante? Era possível retomar o afeto por alguém de quem já se tinha gostado antes, não? Uma repentina reaparição do sentimento, como se uma parte do seu coração, completamente fechada, reabrisse?

Uma vez, ainda na escola, Nell tinha dito a ele:

– Você é incrível, Burris.

Foi só para registrar sua capacidade de jogar um anel de madeira no gargalo de uma garrafa de leite, mas ela tinha dito isso com vontade. Não havia sido só um flerte ou um elogio. Naquele momento, ela realmente estava apaixonada por ele.

Ou era o que ele achava, uma suposição, depois de pensar nisso durante quarenta anos.

Ouviu uma música alta. Deu um pulo.

De onde estava vindo? Não era da TV. Nem do telefone ou do micro-ondas. Então de onde vinha?

Ouviu de novo.

Aí percebeu: era a campainha. Era tão raro que ela tocasse hoje em dia, que tinha esquecido como era seu som.

Foi até o hall de entrada e abriu a porta. Uma garota estava parada lá. Vinte e poucos anos, loira, magra e bonita, mas não muito. Ela disse:

– Policial Jones? Lembra-se de mim?

– Claro – ele mentiu.

– Meu nome é Cheryl. Fé Renovadora?

Ele se lembrou. A garota da igreja.

– Está na época?

– Senhor?

– Doação de sangue?

– Oh, não senhor – sua voz ficou mais séria. – Preciso conversar com o senhor.

– Sobre o quê?

– Liguei na delegacia e me falaram que o senhor tinha ido pra casa. Estou atrapalhando?

– Nem um pouco.

– Preciso falar com o *senhor* porque é o único policial que conheço.

Ele se sentiu estranho ao convidá-la a entrar. Uma jovem na casa dele sempre poderia levar a fofocas. Mas o que importava isso? Deixou-a passar. A sala estava limpa, já que ele nunca a usava, e indicou o sofá verde-limão com almofadas combinando, enquanto se sentou na poltrona. A última vez que tinha sentado ali foi no funeral de Barbara.

– Bom, como posso ajudá-la, Cheryl?

– Lembra-se de onde eu trabalho?

– Você trabalhava no Chummy's da I-95. Ainda está lá?

– Sim, senhor.

Parecia que já estava ali há muito tempo. Será que não conseguia algo melhor? Mas quem era ele para julgar a carreira dos outros, considerando a sua situação?

– Bem, de qualquer forma – disse ela. – Acho que posso saber de algo.

– Saber de algo?

Ela estava na classe de estudos bíblicos de Barbara, ele se lembrava, e ficou pensando se iria falar alguma coisa de religião com ele. Tipo, Senhor, acho que sei que Jesus ressuscitou em carne e osso, mas como posso ter certeza de que sei? Se perguntasse algo assim, ele não poderia ajudá-la.

Mas, ao contrário, ela falou:

– Algo a ver com o prêmio da loteria.

– Como é?

– O prêmio da loteria. Nós vendemos o bilhete premiado na nossa loja.

– Ah. Claro.

– E o outro cara que ganhou? Não os Boatwright, mas o outro cara?

– Que outro cara?

– Shaw McBride.

Esse nome não significava nada para ele.

– Você não viu o anúncio? – perguntou ela. – Na TV?

Ele balançou a cabeça:

– Eu estava lá, mas estava trabalhando. Segurança. No estacionamento. Não vi nada. Há outro ganhador?

– Uh-huh. Os Boatwright estão dividindo o prêmio com esse cara chamado Shaw McBride. Supostamente, é um amigo do sr. Boatwright. Supostamente, deu dinheiro para o sr. Boatwright comprar os bilhetes.

– Oh.

– Mas a questão é – ela continuou –, esse cara, ele estava na nossa loja na quinta de manhã, certo? Um dia *depois* do sorteio. Eu me lembro porque foi quando o pessoal da TV veio até a loja. E ele me perguntou, disse, tipo, o que tinha acontecido. Ele nem sabia que *tinha saído* o prêmio. Eu precisei contar o que tinha acontecido.

Burris levantou a mão:

– Espere.

Ela ficou sentada em silêncio.

– Estou tentando entender – ele disse, levantando a sobrancelha. – Esse cara entrou... quando?

– Quinta.

– *Depois* do sorteio?

– É o que estou falando. E bem agora eu estava vendo TV. E vi o cara no palco, o mesmo cara, mas agora ele está dizendo que é um velho amigo do sr. Boatwright. E tipo, metade do prêmio é dele. Mas eu, quero dizer, *eu* acho... – ela deixou a frase incompleta.

Burris completou:

– Acha que ele está mentindo?

Ela assentiu.

– Mas por que Mitch Boatwright está aceitando isso?

Ela deu de ombros.

Mas a resposta era evidente e ele falou:

– Você acha que Mitch está com medo?

– Acho que sim, senhor.

No cérebro de Burris, havia luzes piscando, portas se abrindo. Algumas dessas portas levavam diretamente para Nell Boatwright (é claro, tudo levava a ela, no final). Mas havia também uma voz dentro dele que estava dizendo: Uau.

Não pule direto, Burris.

É assim que sempre se ferrou – pulando rápido demais. Pensando que estava recebendo alguma informação privilegiada. No passado, isso o tinha levado a grandes erros. É por isso que agora era só um cabo quando já tinha sido detetive na Força-Tarefa Antidrogas da Área Costeira, quando poderia ter chegado a capitão depois de cinco anos. Mas não, ele tinha fome de glória instantânea; era suscetível a pilantras que o arrastavam para todos os lados pelo focinho e acabou sem nada. Agora era objeto de escárnio e seria assim pelo resto de sua ridícula carreira.

Então, o melhor é ir devagar aqui. Proceder com cautela.

Pergunte: o que essa garota poderia querer e não está dizendo? Será que ela tem algum objetivo? Procure os motivos escondidos.

– Certo. Então – ele falou –, Cheryl, quando esse cara estava em sua loja, como ele agia?

– Meio estranho. Estava usando nossa coisa para o pneu, tipo, para medir a pressão. E ele voltou e disse algo sobre como esses pneus tinham trazido ele para a loja ou algo assim. Não sei, não saberia dizer *o que* ele estava dizendo.

– Foi algo pessoal?

– Hã?

– Ele disse algo para você?

Um movimento brusco no canto dos lábios.

– Não, senhor.

Burris ficou imaginando, se ela esteve flertando com o cara? E de alguma forma ele a deixou magoada? E agora está querendo retaliar? Isso acontece o tempo todo. Há uma ferida, a ferida apodrece, nasce uma falsa testemunha. Melhor ir com calma. Estou andando sobre gelo fino, e se entrar com os dois pés na porta como sempre, vai acabar fazendo besteira, seu gordo idiota. E quem virá salvá-lo? Ninguém.

Shaw entrou no Liberty ainda mareado pela fúria. Não disse nada e logo estavam de volta à rua dos Boatwright. Foi quando viu três caminhões da televisão e todos os repórteres e curiosos.

Tara entrou com o carro na garagem. Um homem com rosto de criança estava esperando por eles ao lado de uma motocicleta grande como um bisão. Usava *dreadlocks* e calça *ikat*. Parecia um *hippie* assassino.

Shaw desceu. Os repórteres gritavam para ele da calçada. Mas o cara com rosto de criança disse:

– Esses insetos, eu falei que deviam ficar fora da propriedade.

– Você falou para eles? – perguntou Shaw.

– Sim, senhor.

– Quem é você?

– Meu nome é Trevor Miller, senhor. Eu gostaria de servi-lo, se isso for possível.

– Me servir? Como?

– Do jeito que o senhor quiser.

Shaw ficou com a mão perto do quadril, pronto para pegar o .32. Era uma armação? Esse cara era real?

– Eu estive em Hinesville, Forte Stewart, mas dei baixa em fevereiro. Trabalhar em Pantry Pride? Num açougue? Em vez disso, vim aqui para a praia. Estava num bar e você estava na TV. Perguntei a eles quem era e me mandaram aqui. Tenho uma boa sensação em relação ao senhor. Sei que não me conhece, mas aposto que há algo que eu possa fazer.

Trevor tinha um olhar inquisidor e parecia carregar alguma ferida profunda. Shaw relaxou um pouco. Pensou: seria um apóstolo? Eu realmente tenho um *apóstolo* agora?

– Trevor, você esteve no exército?

– Sim, senhor. Terceira Infantaria.

– Iraque?

– Sim, senhor.

– Matou alguém?

– Eles carregam os mortos deles, senhor, quando conseguem. Mas suponho que sim.

Que discurso formal! E o olhar dele tinha uma certa adoração que Shaw tinha encarado na coletiva à imprensa. Era disso que precisava! Era o tipo de pessoa que a causa exigia. Olhou para os Boatwright. Estavam parados ali, mansos: as cabeças abaixadas, os olhares perdidos, esperando por ele. E os repórteres na calçada estavam chamando por ele e a multidão acenava e o elogiava.

Ele se virou para Trevor:

– Diga-me, os que você matou, acha que estão em paz?

– Não sei, senhor. Achei que *o senhor* poderia saber.

– Eu sei – disse Shaw. – Eles estão.

– Ótimo, então.

– Você pode me ajudar quanto quiser. Está com fome, Trevor?

– Um pouco.

– Patsy vai fazer algo. Depois, vamos conversar sobre segurança.

Romeu estava na 17, supostamente fazendo suas rondas, mas dessa vez não fez a tradicional curva à esquerda na estrada Chapel Crossing. Continuou na 17. Para o norte. Como se voltasse para casa, voltasse para Piqua, Ohio. Passou pela Sociedade Humana, depois por uma velha fazenda de arroz e viu uma placa que mostrava DARIEN 10 KM. Uma garagem fechada: Oficina de Pintura e Reforma de Carros do Chancy. As missionárias tinham dito que era ali que se podia conseguir uma "suspensão do corpo", se precisasse.

Em seguida, passou por um cemitério sem túmulos, só pequenas marcas de latão na grama. A placa tinha Saturno, a Lua, estrelas cadentes e o nome: VISÃO DO PARAÍSO.

As estrelas cadentes o lembraram de um evento alguns anos atrás: uma noite de verão, uma pequena festa.

Shaw tinha organizado tudo. Todos deviam se reunir no canal para assistir à chuva de meteoros, as Perseidas. Shaw disse que o canal estava situado sobre uma "linha de poder", seja lá o que isso queria dizer, e naquele ponto a chuva de meteoros mostraria verdades essenciais sobre o universo. Disse que quarenta pessoas tinham concordado em ir. Que havia garotas bonitas na lista. Romeu foi com ele até a loja de bebidas onde compraram seis garrafas de Johnnie Walker e muita cerveja, copos, gelo e Doritos. Depois, subiram no dique e andaram por cima das águas. Era uma noite perfeitamente clara de agosto, mas ninguém apareceu a não ser Chris, Pissboy e o primo de Ricky Cobb de Toledo.

Os cinco se sentaram e começaram a beber. Olhando para o céu, fazendo comentários sobre as vagabundas que não tinham aparecido. A chuva de meteoros foi desapontadora. Não era como um show de fogos de artifício, era apenas um risco pálido no céu. Mas os espectadores eram pacientes, já que não tinham mais nada para fazer e, finalmente, viram um meteoro cruzando o céu que valeu a espera. Lento e pomposo, mostrando-se em toda sua glória, uma estrela que sabia que era uma *estrela*. Os rapazes no dique aplaudiram, assobiaram e ficaram tristes vendo-a desaparecer. Ficaram em silêncio. Romeu estava tentando entender por que ninguém tinha vindo. Obviamente, Shaw não era mais tão popular como antigamente. O estúpido emprego de técnico estava acabando com ele. Estava fumando muita maconha e tomando muita anfetamina, os anos estavam ganhando dele. Talvez estivesse ficando um pouco estranho. Inquieto, muito estridente, com excesso de visões. Naqueles dias, mais espantava do que transava com garotas. Dava para começar a pensar que ele estaria trabalhando com suporte técnico na região de Piqua/Dayton quando tivesse 60 anos, a menos que se tornasse aventureiro e se mudasse para Cincinnati.

E eu também, pensou Romeu.

Um por um, Chris, Pissboy e o cara de Toledo dormiram. Ficaram só Shaw e Romeu. Shaw disse que, para ele, ninguém no sudoeste de Ohio sabia como *viver*. Falou sobre a necessidade de viver com paixão.

– Qual dos nossos amigos vive com paixão? Nenhum. *Nenhum*. Estou falando que existe uma diferença entre existir e realmente *viver*.

Virando-se para Romeu, continuou:

– Agora, o que *você* faz, é realmente viver. Se não fosse por você, acho que eu poderia me matar – falava sério. Estava bêbado, bastante agitado. – Não sei se a gente permanece ou não – continuou. – Daqui a mil anos, alguma merda vai ter importância? Não sei. Você olha para cima e vê essas porras de estrelas com bilhões de anos, será que alguma bosta aqui embaixo tem realmente importância? Algo dura? Aposto que uma coisa dura. Essa coisa que *nós* temos, essa amizade. Isso vai durar. De alguma forma. Porque essa é a única bosta que vale a pena nessa história.

Romeu estava muito tocado para dizer algo.

Shaw continuou:

– Não, estou falando sério, você e eu, vamos continuar reverberando nesse universo. Quando todos os estúpidos otários que não apareceram esta noite tiverem sido reduzidos a múons e quarks, ainda dará para ouvir um eco *nosso* – isso eu garanto.

E agora, lembrando tudo isso dois anos depois, Romeu não se sentia mais com vontade de dirigir. Não podia ir para casa em Ohio. Não podia abandonar Shaw. Pouco antes de Darien, na entrada do Campo de Pesca, virou e voltou para Wick.

Tara estava ficando louca com todas as ligações. Elas vinham da Fox News, do *Bombay Times*, de algum evangélico de uma megaigreja que estava pedindo uma reunião. Vários Boatwright desconhecidos ligaram. A Igreja da Fé Renovadora de Greenville, Carolina do Sul, ligou. Ligaram do escritório do senador DeWine. Os amigos da mamãe ligaram para dizer que estavam organizando uma grande Festa da Loteria aquela noite.

No momento, ninguém na família estava querendo atender, mas a secretária eletrônica continuava gravando. A voz de Jase dizia:

– Isso, você ligou para os Boatwright, mas somos muito preguiçosos para atender – aí vinha o *bipe*, seguido de chatices de todo tipo. Essa rotina continuou até ficar insuportável e Tara falar:

– Ei, dá pra desligar isso por um tempo?

Shaw estava numa pequena mesa, estudando a Bíblia da mãe, marcando passagens importantes em amarelo. Estava sério e febril:

– O quê?

– A secretária eletrônica. Precisamos deixá-la ligada?

– E se a Oprah ligar? – ele disse.

Tara sabia que deveria sorrir, mas estava muito cansada. Abaixou os olhos. Ele concordou:

– Está bem, claro. Desligue. Oprah sabe onde nos encontrar, quando estiver pronta.

Ela tirou a secretária da tomada. Aí ficaram sentados ali, ouvindo o barulho da caneta de Shaw e as mortes no videogame de Jase, além do crescente barulho na rua. Daria para pensar que tudo isso poderia perturbar um cara que organizava uma extorsão de cento e sessenta milhões de dólares. Mas Shaw continuava marcando, serenamente, a Bíblia. Podia-se dizer que a confusão parecia agradar-lhe. Ele riu quando ouviu uma mulher do lado de fora insistindo:

– Somos do programa *Today*! Não me diga que você não conhece o *Today*!

– A família não vai dar entrevistas. Mas eu passo a mensagem – disse Trevor.

– Só dois minutos! Se você pudesse deixar Matt Lauer falar dois minutos com eles...

– Senhora, volto a repetir, que está entrando em propriedade privada.

– Pense no bem que Shaw poderia fazer com uma aparição no...

– Está vendo o número que estou discando? É 911.

Romeu voltou ao trailer e descobriu que Claude ainda estava sozinho. Parecia estar muito mal e fedia como repolho fermentado. Romeu lhe deu mais morfina e arrumou o trailer. Lavou os pratos. Tirou o lixo. Passou aspirador de pó. Depois deu um banho no velho.

Na Hermann's Candle Shoppe, tinha comprado uma verdadeira esponja do mar. Encontrou uma panela debaixo da pia que o lembrou do urinol que sua mãe usava sempre que ele estava doente, esfregou a sujeira e as teias de aranha, e a encheu com água quente. Colocou toalhas limpas ao lado da cama e rolou Claude em cima delas. Ao colocá-lo de barriga para baixo, era preciso ter cuidado para não o machucar e ver se estava respirando bem. Não se esqueça de que nunca mexeu em algo tão frágil antes.

Claude murmurou quando a esponja tocou suas costas.

– Muito quente? – perguntou Romeu.

– Não não. Está. Bom.

Romeu começou com os ombros de Claude e foi até a parte de baixo. Onde a pele estava marcada e manchada, sua textura se parecia com a da esponja, mas Romeu não achava isso nojento. Mesmo as barrigas da perna inchadas de Claude não o deixaram mal, mesmo a pélvis em forma de caranguejo, nem limpar ao redor do ânus. Quando terminou o pé, virou Claude novamente e limpou a frente. Os testículos do velho eram enormes: pareciam uns ovos de codorna num saco de couro. Todo o resto tinha encolhido, menos suas bolas.

Mas sentia cócegas no estômago, como uma criança.

Romeu tinha limpado o peito quando ouviu um carro chegando. Ele olhou para fora e viu a picape de Wynetta e a visão o deixou consternado.

– Sua filha está aqui.

– Oh – Claude fez um gesto –, cubra-me.

Romeu colocou o lençol pouco antes de Wynetta entrar. Ela foi direto para o lado do pai e falou com uma voz absurdamente alta, como se um juiz do tribunal tivesse acabado de pedir que falasse mais alto:

– Oh, papai, me desculpe! Não tinha nenhuma porra de celular! Se o senhor soubesse como tudo foi uma loucura!

Claude sorriu desdentado:

– Está bem.

– Eu peço *desculpas*.

– Sem. Problema.

Agora ela olhou para Romeu. Seus lábios se abriram num sorriso desdenhoso.

– Oh, merda, o elfo doidão. O que *você* está fazendo aqui?

– Ele está. Tomando conta. De mim – explicou Claude.

– Oh, não. Oh, não. Você deu remédio para ele?

– Dei – admitiu Romeu.

– Você é enfermeiro? – ela perguntou.

– Não.

– Então não pode dar remédio. Deus. Papai, ele não fez você mexer no seu *testamento*, fez?

Claude fechou os olhos.

– Deus – ela disse. – Onde está Joanie? Ela deveria *estar* aqui. Maldita seja. Eu sabia que não podia confiar naquela puta.

– Está tudo bem – disse Claude. – Estou bem.

– Papai, sabe onde eu estava? Estava em Tifton. Fui para Tifton com aquele grego retardado fodido? E tipo, perdi meu celular, nem sei o número do meu próprio pai, porque todos os números estavam no meu celular. Aí estava tentando fazer com que aquele come-merda me desse uma carona, como ele tinha prometido, mas o cara é tipo o Viado Mais Egoísta do Universo, oh, Jesus, e eu ficava falando para ele, meu *papai*! Meu pobre pai está *doente*. Que foda, meu Deus.

Claude sorriu para ela, com todo o perdão que conseguia demonstrar.

Wynetta se virou para Romeu:

– Ei, seu sapo fodido. Sei o que quer, mas não vai conseguir. Meu pai não vai te dar comida de graça. Você pode puxar o carro daqui. Agora.

– Wynetta – falou Claude.

– O quê?

– Ele me tratou. Bem.

– Oh, papai. Se o senhor soubesse. Chorei o tempo todo até chegar aqui. Quase tive um troço em Nahunta. Será que tem cerveja?

Ela abriu a geladeira. Enfiou sua cabeça e mexeu nas coisas enquanto procurava. Falou com uma voz brava:

– Você não bebeu as PBRs que estavam aqui, bebeu?

Claude pegou a mão de Romeu e sussurrou:

– Me desculpe.

Mas Wynetta tinha tirado a cabeça de dentro da geladeira e ouviu o que ele falou.

– Uh-uh. Não, senhor. Você vai ficar entre mim e meu pai? Eu vou é fazer seu *rabo* sangrar.

Patsy abriu o *laptop* na cozinha e foi até BibleGateway.com, para ler as Escrituras. Prometeu não tomar muito gim e ficar longe das tentações de Malibu. Só preciso encontrar alguma parábola doce para me dar força. Doce Jesus? Estou em suas mãos. Esta é sua pequena ovelha perdida Patsy. Por favor, Senhor. Livre-me do Mal e desses Demônios que entraram na minha vida!

Mas, enquanto navegava pelas páginas do Livro Sagrado, ela se sentia mais perdida do que nunca. Que porcaria era todo esse palavrório? Os massacres das Crônicas, a opressão dos Reis, as mortes sem piedade dos

Juízes: onde estava o conforto? Logo seus olhos começaram a se encher de lágrimas. Ela suspirou e se aproximou da tela. E arriscou uma pequena viagem pelo Google, digitando:

casas de luxo

Só por um minuto, pensou.

Mas as casas que encontrou pareciam muito genéricas e suburbanas, então emendou sua pesquisa com:

casas de luxo califórnia

Aí foi melhor – ela encontrou algumas belas fotos de propriedades em Brentwood e Bel Air. Os residentes talvez não fossem os melhores, mas também não eram estrelas em decadência. Tinham propriedades respeitáveis. Entradas de pedras, cercas vivas. Ainda assim, havia algo errado. Tudo parecia meio pesado e solitário, ela ia de uma casa para outra sem conseguir se satisfazer até que finalmente desistiu e acrescentou o elixir mágico:

casas de luxo califórnia Malibu

Só por um minutinho!

O primeiro lugar que encontrou era um esconderijo de vinte e dois milhões de dólares em Colony que parecia, ela achou, como a recepção da estação de Welcome Center na I-95. Não *acredito* nisso; esses lugares não podem custar tanto! Aposto que poderia comprar por *metade* do que estão pedindo! Se eu quisesse, mas *não quero*...

Shaw entrou na cozinha.

– O que está olhando, Patsy?

Ela voltou para o BibleGateway.com bem a tempo, pouco antes de ele espiar sobre o ombro dela.

– Estou olhando o Livro de Neemias – disse. – A Palavra do Nosso Senhor. Posso fazer isso?

– Claro – ele disse. Mas aí sorriu e olhou o histórico. Estava tudo lá – casas de luxo, casas de luxo califórnia, casas de luxo califórnia Malibu – e ele riu.

– Parece mais o Livro de Brangelina. Que conforto em momentos de estresse! O que você está bebendo, querida?

– Não estou bebendo.

– Bem, então vamos começar, garota. É um momento para celebrar. Que tal uns gins-tônicas?

– Não para mim – ela disse.

– Certo. Pode me fazer um?

Ela deu de ombros. Levantou-se e preparou um tão forte que cheirava a Natal. Um aroma tão atrativo que ela mudou de ideia e preparou um pequeno para ela.

Entregou o copo dele e se sentou.

– Você acha que estou atrapalhando seus sonhos, não? – ele perguntou.

Ela lançou-lhe um olhar gelado.

– Só quero que entenda: não vou tirar o dinheiro de vocês. Vou fazer com que vocês *ganhem* dinheiro. Serão muito mais ricos por minha causa. Isso eu garanto. Vão ganhar um bilhão de dólares. Um *bilhão*. Você acha que eu estou louco, mas estou dizendo a verdade. Sabe como vou fazer vocês ganharem um bilhão de dólares?

Ela não levantou os olhos. Estava pensando, um *bilhão*?

– Porque vocês não ganharam só na loteria. Vocês se tornaram receptores do poder de Deus.

Ela não tinha ideia do que ele estava falando. Estava pensando quanto era um bilhão.

Ele continuou:

– Este poder está passando por nós, a cada segundo. Ondas de rádio, ondas de TV. Mensagens de estrelas distantes. Correntes de cura. Todo o poder do universo está passando por nós o tempo todo, menos por você, Patsy. Porque, quando o poder chega até você, ele para. Você *recebe* o poder. E isso é algo que todo mundo está começando a notar. Todo mundo tem medo de você, porque o poder do Senhor está com você. E eu vou garantir que vai ficar com você. Todo mundo vai ler seus livros. Todo mundo vai assistir a seus vídeos. Todo mundo virá ouvi-la.

– Eu? – ela falou. – Está brincando?

– Eles não vão pagar milhões, vão pagar dezenas de milhões.

Ele estava *brincando* com ela? Era só uma fila de mentiras para me deixar assombrada? Mas estava olhando direto para ela como se realmente acreditasse em todas as loucuras que estava falando.

– Dentro de dois meses, eu garanto, você estará almoçando com Oprah. Jantando com Regis. Vai passar os fins de semana com Montel Williams e o Dr. Phil. E quando eu digo um bilhão? Estou falando sério. Na verdade, estou sendo modesto. Você poderia acabar com mais dinheiro do que Bill Gates. A única pergunta é: o que vai fazer com ele?

Ela gostava de ouvi-lo falar, mesmo se fosse um monte de besteira.

Mas percebeu que sua bebida tinha terminado. Ele também percebeu e disse:

– Vá fazer outro para você, garota.

– E você?

Ele quase não tinha tocado no dele, mas disse:

– Claro. Faça outro para mim, também.

Ela preparou mais dois gins-tônicas, colocando um pedaço de limão em cada um. Quando voltou para a mesa, viu que ele tinha aproximado sua cadeira da dela, para que os dois pudessem ver a tela do computador. Que, naquele exato momento, estava mostrando uma imagem da Terra no espaço.

– Quero que conheça esse planeta – ele murmurou. – Já que vai ser dona de *uma boa parte* dele.

Ela não pôde deixar de sorrir. Ele também estava sorrindo e era um sorriso muito tonto. Quando ela entregou o copo, seus dedos se tocaram por um instante. Foi um pequeno susto.

– Sente-se – disse.

Ela obedeceu. Na tela, a Terra continuava crescendo e crescendo. Ela sentiu como se estivesse caindo gentilmente e Shaw estava caindo ao lado dela. Estava caindo bem em Nova York, mas aí as coisas ficaram meio borradas, como se tivessem entrado no meio de uma nuvem. Quando tudo entrou em foco de novo, viu que não estava na cidade, mas no campo, perto do mar. Estava sobrevoando uma paisagem de sombras marcadas, piscinas compridas, treliças, pombais e jardins bem-feitos.

– Está vendo esta casa? – ele perguntou.

– Uh-huh.

– É a casa de Gwyneth Paltrow.

Era uma coisa linda, mas não exagerada. Era perfeita.

Ela deu um gole no gim-tônica.

Navegaram por cima das árvores. Como se estivessem na gôndola de um balão de ar quente.

– Essa é a casa de Vera Wang – ele contou.

Era muito graciosa, cheia de elegância. Flutuaram mais e ela deu outro gole enquanto ele mostrava as casas de Larry Gagosian, Barry Diller e Diane von Furstenberg. Ele disse quem eram essas pessoas e elas pareciam mais *sérias* do que as celebridades de Malibu, suas vidas mais significativas. Ele a levou para a propriedade maravilhosa de Ralph Lauren. Ela nem podia acreditar que Ralph Lauren era uma pessoa de verdade, que essa era sua casa *de verdade*. Aquele par de sombras na grama – poderia ser Ralph e seu cão? Poderia ser Ralph Lauren andando com seu cão naquele exato momento e talvez usando uma de suas camisas com o cavalo e o jóquei?

A graça de Deus.

Aí veio a casa de Paul McCartney, depois a de P. Diddy.

E ainda o "chalé" em que Arthur Miller tinha passado o verão com Marilyn.

– Alguns dizem que os Hampton estão decadentes – disse Shaw. – Mas sabe o quê? Eles nunca vão ficar decadentes. Porque é aqui que convergem muitas linhas de poder. Os Hampton vão continuar e a beleza é levada até eles como se fosse um ímã. E é aí onde você deve dirigir. Não em Malibu. Esqueça Malibu. Malibu é para artistas comuns. Você não é uma artista, Patsy, é uma visionária. Vamos conseguir uma propriedade tranquila, distante. Não na praia ou em Georgica Pond, nada melodramático, mas algo silencioso e magnífico que servirá para você. Pode passar seus invernos em St. Barts. Mas, durante a temporada, aqui é onde você vai dirigir tudo. Todos virão até sua casa, porque saberão que Patsy Boatwright é um receptáculo do poder de Deus.

Eles não falaram nada por um tempo; só ficaram navegando.

– Shaw?

– O quê?

– Você é louco.

Ele sorriu:

– Já ouvi isso antes.

– Vai morar aqui também? – ela perguntou.

– Bom, sabe, os Hampton não são muito a minha cara. É mais a sua. Vou precisar de algo mais simples. Sabe?

– Ah, claro – ela disse. – Como uma pequena *cabana* em algum lugar?

– Exato.

Eles riram juntos. Ela deu um gole em seu gim e só tinha sobrado o gelo, assim que se levantou para preparar outro.

Clio ficava falando *não* para si mesma, ela não ia até lá. Nunca. Nunca se rebaixaria e iria até a casa de Tara. Aquele lugar era agora como algum tipo de acampamento bíblico misturado com a churrascaria de Jaycee. Estou falando que me recuso a me ajoelhar e implorar para que ela seja minha amiga. E eu ligo para o que aquela putinha pensa de mim? Vou ficar bem sem ela. Vou dirigir por aí um pouco. Vou até a ilha. Aquele cara, o Zach Collins, que supostamente gosta tanto dela? O turno dele vai acabar logo no Southern Soul. Vamos ver de quem ele gosta mais quando seu pinto estiver na *minha* boca. Certo?

Mas ela não foi até a ilha. Estava na rodovia 17, pronta para fazer a curva, em vez disso entrou no estacionamento do McDonald's e fez a volta, indo na direção da casa de Tara. Ela precisava vê-la, *precisava*. Precisava contar como o cheque de Manny para o aborto de Cindy tinha sido devolvido três vezes. E que tinha conhecido o *manager* do Drive Fast & Shut Your Eyes, e que ele tinha um jeito muito estranho, mas era meio bonito. Ela precisava contar a Tara. Quem mais entenderia?

Ela pensou, vou parar por um segundo. Quer dizer, depois de tudo que passamos: ela não pode me esquecer de um dia para o outro! Certo? Não é possível! Não *de um dia para o outro*. Ela merece uma chance.

Os policiais a obrigaram a estacionar três quarteirões antes e caminhar. O lugar estava lotado de gente religiosa, alguns cantando e outros fazendo churrasco, sorrindo tanto que até dava dor na boca; havia caminhões de TV e a cena era totalmente bizarra. Quando Clio tentou entrar na casa, foi parada por um par de estúpidos que disseram que ela não podia continuar.

– Não posso ir até a casa da porra da minha melhor amiga? – ela perguntou. – Tipo, como se ela estivesse separada por uma corda de veludo?

Um dos tontos foi verificar e depois a acompanhou até a entrada. Pediu para que esperasse até que Tara saísse para encontrá-la.

E de repente ela apareceu. Estava com uma cara horrível.

Oh, Tara, pensou Clio. Oh, meu Deus. Jesus.

Estava com olheiras, pálida, nervosa. E Clio imediatamente a perdoou por tudo e só queria abraçá-la.

Tara pensou: termine com tudo isso. Que seja rápido e nada de misericórdia. Se mostrar misericórdia, vai colocá-la em perigo.

– Ei, cara de rato. Tudo bem, vagaba? – disse Clio.

Tara não respondeu nada.

Elas ficaram ali assim, até que Clio disse:

– Então, como é isso? Merda. Todo esse dinheiro.

– É... legal.

– É? Mas e aqueles zumbis loucos?

– São meus amigos.

Não fale nada e aja como se estivesse a uns mil quilômetros daqui.

– Merda, estão olhando para mim. Estão como... zumbis.

Essa é *exatamente* a palavra, Tara pensou. Um riso tentou nascer, mas ela o asfixiou.

– Por que você não respondeu minhas mensagens? – perguntou Clio.

– Estive ocupada.

– Muito ocupada para *mim*?

Aproveite isso, pensou Tara.

– Veja, Clio, tenho outros amigos agora, certo?

– O que você quer dizer com outros amigos?

– Não sei. Acho que melhores. Tipo, com coisas mais em comum. Sabe? Pode ser que nós, tipo, talvez seja melhor dar um pouco mais de espaço uma para a outra. Certo?

O rosto de Clio se contorceu.

– Claro. Tudo bem. Divirta-se com seus zumbis.

– Me desculpe – disse Tara. Mas ela estava pensando, pare, cale a boca, afaste-se dela o mais rápido que puder. – Certo, a gente se vê.

E se virou bem na hora, um segundo antes das lágrimas.

Romeu diminuiu a velocidade do carro enquanto passava pela casa do primo Alfred. Era uma casa grande, estilo Rainha Anne gótica com torres e janelas mansardas, e um jardim meio acinzentado que exercia um forte fascínio sobre Romeu. Ele diminuiu a velocidade até parar completamente, deixando o Tercel sentado no meio da silenciosa rua Union, com as janelas bem abertas porque o ar-condicionado era inútil contra o calor. Continue dirigindo, tinha dito Shaw. A todo custo. Mas o jardim estava chamando e finalmente ele estacionou e caminhou até as estacas de ferro. Tranquilo, perfumado e escuro, com um banco de pedra que parecia perfeito para dormir. Ouviu vozes vindo da casa. A varanda estava coberta de vinhas, por isso Romeu não conseguia ver ninguém, mas ouviu uma voz masculina mais velha (pensou que podia ser o próprio Alfred) e várias vozes masculinas jovens, preguiçosas. Agora, a risada de uma velha. Estavam contando fofocas. O barulho de cubos de gelo, do *bourbon*, risos. Romeu não conhecia nenhuma das pessoas de quem eles estavam falando, mas adorava a sugestão de uma doce malevolência no tom deles, e a fragrância das flores era encantadora. Ficou ali por um bom tempo, apoiado nas estacas, tentando ouvir a conversa. Só quando um grupo de crianças rudes apareceu na calçada e uma delas perguntou: "Cara, você tá bêbado?", é que ele finalmente saiu daquele lugar.

Entrou no Tercel e foi embora.

Que merda, ele pensou, o que foi isso?

Tudo que preciso fazer com Alfred é matá-lo. Não ficar sonhando com a vida dele. Só fique pronto para decapitar o homem quando for a hora.

O Tercel rodou por ruas imponentes. Seus pensamentos viajaram. Passou por Nell. Ela estava no jardim com um chapéu grande e uma pá de cabo comprido. Parecia bastante distraída, como um profeta do deserto. Seu jardim era tão atrativo quanto o de Alfred. Ele queria poder ajudá-la. Teria trabalhado feliz o dia todo no jardim, mesmo se fosse de graça. Mas precisava continuar a ronda, rodando nesse carrossel.

Seu problema, pelo menos é o que achava, era a falta de ódio. Não tinha ódio suficiente. O cérebro de um assassino vingativo, pensou, deveria estar cheio de ódio. Ele deveria odiar Nell e odiar Alfred, odiar todos eles. Deveria ficar tonto de ódio, deveria funcionar na mesma frequência em que estava naquele momento em Hollow Park, quando tinha 10 anos e deu um cacete no golpista que quis ficar no lugar de Shaw.

Burris dirigiu até a delegacia e entrou na internet, no *site* da Accurint, para descobrir o que podia sobre Shaw McBride.

Muito pouco

Cidade de residência: Dayton, Ohio.
Invasão de domicílio: 1994.
Carteira de motorista suspensa: 1997.
Processo por falta de pagamento de aluguel: 1998.
Possessão de maconha: 2000 – condicional.
Emissão de cheque sem fundo: 2003 – condicional.

E era isso – exceto a carinha bonita nas fotos, que parecia desanimada em 1997, mas irresponsável em 2003, com as pupilas dilatadas e um sorriso debochado.

Burris ficou surpreso pela folha não ser maior.

Foi com a viatura pela rodovia 341 até o Chummy's na I-95. Chamou o gerente, mas o atendente disse que ele não estava hoje. Sábado era o dia de folga do sr. Hu.

Burris mostrou o distintivo.

– Apenas chame o homem.

O atendente ligou e o sr. Hu veio rápido. Era da Coreia, do Laos ou algum desses lugares, e tinha dificuldades com o idioma, mas era muito atencioso. Burris explicou que tinha umas perguntas em relação ao ganhador do prêmio da loteria. Pediu para ver as fitas de segurança.

O sr. Hu perguntou:

– Quando o ganhador comprou o bilhete?

– Não, do dia *seguinte*. Quinta.

– Oh, está bem.

O sr. Hu não fez nenhuma pergunta. Levou Burris até seu escritório nos fundos e colocou o disco no *drive*. Era um sistema velho e barato. Câmeras olho de peixe, com movimentos bruscos. Os clientes entravam na loja, andavam pelas estantes, paravam na frente da máquina registradora por alguns segundos, depois iam embora. Um casal grande entrou caminhando de forma tão engraçada que o sr. Hu começou a rir – antes de se repreender.

Abruptamente, na tela, Shaw McBride entrou.

– Vá mais devagar.

A velocidade ficou normal. McBride parecia suado, cansado. Parou para se arrumar antes de se aproximar do caixa. Só dava para ver a parte de trás da cabeça de Cheryl, a atendente. Ela entregou algo para McBride: o que era? Não pagou; saiu da loja.

– O que ela entregou para ele?

– Para o pneu – disse o sr. Hu.

– A válvula de pressão?

O sr. Hu assentiu.

– Avance – disse Burris.

O sr. Hu pulou até a volta de McBride. Agora era o sr. Hu atrás do balcão e Cheryl na janela. McBride entregou a válvula para o sr. Hu, aí foi falar com Cheryl. Quase não dava para vê-los. Depois de um minuto, McBride saiu.

Um segundo depois, uns caras com câmeras de TV entraram na loja. E foi só isso. Fim do espetáculo.

– Você se lembra desse cara? – perguntou Burris.

– Não lembro.

– Tem alguma foto de seu carro? Tem uma câmera do lado de fora?

O sr. Hu tentou outra fita. Era de uma câmera voltada para as bombas de gasolina, mas durante o momento em questão, não havia nenhum carro aparecendo. Não era estranho. McBride não tinha vindo colocar gasolina. Ele tinha parado perto da bomba de ar.

Mas Burris e o sr. Hu viram *algo* passando pela tela e saindo do estacionamento. Borrado e impossível de identificar, mas poderia ser o carro de McBride. Sedã. Meio quadrado.

Burris balançou a cabeça e disse:

– Ok. Pode desligar.

O sr. Hu obedeceu.

– Ei, você não vai ganhar nada por isso? Por ter vendido o bilhete vencedor?

– Nenhum dinheiro – disse o sr. Hu. Ele continuou sorrindo.

– Achei que a loja que vende o bilhete ganhava algum dinheiro – disse Burris.

– Não para mim. Eu só gerente.

Seu sorriso não era nada triste; ao contrário, estava bastante contente. Parecia feliz por não ter nenhuma parte do bolo, feliz por aquela megafortuna ter escolhido fazer peso nos ombros de algum outro maldito, não dele.

Shaw foi com Mitch visitar esse grande especialista em finanças, Henry Lonsdale, que vivia em uma mansão chique no bairro de Black Banks da ilha de St. Simon. Paredes de cimento e varandas protuberantes, janelas com vidro fosco. Da entrada, foram levados por uma empregada; passaram por uma pérgula até o "escritório", que era um vestíbulo com o pé-direito bem alto. Uma parede estava adornada com troféus e placas por sua destreza na pesca.

Lonsdale entrou e se apresentou. Shaw lhe perguntou:

– Você realmente ganhou o Aberto Bassmaster do Sul?

– Qual? Oh, sim. Em 2006.

– Uau. O que você pescou?

– Ah, acho que tinha uns vinte e oito quilos. Algo assim.

– Meu Deus. O que estava usando?

– Bom, comecei com uma isca *spinner*, mas acabei trocando por uma *swimbait*. Se minha memória não falha, usei uma King Shad.

– É leve?

– É pesada. Tudo depende de como lança. Vi o senhor na TV, sr. McBride. Assumo que gosta de pescar?

– É que, bem, lá em Ohio. De onde sou. Não existe *black bass*. Eu adoraria pescar um *black bass*.

– Bom, não há muita ação aqui na costa. Mas eu adoraria levá-lo numa pescaria, se quiser.

– Eu adoraria.

Era evidente que pescar era a paixão de Lonsdale. Ele contou a Shaw que não trabalhava mais com finanças em tempo integral.

– Uns poucos clientes, só para me manter ocupado – disse, decidido.

Na grande mesa de mármore do homem, havia três empregados esperando. Banqueiro, Contador e Advogado. Todos usavam ternos de cor clara e olhavam direto nos olhos quando cumprimentavam. Mas Henry Lonsdale, de tênis, estava mais elegante que eles. Enquanto conversavam entre si, ele sentou na cadeira, pegou um memorando de doze páginas e o folheou, e quando estava pronto, simplesmente começou a reunião. Era uma delícia presenciar aquilo. A forma como ele *retalhou* a coisa. Recortando uma frase e colocando outra, riscando coisas inúteis, salpicando os pobres tolos com perguntas e reclamações, não tolerando nenhuma dissensão e desprezando qualquer hesitação. Que desempenho! Shaw, transfixado, não disse nenhuma palavra, mas uma ou duas vezes riu em voz alta. E só depois que tudo parecia ter sido realizado e todos estarem satisfeitos, ele ousou perguntar:

– Oh, Henry. Por falar nisso. Você acha que eu poderia retirar algum dinheiro?

Todos sorriram. Lonsdale finalmente disse:

– Dinheiro?

– Um pouco de dinheiro me cairia bem – Shaw assentiu.

– Shaw. Vai ser *tudo* dinheiro.

– Vai?

– Tudo mesmo. O que estamos falando é para *deixar* de ser dinheiro, no momento em que for transferido, e transformado em investimentos, para que você comece a ganhar algum retorno sobre o seu capital...

– Mas eu quero começar a doar.

– Eu entendo – disse o sr. Lonsdale. – Mas, sabe, vamos precisar criar uma fundação...

– Não quero uma fundação. Não tenho tempo.

– Não tem? Por que não?

– Porque o mundo vai acabar.

Eles ouviram essas palavras de forma séria e estúpida. O banqueiro, o contador, o advogado, todos tinham o aspecto de gado. Shaw abriu um sorriso.

– Olhe como vocês ficaram!

Os rostos continuaram sérios.

– Estou *brin*-cando.

Então, um por um, eles começaram a rir.

– Sem pressa – ele garantiu. – E, vejam, posso falar algo? Vocês sabem que na TV eu falei que ia doar tudo? Bom. Pequena correção. Não *tudo*.

Mais risos, que cresceram para gargalhadas e assobios de alívio. Claro, pensou Shaw. O pensamento de doar toda a minha fortuna deve ter parecido um insulto para a natureza deles. Shaw esperou pacientemente que as risadas acabassem. Então disse:

– Mas eu realmente gostaria de gastar um pouco.

– É claro – disse Lonsdale. – Vamos deixar alguns milhões em dinheiro. Isso está bem?

– Ótimo.

– Digamos, cinco milhões? Está bem por enquanto?

– Perfeito. E quando tudo isso entra?

Lonsdale se virou para o banqueiro.

– Dave?

– Acho que chega na terça. Se assinarmos tudo hoje.

– Bom, isso é ótimo – disse Shaw. – Mais rápido do que pensei. Realmente ótimo. Obrigado por tudo.

– Façamos o seguinte: quando o dinheiro chegar, vamos comemorar com uma boa pescaria.

Tara estava em seu quarto, ouvindo o louco ex-soldado Trevor organizando o mundo. Ele tinha colocado uma mesinha bem embaixo de sua janela e passou o dia todo dando ordens: planejando a cozinha, organizando o acampamento, negociando com os policiais e com os vizinhos. Amanhã os peregrinos teriam de sair dali, mas ele tinha feito um acordo com os vizinhos e poderiam ficar essa noite.

Ele era bom nessa coisa, um *vizir* natural. Ela o odiava. O som da sua voz a irritava. Mas em que lugar ela poderia ficar? Sua mãe estava na cozinha e Shaw na sala, os peregrinos tinham cercado a casa e, se ela saísse por um instante, eles a atacariam.

Por isso, ficava ali. Tentou ler, não conseguiu. Tentou assistir a *Antes do anoitecer*, o filme em que JCD Jr. estava tão impressionante como o travesti Bon Bon, mas seu perfil fez com que se lembrasse de Shaw. Desligou. Tentou ouvir música com o fone de ouvido, mas se sentiu muito isolada, muito vulnerável.

Entrou na internet. Leu as centenas de comentários na sua página do MySpace.

Tara acho você bonita e gostaria de ser como você. Acho que Shaw McBride é um sonho. Você não é sortuda, é abençoada.

Outro escreveu:

Você é um sinal para todos nós de que o senhor está "conosco" e nos cuidando.

Outro escreveu:

vi vc no vídeo qdo ganhou a loteria e te amo e quero q se case comigo.

Ela ficou navegando. Não respondeu.

No álbum de foto estava o BANDO DE LOUCAS!, aquela foto dela, Clio, Cindy e Jennera quando estavam bêbadas e loucas no Rafters. Alguém tinha escrito: DEUS VCS GAROTAZZZZZ TÃO FUMANDO!!!

Não foi naquela noite que ela tinha beijado James? E achou que queria se casar com ele? Havia uma foto dos dois no show do Arcade Fire: ele parecia um menino. Meu Deus. Os dois pareciam. E essa fotografia foi tirada há seis meses?

Ela não quis ver as fotos de Nell.

Shaw veio visitá-la. Bateu na porta. Ela murmurou algo e ele entrou, sentou-se na cadeira e perguntou:

– Então, o que você acha?

– Do quê?

– Dessa grande aventura.

Ela virou a cara.

– Romeu acha que você não tem medo dele – continuou Shaw.

– Tenho.

– Se ele explodir, fica louco. Melhor não provocá-lo.

– Está bem.

– Um cara lá em Ohio cometeu o erro de nos insultar. Nós simplesmente *arruinamos* sua cabeça. Fizemos picadinho dele e o cara nem conseguiu saber quem o estava atacando. Achou que éramos amigos. Romeu convidou-o a dar uma volta, assim o pobre poderia contar seus problemas. Foram até a ponte. Sabe o que aconteceu lá?

Ela negou com a cabeça.

Ele sorriu:

– Nem eu. Mas, no dia seguinte, encontraram o corpo do cara nas pedras. Com a cabeça esmagada. Suicídio. *Nunca* coloque o amor de Romeu por mim em teste.

Ela não levantou os olhos, mas sabia que ele estava olhando.

– Sei como isso é assustador para você. Mas também é muito excitante. Vamos trazer beleza ao mundo. Beleza como você nunca sonhou.

– Está bem.

– Olhe para mim.

Ela levantou a cabeça:

– Vai valer a pena essa luta – ele disse. – Eu prometo.

Romeu pegou a direita saindo da 17 e entrando em Belle Point, depois à esquerda na Indian Mound. Passou pela porta do tio Shelby. O barulho do regador de grama automático e lá estava o próprio Shelby na calçada, passando o aspirador no Escalade.

Romeu pensou: Aposto que poderia sentir um pouco de ódio por *esse* cara.

Não só por causa da paisagem meio nazista, mas também porque estava passando o aspirador em seu carro num *sábado à tarde*. Desperdiçando um sábado à tarde fazendo essa bosta.

Se eu o conhecesse, tenho certeza de que acabaria detestando. Aí, se precisasse, seria fácil matá-lo.

Dirigiu até o final da Seahorse Drive, virou e voltou. Parou na calçada. Em seu bolso ainda estava o panfleto que Tess tinha lhe dado, da Igreja de Jesus Triunfante, e, quando desceu do carro, ele o pegou e entregou para Shelby.

– Olá. Posso lhe falar sobre Jesus?

Isso irritou o homem.

– Filho, sou diácono da Fé Renovadora. Não preciso disso.

E devolveu. Romeu achou que a visita estava indo bem. O cara era um idiota que se achava muita coisa e aquilo criou um pouco de ressentimento no coração de Romeu. Só precisava de um pouco mais. Talvez se pudesse dar uma espiada na casa?

– O senhor teria algo para beber, por favor? Um copo de limonada?

– Acho que não temos limonada – disse Shelby. Seu olhar dizia: *Basta. Vá embora agora.*

– Nem mesmo leite ou algo? Um pouco de água?

Pensando: você é cristão, Shelby, não pode negar um copo de água a um pedestre.

– Certo. Espere.

Ele quis dizer que Romeu devia esperar do lado de fora. Mas Romeu o seguiu até a garagem. *Skates* pendurados na parede perto da porta de trás, com raquetes de *badminton*, de lacrosse, esquis.

– Vocês gostam de esportes – afirmou Romeu.

Quando Shelby abriu a porta da cozinha, uma *golden retriever* começou a latir. Shelby gritou:

– MacKenzie! Venha segurar a Lucky. Temos visita.

Uma menininha, radiante e cheia de anéis, veio e agarrou a cadela pela coleira.

Romeu seguiu Shelby até a cozinha. Que paraíso! Azulejos cor de terra, luzes em forma de concha e ímãs do Velho Testamento na porta da geladeira.

– Ei, pai – falou a voz de um rapaz vinda da sala. – Você deveria ver a jogada que Sergio acabou de fazer. Nossa, ele matou.

– Droga – disse Shelby. – Como o Phil está jogando?

– Phil está fora.

– Droga.

A garotinha estava olhando para Romeu.

O pai falou para ela:

– MacKenzie, poderia dar a esse homem um copo de água?

– MacKenzie. Que lindo nome – disse Romeu. Ele pegou o copo que ela entregou e bebeu.

– Obrigado – disse.

Ele devolveu o copo. Ela o enxaguou e colocou na máquina de lavar, depois colocou-o de boca para baixo em cima da pia. Quando tinha acabado, tudo estava imaculado, como antes. Você tem um bom sistema aqui, pensou Romeu.

– MacKenzie, você gosta das Super Gatinhas?

Ela sorriu e seus olhos se abriram.

– Eu *adoro* as Super Gatinhas – ela respondeu.

– Tenho uma sobrinha que ama as Super Gatinhas – ele disse.

Ela perguntou:

– Está vendo os ímãs? – estava falando dos ímãs na geladeira. – São da Bíblia.

– São lindos – disse Romeu.

Ela apontou para a Natividade:

– Esse é do Evangelho de Mateus.

– Mesmo? E aquele?

– É dos Atos dos Apóstolos.

Ele sorriu:

– Aqui é a casa da verdadeira santidade. Sabe como sei disso?

– Por causa dos ímãs? – chutou MacKenzie.

– Bem, sim, mas, mais do que isso, por sua generosidade.

Ele estava falando sério. Tinha sido um erro entrar aqui. Não sentia nenhum ódio dessas pessoas. Esperava que Shelby o convidasse para jantar.

Mas Shelby não disse nada. Todos ficaram olhando para ele.

– Certo – disse Romeu. – Bem, obrigado pela água. Adeus, MacKenzie. Adeus, senhor.

Shelby disse para sua filha:

– Querida, segure Lucky. Não quero que ela saia.

Romeu entrou no Tercel e voltou ao seu círculo do inferno.

Shaw e os Boatwright foram até a ilha de St. Simon para a Festa da Loteria, chegando às 19h. Ainda estava claro, mas o lugar já estava lotado. *Uau.* Muitos abraços. Para atravessar a multidão, Shaw precisou abraçar todo mundo. Um cara se pendurou em seu pescoço e se apresentou como Skeet, perguntando o que ele queria beber. Shaw disse, tímido: Johnnie Walker Red? Gelo? Aí uma garota com a barriga bem torneada murmurou em seu ouvido o quanto tinha gostado do que ele havia dito na TV. Murmurou mais alguma coisa, mas havia uma banda tocando, gaita, violino e banjo, e ele não conseguiu ouvir. Seus lábios tocavam o rosto dele e sua mensagem foi entendida.

De agora em diante, todo mundo o trataria assim? Fácil?

O uísque foi colocado em sua mão. Ele tirou a carteira, mas Skeet disse:

– Não, *eu* pago esse. *Você* paga minha hipoteca.

Quando Shaw riu, todo mundo riu junto.

Também descobriu que, para onde olhasse, as garotas baixavam os olhos, fingindo que não estavam olhando para ele.

Skeet era contador especializado em impostos durante três meses e vagabundo de praia o resto do ano. Aconselhou Shaw a ficar longe dos malandros.

– O sucesso é um pico; – assim que você chega lá, começa a cair. De todos os modos, foi o que aconteceu comigo.

Shaw riu e eles se cumprimentaram.

Aí ele conseguiu abrir caminho até a mesa dos Boatwright. Deveria ser uma festa sem mídia, sem fotos, mas os *flashes* estavam por todas as partes. Oh, deixem eles, pensou. Estamos escondendo algo? Não, estamos abertos como as portas da igreja no domingo. Tirou Patsy para dançar. Ela já estava bastante bêbada, então, para absorver sua falta de jeito, não fez movimentos muito complicados. Ele a rodopiou, girou e abraçou, deixando-a bastante graciosa e ela parecia estar gostando, olhando bem nos olhos dele.

Mas aí ele viu Mitch olhando para o chão.

Então, quando os músicos mudaram de canção, Shaw foi sentar-se ao lado dele. Dizendo em seu ouvido:

– Não estou dando em cima da sua esposa, viu, Mitch? Só quero que todos sobrevivam. Lembre-se que em uma semana eu terei desaparecido e você ainda será o cara mais rico que eu conheço. Não precisa me adorar, mas faça com que eles pensem que sim, certo?

Aí pagou uma rodada para todos no bar.

Romeu, seguindo as ordens de Shaw, deixou o carro na rua Redwood e foi a pé até a casa dos Boatwright. Uma barreira policial estava bloqueando a estrada Oriole, o que o deixou nervoso. Mas ele passou por ela e ninguém o fez parar. Estavam ali para impedir a passagem de veículos – já havia muitas SUVs, RVs e caminhões da TV.

Na casa dos Boatwright, encontrou vinte pessoas, brancos, negros e latinos, sentados em círculo sob um grande carvalho, cantando músicas religiosas. Os sorrisos estavam estampados nas caras. Um apontou para um isopor cheio de bebidas geladas e Romeu agradeceu, pegando uma Stewart's Root Beer. Ficou ouvindo a música enquanto descansava. Aí foi até a porta da frente.

Um cara com rosto bonito e tenso, calça apertada, estava esperando por ele.

– Você é Trevor? – disse Romeu.

O cara concordou com um gesto de cabeça.

– Romeu? Shaw disse que você viria. Vou te mostrar a casa.

Eles entraram, foram até o quarto de Jase, onde Shaw estava ficando. Trevor apontou para uma das duas camas e disse:

– Fique nessa. A gente encontra outro lugar para o menino – e saiu, deixando Romeu sozinho.

Assim que deixou de ouvir seus passos, Romeu atravessou o corredor e entrou no quarto de Tara.

Tinha o perfume de uma universitária de cidade pequena. Um pouco doce e fresco, mas com um leve toque de sexualidade. Ele se perguntou se Shaw já tinha entrado aqui. Se tinha tentado seduzi-la? Bem, ele iria. Esse era o tipo de garota de que gostava: magra, determinada, bela-bunda--sem-peitos e que ama sua avó.

Na estante havia um Stephen King e um Edgar Allan Poe e *The uncanny*, de Andrew Klavan. Então ela gostava de terror? Apesar de também ter *O vento nos salgueiros*, *The borrowers* e *A redoma de vidro*, além de um Jesus brilhante e um rinoceronte vesgo. E um boneco de Edward, Mãos de Tesoura.

Do lado de fora, conseguia ouvir a música: "Mesmo quando a maré começa a subir. Mesmo quando a tempestade tem início, sou limpo pela água".

Ele se sentou na frente do *laptop*. Ligou, abriu o *slot* mini-PCI, instalou seu *keylogger* e transmissor. Demorou dois minutos. Aí foi até o quarto principal e fez o mesmo no *laptop* de Patsy. O sistema estava montado de forma que o computador de Shaw conseguisse registrar as transmissões e enviá-las direto para Romeu.

Aí, foi até a porta da frente e encontrou Trevor:

– Ei, veja – disse. – Obrigado, mas não posso dormir na cama do menino.

– Ah, não é nenhum problema. Ele pode dormir no sofá.

– Vou te dizer a verdade. Essa cantoria me deixa nervoso. Mas fale para o Shaw me ligar, está bem?

Caminhou até a calçada enquanto as pessoas cantavam "El Shadai". Entrou no carro e colocou o CD de Drive Fast & Shut Your Eyes, para dar outra circulada pela cidade.

Foi até a casa de Hazel Ramsey. Shaw disse que Hazel era amiga de Patsy, por isso estava no circuito de Romeu. Mas sua casa estava às escuras. Claro. Todos os amigos de Patsy estariam na Festa da Loteria.

Foi até o escritório de Enoch Emery. Enoch era um "ponto de interesse" porque sua empresa tinha sido mencionada algumas vezes no *site* de Mitch. Mas o escritório estava fechado, naturalmente. Era sábado à noite. Enoch também devia estar na festa.

Os sinais de neon pela rodovia 341 fizeram Romeu se sentir muito sozinho. Assim como as luzes no *boulevard* MLK e o canto do pássaro quando ele parou no sinal fechado da rua J. Na rodovia 17, viu uma fila de luzes traseiras vermelhas esperando para virar na estrada que levava à ilha de St. Simon. Sábado à noite! *Todo mundo* ia para a ilha, todo mundo menos Romeu. Ele encheu o tanque no El Cheapo e continuou dirigindo. Queria gritar. Queria socar o vidro. Dirigindo em círculos, tentando descobrir como conseguiria matar essas pessoas. Como alguém poderia ser tão insano?

Shaw dançou com Nell. Os dois cantaram alto "Rocky Top" como um casal com o coração partido e todos podiam ver que estavam loucamente apaixonados.

Shaw pediu outro Red com gelo. Aí, dançou com a prima Vanessa.

Ele não tirou Tara para dançar. Isso seria demais – todo mundo já estava olhando para ele.

E pegou outro Red-e-gelo.

Havia uma garota nova. Perto da lareira. Alta, forte, trágica, olhando para ele com interesse. Tinha um estranho ornamento: uma cobra em espiral que chegava até seu rosto e ele sabia quem era ela por causa das fotos no MySpace.

Chegou perto dela:

– Olá, Clio.

Ela olhou de soslaio:

– O cara na TV?

– Uh-huh. Como eu me saí?

– Quer a verdade?

– Quero.

– Um pouco brega.

– Uau. Você não viu a luz de Jesus irradiando de mim?

– Vi um cara fazendo pose e cheio de drogas.

– Que tipo de drogas?

– Não sei – ela disse. – Que tipo você tem?

– Que tipo você gosta?

– Depende do meu humor – ela disse. – Amobarbital? Percocet? Demerol se você estiver *realmente* deprimido. Como hoje.

– Por que está deprimida hoje?

Clio soltou um suspiro e falou:

– Minha melhor amiga acaba de me dar um fora.

– Por que ela faria isso?

– Ela acha que é boa demais para mim.

– Não é verdade.

– Como é que *você* pode saber?

– Feche a mão – ele disse.

Ela obedeceu e ele colocou uma pequena pílula redonda em sua palma.

– O que é isso?

– Uma velha e boa anfetamina. Vai deixar tudo mais tranquilo por um tempo.

Ele entregou seu uísque para ela tomar. A garota manteve os olhos nele enquanto bebia. Foi aí que pensou: "Ei, como você sabe meu nome?".

Tara viu Clio flertando com Shaw e parou de respirar.

Pensou: Tudo que fiz para protegê-la só piorou a situação. Porque agora ela pensa que eu a abandonei. Agora está furiosa comigo. Ela poderia ter trepado com Shaw, mas agora vai fazer isso *com certeza* – só para me machucar.

Ela viu Clio rindo e, apesar do barulho do bar, sabia como soava: cortante, mas brincalhão. Tara tinha uma risada como essa em seu arsenal.

Você derruba o cara e usa a risada para desequilibrá-lo, aí termina com um olhar. Ela podia ver que isso estava funcionando para Clio. Conseguia ver a expressão de Shaw, meio que confusa, mas seduzido ao mesmo tempo. Tinha sido pego.

Tia Miriam se aproximou de Tara e começou a falar: "Oh, minha criança! Essa foi a melhor notícia de todos os tempos! Estamos *tão* orgulhosos de você. Acredito que Deus tem um verdadeiro propósito para sua família. Acho que, quando Ele dá de forma tão generosa, é porque tem um propósito, não é? Essas coisas não caem do céu sem nenhuma razão. Não há nada que acontece nesse mundo sem uma *razão...*". E continuou falando, mas Tara quase não ouvia, já que todo seu foco estava em Clio e Shaw. Ele estava dando aquele seu sorriso convencido. Ela ficou na ponta do pé para falar algo em seu ouvido, para compartilhar alguma intimidade e ele aproveitou para passar o dedo na serpente em sua bochecha, ziguezagueando audacioso pela espiral.

Tara sentiu que seu coração parava.

Sentiu uma rápida pontada de ciúmes.

Ele é o *meu* demônio, *meu* inferno; deixe-o em *paz*.

O pensamento desapareceu em um instante. Mas ela podia sentir o veneno se espalhando pela sua mente. Enquanto isso, tia Miriam continuava cacarejando:

– Você não acha que esse Shaw é uma joia? Ele é um verdadeiro *devoto*, Tara. Essa parte é muito real. Acho que ele é um verdadeiro presente de Deus, se quiser saber o que *eu* acho...

Romeu sabia que não seria bem-vindo no trailer. Sabia que, se parasse lá, Wynetta o perseguiria com uma faca de cozinha. Mas não estava planejando parar, só queria dar uma olhada em Claude.

Mas, quando viu que a caminhoneta de Wynetta não estava, estacionou. Abriu a porta. Claude estava deitado lá, sem cobertor. Os olhos se levantaram, devagar.

– Me sinto. *Ótimo* – disse.

E se virou, com um olhar de remorso. Havia um cheiro azedo e o lençol ao redor de sua bunda estava manchado.

– Onde está Wynetta? – Romeu perguntou.

Claude tentou dar de ombros.

Romeu foi até o armário e encontrou outros lençóis, gastos mas limpos. Na pia, enxaguou a esponja e encheu a panela com água quente.

Quando começou a limpar, sentiu-se mais aliviado.

Mas, assim que terminou, no momento em que Claude estava todo limpo e descansando em paz, em cima de lençóis e travesseiros limpos, com uma nova bolsa de morfina entrando em seu sistema, Romeu sentiu o peso de todos seus problemas voltando.

Deitou-se na cama, ao lado do velho. Os dois olhando as teias de aranha no teto. Os lábios de Claude estavam se movendo e ele parecia estar lutando com algum pensamento. Mas talvez não fosse isso. Talvez não estivesse pensando em nada, talvez só estivesse sofrendo.

– Já fez efeito? – perguntou Romeu.

Um longo silêncio. Aí Claude disse:

– Acho quê. Sei o quê. Você está fazendo aqui. Você deve. Matar alguém. Certo?

– Certo – falou Romeu depois de respirar fundo.

– Mas não está. Pronto?

– Não.

– Bom. Então. Você deveria. Praticar.

– O que quer dizer?

– Matar – sussurrou Claude.

– Praticar matar? Como eu poderia praticar isso?

– Comigo.

– Eu não...

– Por favor – disse Claude.

– Oh, meu Deus. Claude. Espere pela morfina. Vai funcionar num minuto.

– Não pode me dar *toda* a morfina? Dê-me toda a bolsa.

– Está num tipo de bombinha, Claude. Não dá para enfiar tudo de uma vez.

– Me ajuda.

O olhar no rosto do velho – todo o egoísmo e a fraqueza – estava deixando Romeu triste. Que esse pilar de força estivesse desmoronando bem na frente de seus olhos.

– Claude. Não posso fazer isso por você.

– Só. Para praticar.

– Tente entender, Claude.

– Para ficar. Em forma. Para a coisa real.

– Não posso! Você não entende. Preciso estar todo agitado para essa merda!

– Por favor – disse o velho.

Ele estava implorando. Como poderia ser tão fraco? Romeu pensou. Como poderia ter caído tanto?

– Vou ver.

– Por favor – disse Claude.

– Vou ver. Mais tarde. Mas preciso ir agora.

Romeu se levantou da cama e foi embora. Fechou a porta depois de sair. Entrou no Tercel e dirigiu. Não sabia aonde estava indo. Sem pensar, começou a fazer o circuito.

Não. Não quero fazer a porra do circuito.

Dessa vez, quando chegou à curva na St. Simon, ele virou. Cruzou o pântano e entrou na ilha, que achou bastante bem organizada, mas chata. Apartamentos para aposentados, escritórios para osteopatas, palmeiras falsas. Seguiu as placas até a vila e encontrou umas casinhas velhas e meio caídas, um último suspiro de caráter e graça. O bar do Murphy era fácil de encontrar. Tanta gente estava querendo entrar na Festa da Loteria.

Parou numa rua lateral. Embaixo de um grande carvalho. Desse ponto tinha uma clara visão do bar, com as pessoas entrando e saindo.

Essa miséria que ele estava sentindo, não poderia ser usada de algum modo? Trabalhar para transformar em algum tipo de raiva? Essa era a chave, um pouco de raiva.

Aí notou alguém saindo por outra porta, a dos fundos.

Era Shaw. Tentando sair sem ser visto pela multidão. Andando perto do lixo, esperando por alguém. Não viu Romeu estacionado nas sombras no fim da rua.

Foi então que Clio veio com seu Miata. Shaw entrou e eles foram embora. O coração de Romeu batia forte no seu peito.

Clio. Ela é minha. Essa era a *Clio*.

Ela é a única coisa que vale a pena nessa porra de cidade. Ele *sabe* disso. Precisa saber. Não está nem aí? Não se importa nem um pouco? A porra do meu melhor amigo!

Seguiu o Miata. Permitiu que fossem bem na frente e ficou com os faróis apagados. Perseguiu o carro por umas poucas ruas e depois por um caminho de terra que levava até o oceano.

O Miata parou. Romeu também.

Desceu em silêncio, fechando cuidadosamente a porta, e foi até o porta-malas do Tercel, para pegar o sabre. Começou a caminhar até o Miata. Os galhos do carvalho se enroscavam em sua cabeça. Seus passos não faziam barulho por causa da areia. Meu melhor amigo, ele pensou, a porra do meu melhor amigo. Via que as janelas do Miata estavam abertas. Ouviu suspiros apaixonados. No escuro, só conseguia ver a silhueta dos amantes.

Mas percebeu, enquanto se aproximava, que sua raiva estava diminuindo rapidamente. Tinha, na verdade, desaparecido. Agora ele não sabia o que sentia. Havia a dor da traição de Shaw, mas isso não se separava da dor geral. O que mais sentia era solidão. E o pensamento de que, pelo menos, Shaw estava feliz agora.

Shaw passou os dedos pelos seios de Clio, por suas coxas, depois fizeram uma hábil curva e subiram para a boceta. Ela fez uma tentativa pouco convincente de impedir, juntando as coxas, mas não parou de beijá-lo. E ele retrocedeu um pouco, mas logo voltou ao ataque – seus dedos circulando sua presa cada vez mais perto e ele sabia que ela não ia aguentar por muito tempo.

– Jesus – ela suspirou. – Você vai direto ao ponto, não?

Ela estava lá para ser possuída, não estava?

Logo ele estava pressionando para se enfiar dentro de sua calcinha, que já estava molhada; seus dedos pedindo, insistindo, até que ela suspirou e relaxou um pouco e ele se moveu rapidamente, entrando embaixo de seu elástico e dentro dela, um dedo, outro, enquanto pressionava o osso púbico com sua mão. A respiração dela ficou mais rápida, seu perfume, o cheiro do mar, o canto de um pássaro ao longe. E a outra garota no bar, aquela com uma barriguinha dourada, estaria disponível para ele mais tarde, não? E, finalmente, Tara. Ela estaria dormindo no quarto ao lado hoje à noite e a cada hora eles estariam mais perto. Sorriu. Tinha três dedos dentro dessa e quando ela segurou a respiração, achou que ia gozar e aumentou a pressão. Aí ela gritou.

Começou a empurrá-lo e olhar para algo.

Ele se virou para olhar. Tinha alguém lá. Uma figura, um homem. Se escondendo. Carregando algum tipo de faca comprida que brilhava à luz da lua. Shaw estava tentando abrir a porta, encontrou o trinco e abriu, quase caindo para fora, lançando-se na escuridão.

Mas o homem estava entrando num carro. Luzes se acenderam e o carro deu a ré violentamente, desaparecendo.

Shaw virou-se para Clio.

Ela estava chorando.

– Ele tinha a porra de uma faca! Estava olhando para nós! Quem era? Quem caralho *era*?

Shaw não falou uma palavra.

Romeu estacionou na rua Mallery, de onde tinha uma visão clara do Bar do Murphy. Esperou e logo o carro da Clio apareceu, parando perto da parte de trás do bar. Shaw desceu e o carro foi embora.

Shaw tirou o celular e digitou um número. O fone na mão de Romeu tremeu como um animal assustado. Ele o colocou no ouvido.

– Sim?

– Onde está você?

– Vire-se – disse Romeu e, quando Shaw se virou, ele piscou as luzes.

– Venha aqui – disse Shaw. – Agora.

Romeu foi com o carro até lá, Shaw entrou e fechou a porta.

– Comece a dirigir.

Romeu passou pela multidão que estava na frente do Murphy's.

– *Continue dirigindo!* Antes que alguém me veja. Saia daqui.

Uma loja de camisetas, depois outra de suvenires, por fim uma sorveteria. Shaw disse:

– Sabe, eu realmente pensei que íamos fazer isso. Achei que estávamos construindo vidas ótimas para nós. Seu merda estúpido.

Tentava controlar sua raiva. Mas sua boca não funcionava direito. Soltava um silvo elétrico no final de cada palavra. Finalmente, ele disse:

– Então, qual é o *problema* com você?

– Não sei – disse Romeu.

– Diga! – exigiu Shaw. – Por que merda você estava parado ali?

– Não sei – lamentou Romeu.

– *Por que você estava parado ali?* – perguntou mais uma vez Shaw.

– Não era o que eu devia fazer? Deveria ser o guardião, certo?

Agora Shaw explodiu.

– De longe! Seu merda estúpido! Você deveria ser invisível! Não devia ficar parado lá quando estou enfiando minha mão na calcinha da vagabunda!

– Ela é só uma vagabunda? – perguntou Romeu.

– QUEM DISSE QUE VOCÊ TINHA DE FODER AS NOSSAS VIDAS?

Romeu acelerou justo quando um grupo de universitários, com o cabelo bem curtinho e calças verdes, estava cruzando a rua. Eles não quiseram ceder o passo até perceberem que corriam risco de vida, aí saíram correndo, gritando palavrões para o carro. Romeu nem percebeu que eles existiam.

Foi até o píer da vila, estacionou e saiu caminhando. Deixou Shaw dentro do carro. Quem precisa dessa merda de carro? Ele andou pela mureta, passou o campo de minigolfe com sua música boba, cruzou com famílias caminhando tranquilas. Todo mundo estava comendo – sorvete, cachorro-quente, algodão-doce – e todo mundo era tonto, gordo e pálido. Passou por uma caixa de areia com duas grandes manchas cinzas que pareciam os corpos enterrados de crianças gordas. Quando se aproximou, percebeu que devia ser uma escultura. Uma escultura de baleias nadando. Deus. Tudo era tão feio e errado aqui. O que ele estava *fazendo* aqui? Precisava ir embora, encontrar um caixa eletrônico, pegar um táxi até a rodoviária e um ônibus de volta para Piqua, Ohio. Fazer isso agora mesmo.

Sentou-se num muro baixo ao lado das baleias.

Um minuto depois, Shaw apareceu e se sentou ao lado dele.

– Certo – a voz de Shaw mostrava um grande remorso. – Acho que entendi. Você *gostava* da Clio. Não é?

Romeu não respondeu.

– Oh, Jesus. Me desculpe. Eu deveria ter visto isso. Por que não vi isso? Ela era sua. Você deve estar me odiando.

Eles olharam para oceano Atlântico.

– Eu só, quero dizer, ando muito elétrico, não estou pensando direito. Meu Deus, se você os tivesse *visto* esta noite. Os Boatwright, lá no bar? Eles querem se submeter. Até Mitch. Ele *quer* se submeter. Quer muito. E a esposa quer trepar comigo. E, Deus, você foi até a casa – vê isso? Vê todo o povo ali? Todo *mundo* quer se submeter. Sabe por quê, Romeu? Por sua causa. Porque você está lá, na escuridão.

Um navio apitou ao longe, bem quando Shaw estava dizendo *lá na escuridão*. A harmonia disso tirou o fôlego de Romeu.

– Sabe o que estive pensando? – continuou Shaw. – Sobre a história do mundo, sobre como esse é sempre o caminho. Qualquer coisa boa ou original nunca é somente alguém com um plano. Deve sempre existir alguém para ajudar também. César precisou ter legionários. Thomas Jefferson precisou ter soldados confederados com seus pés congelados. Joseph Smith teve aquela ótima história sobre as Tábuas de Ouro, mas também precisou que os danitas ficassem do lado dele e matassem seus inimigos. Foi assim que os bons vieram ao mundo, com uma escolta na escuridão. A luz sempre é guardada pela escuridão. Sempre. Toda grande ideia tem um Romeu patrulhando do lado de fora. Toda grande ideia é reforçada pelo terror. Certo? Quero dizer, se você quiser algo mais, além da merda que te entregam? Quer abrir espaço para o amor, a beleza ou outra coisa? Você não pode ter medo e nem misericórdia. Precisa fazer com que eles se ajoelhem perante o direito divino dos corvos. É uma coisa difícil de aceitar, mas é a forma como o mundo funciona. E o que estamos fazendo, você e eu, nessa nossa aventura? É a melhor ideia que alguém teve em mil anos. Mas tudo depende de você. De você sofrer na escuridão. Preciso saber que não vai me desapontar. Entende o que estou dizendo?

– Entendo – disse Romeu.

Ele, na verdade, não entendia muito bem, mas não importava. O que importava era a paixão de Shaw. O fato de que às vezes, na sua presença, Romeu sentia-se bem em relação à estranha confusão que era sua vida.

Quando estou com Shaw, pensou, o resto do mundo pode se foder. Foda-se ou não, isso não é importante porque o mundo não *existe*. Só parece existir. O chamado "mundo" está aqui só para nossa diversão.

Duas jovens irmãs usando rabo de cavalo e shorts estavam saindo do píer, arrastando uma grande geladeira de isopor entre elas. As camisetas das duas estavam sujas de sangue de tubarão. E Romeu sentiu-se seguro o suficiente para dizer:

– Ei, olha aqueles pedações de carne. Elas trepam uma com a outra, não?

– Fazem isso toda noite – disse Shaw.

Romeu riu de forma lasciva:

– O que é aquilo na camiseta delas? Será que é sangue menstrual?

– Ah, claro – disse Shaw. – São umas porcas.

– Elas não têm ideia de como isso é nojento?

– As jovens de hoje.

Aí os dois começaram a rir. Foram para o carro e deram uma volta. Passearam sem destino. Entraram numa rua com várias imobiliárias e financeiras, além de vários restaurantes turísticos: Crabdaddies, Crabshack, My Crabby Aunt Sally. Encontraram outra estrada que corria paralela ao oceano. Um farol piscava na escuridão. Uns rapazes estavam acendendo tochas. Romeu estava quase sorrindo. Era como se ele e Shaw estivessem finalmente de férias, como era a intenção inicial. Agora haveria garotas, margaritas e siris, toda a noite sulista se abrindo para eles.

Mas, na verdade, andaram menos de dez minutos e Shaw falou que precisavam voltar:

– Estou preocupado com os Boatwright.

Assim, Romeu voltou ao Murphy's e o deixou ali.

Fez sozinho a viagem de volta pela estrada. Olhava para o pântano escuro, o que o fazia pensar na morte e em Claude. Jesus. Ele ainda precisava fazer algo pelo pobre Claude.

Patsy tinha entrado num clima nostálgico. Já passava da meia-noite e ela, Shaw, Tara e Mitch estavam no Liberty a caminho de casa. Shaw não deixou que ligassem o ar-condicionado. Disse que queria o ar oceânico, então deixaram as janelas abertas, o que fez Patsy lembrar-se de seus dias de colégio, quando ficava andando no El Camino de Danny Duggan. Danny também não gostava de ar-condicionado. Ou talvez o ar não funcionasse naquela louca picape. De qualquer forma, naqueles dias ainda dava para andar na praia tarde da noite e, se as janelas estivessem abertas, o ar do oceano a envolvia da mesma forma que estava fazendo agora.

– Mitch – ela disse –, você se lembra de Danny Duggan?

– O que tem ele? – grunhiu Mitch.

– Lembra-se daquela coisa que ele dirigia?

– Nunca fui amigo de Danny Duggan.

– Ah, certo – ela disse. – Danny Duggan não estava no Clube da Bíblia. Ele era *do* mal.

Ela tinha consciência de como seu tom era maldoso, mas não se importava. Estava bêbada e não dava a mínima. Afirmou para todo o carro:

– Danny Duggan me ensinou a dançar. Ele poderia ser *do* mal, mas sabia dançar.

Ninguém falou nada, por isso acrescentou:

– Apesar de que nunca dançou como você, Shaw.

Isso foi provocativo?, pensou. E que me importa?

– Shaw. Você não quer que eu te diga como você dança?

– Quero.

– Como um *lunático*.

Ela riu. Ele não riu, no entanto. Ninguém riu.

Tara estava dirigindo e olhando para a estrada, sem se mexer.

Bom, provavelmente estava com ciúmes.

Apesar de não ter como saber com certeza. Patsy não conseguia ver seu rosto e, de qualquer forma, Tara sempre escondia seus sentimentos; ela nunca compartilhava nada com a mãe. O que era triste. Minha própria filha está em guerra comigo, pensou. Ela não me conhece. Acha que sou uma rata de igreja como o pai. Se soubesse as loucuras que viajam pela minha alma, ficaria doida. Se soubesse, por exemplo, as loucuras que fiz naquela viagem para a Espanha quando tinha a idade dela; oh, meu Deus do céu.

E quem *entenderia* aquele lado de Patsy?

Bem. Era absurdo, mas ela pensava em Shaw. Um pouco. Era ruim pensar assim? Sobre seu raptor? Era algo impróprio?

Talvez Shaw gostasse de Tara, mas Patsy tinha certeza de que ele estava mais próximo dela, em espírito. Porque ele adorava aventuras. Verdade que era um criminoso, um filho da puta e a forca seria pouco para ele. A *castração* seria muito bom! Mas era preciso admitir que tinha sangue nas veias. Tinha o coração de um aventureiro, que a filha de Patsy não poderia apreciar e que seu pobre marido, com sua alma cheia de cinzas, não conseguia *aguentar*. Patsy não o perdoava de forma nenhuma, nunca – só dizia que Shaw McBride tinha sangue nas veias.

Romeu tinha se preparado para fazer o que Claude tinha pedido, queria ajudar. Se tudo que ele precisava era morrer, vou fazer isso e em troca vou pedir para me contar mais uma vez sobre o velho marinheiro.

Mas, quando chegou ao trailer, viu que era muito tarde. Os olhos de Claude estavam abertos, mas já não havia mais ninguém ali. Romeu tocou seu rosto: parecia um museu. E Romeu sentiu seu coração gelar.

Ele pensou: Devo fechar os olhos dele, não? Isso seria o correto. Mas qual olho primeiro? Escolheu o direito. Tentou forçar a pálpebra com o dedão, mas ela escorregou, voltou a abrir e seu dedão tocou o olho – a íris girando, como se evitasse olhá-lo.

Oh. Fiz merda. Desculpa, Claude.

Shaw ficou espantado, quando eles voltaram para casa, com o aumento na multidão parada na rua. Os carros estavam estacionados por toda a estrada Redwood, quase chegando à 17, e na Oriole duas viaturas da polícia estavam paradas com as luzes acesas. Os peregrinos estavam saudando e acenando folhas de palmeiras. Alguns tinham vindo em RVs e trazido seus filhos, cães e *frisbees*. Alguns pareciam mendigos. Mostravam as raízes negras dos molares quando sorriam.

A equipe de guarda-costas de Trevor segurou a multidão enquanto Shaw e os Boatwright saíam da Liberty.

Shaw murmurou para Trevor:

– Muitos.

Trevor assentiu:

– Eu convenci os vizinhos essa noite. Amanhã vamos para o campo de um clube.

Uma velha esticou o braço entre dois guarda-costas e tocou o ombro de Shaw, chorando:

– Padre! Ajude-me! Padre!

Era pequena e frágil, mas valente, e finalmente ele fez um sinal para que os guarda-costas deixassem que se aproximasse.

– Padre – ela disse. – Você pode curar os doentes?

– Quem está doente? Não é você.

– Meu marido – ela o agarrava forte, puxando-o. – Por favor, padre.

Deixou que ela o levasse. A multidão se abriu e ficou ao redor dele. Ela o trouxe até o fim da rua, até um velho sentado numa cadeira de rodas, que olhava cético para Shaw.

Tudo que preciso fazer, pensou Shaw, é usar o poder que já existe aqui.

– Qual é o seu nome? – perguntou ao homem.

– Bill Phillips.

– E por que está paralisado?

– DSR. Já ouviu falar nisso?

– O que é?

– Distrofia simpática reflexa.

– Você sente dor?

– Ah, claro. Aqui ao redor do meu joelho. Tanta dor que não consigo usar a perna.

– Mas essa não é a dor da qual você precisa acordar. Você precisa acordar, na verdade, desse sonho da vida. Você entende isso?

Bill Phillips olhou para ele. A multidão tinha ficado em silêncio. Uma câmera de TV fazia um barulho em harmonia com os grilos. Os *flashes* dos celulares refletiam as folhas de carvalho.

– Você sonha que não está sozinho no mundo – continuou Shaw. – Sonha que seu Pai não está com você. Mas, na verdade, Ele está bem aqui ao seu lado e, se você pudesse acordar, O veria tão brilhante como o sol.

– Bem aqui? – disse Bill Phillips. Seus olhos começaram a se encher de lágrimas. Logo começou a chorar. Shaw colocou as mãos sobre suas pernas aleijadas, até que os espasmos do choro diminuíram – aí se afastou, caminhou até a casa e a multidão se abriu para que ele passasse.

Romeu foi procurar Wynetta, contar-lhe a notícia. Um bar caipira depois do outro: Duke's, Oleander Inn, um bar de cimento sem nome ao lado do aeroporto. Mas não a encontrou. Até tentou um bar de *strip-tease* chamado "VIP" Lounge, num velho armazém no centro da cidade. A placa estava escrita assim mesmo, com aspas ao redor do VIP. Ela não estava lá, mas, quando Romeu deu uma olhada na dançarina que estava no poste, ficou abismado porque era Tess! Tess, a garota missionária! Vê-la ali deixou-o tão perturbado como quando encontrou aquele bicho morto na roda. Ela estava dançando com botas de veludo negro e com uma tanga prateada, a testa grande e o encanto de um robô. Por sorte, ela não o percebeu, não viu como ele estremecia.

Mas, quando a música acabou e ela veio tentar uma dança "VIP", acabou reconhecendo-o – e deu um sorriso.

– Romeu!

– Ei, Tess.

– O que você está fazendo aqui?

– O que *você* está fazendo aqui?

– Pagando meu aluguel – ela deu de ombros.

Ela se sentou num banco ao lado do dele. A garçonete era uma lésbica com jeito sério. Romeu pagou uma bebida para Tess e perguntou:

– O que aconteceu com a coisa de ser missionária?

– Oh. O cara que nos mandou? Meio que deu pra trás.

– E a outra garota?

– Megan? Está trabalhando na fábrica de bolsas. Lá em Darien. Foi o que ouvi.

– Parece fodido – disse Romeu.

– É.

– Você ainda ama o cara que pendura as pessoas nos ganchos?

– Mais ou menos. Mas ele não me ama, assim, deixa pra lá.

Eles estavam vendo a próxima dançarina, que tampouco era uma beleza, mas pelo menos sua performance gerou muito alvoroço.

Tess perguntou:

– E como andam suas férias, Romeu?

Ele balançou a cabeça:

– Nada boas. Meu amigo acabou de morrer.

– Oh, me desculpe. Aquele cara, o que eu conheci?

– Não. Um velho. Vivia num trailer. Um velho pescador.

– Oh.

– Seu avô também era pescador. O avô costumava chamá-lo de franguinho.

– É mesmo? – ela sorriu.

– Eu estava tomando conta dele. Conhece a estrada Balm-of-Gilead?

– Conheço! – ela disse. – Já pregamos ali.

– Converteu alguém?

– Deve estar brincando.

– Frankie, para o palco – disse o DJ.

– Bom, minha vez.

– Esse é o seu nome de dançarina? Frankie?

– É o diminutivo para Frankenstein. Obriguei-os a usar. É o meu apelido em casa. Eles não querem que eu use, mas falei que não vou usar Tabitha ou Crystal ou Charmaigne, sabe? Preciso ir. Espera por mim.

– Infelizmente, não posso.

No entanto, ele tirou uma nota de cinco dólares da carteira, dobrou-a e, quando ela puxou sua liga, ele a prendeu. Foi embora depois disso.

De volta à estrada, ele se lembrou de que Wynetta tinha mencionado que gostava de um bar na rodovia 341. Ele não conseguia lembrar o nome. Alguma coisa a ver com nome de pássaro. Foi para lá, mesmo assim. A rodovia 341 estava escura, de repente as luzes fortes do posto policial o cegaram, mas logo voltou a escuridão. Finalmente viu um pequeno neon: Pigeon's, com um pequeno bar embaixo da placa. E lá estava a picape de Wynetta.

Ele estacionou, abaixou o banco e esperou por ela.

Um a um, os bêbados foram saindo.

Finalmente, Wynetta saiu de braços dados com algum velhinho caipira que a encostou contra o carro e começou a agarrá-la. Tentando enfiar a mão no meio das coxas e da bunda dela, o cara precisou fazer uma curva no cotovelo, como se estivesse jogando boliche. Depois de um minuto, ele parecia ter se enchido dessa situação: liberou a mão, deu um tapa em sua bunda e se afastou.

Wynetta o xingou, mas ele nem ligou. Foi embora em sua picape.

Aí Romeu saiu do Tercel:

– Ei, Wynetta.

Ela ficou confusa. Tentava se lembrar de onde o conhecia. Era um ex-namorado? Policial? Mas o cérebro começou a funcionar aos poucos.

– Aconteceu um problema com seu pai – ele disse.

Agora a ficha caiu:

– Oh, merda. O fodido. O enfermeiro fajuto. Sai de perto de mim. Vou gritar e, em dez segundos, eles vão estar aqui para quebrar a sua cara.

– Eu só queria... – ele disse.

– A sua cara! A sua cara!

– Certo. Quero contar o que aconteceu com seu pai.

– O que tem meu pai?

– Ele morreu.

– O quê?

Ele não ia repetir aquilo:

– Eu te levo para casa.

– Estou com a minha picape – ela respondeu. – Você disse que meu pai está morto?

– É melhor eu te levar.

Ela deu de ombros. Ele a acompanhou até o Tercel e os dois pegaram a rodovia 341.

– Como você sabe que meu pai está morto? – ela perguntou.
– Fui visitá-lo.
– Ah – ela falou.
Mais estrada escura.
– Você não bebeu todas as PBRs, bebeu?
Que pedaço de merda, pensou Romeu:
– Não tem nenhuma PBR. Acabaram todas.
– Você as bebeu?
– Não, você as bebeu, Wynetta.
– Não bebi *todas*.
– Certo – ele disse. – E o que importa isso?
– O que importa? Importa que você pegou algo que não é seu.
Ele ficou bravo de estar no mesmo carro que essa vagabunda de meia-idade, bêbada e insensível. Tinha feito com que os últimos dias de Claude na Terra fossem um inferno, a ponto de ele ter pedido a um estranho que o liberasse. Ela tinha feito isso com Claude! Romeu há muito tempo não tinha sentido tanto asco.
Pensou se podia tirar algo disso.
Wynetta ainda estava chorando:
– Me leva até o Lonnie's? Ele vai me emprestar umas latas.
– É muito tarde.
– Eu o acordo. Quando contar que meu pai morreu, aposto que ele vai me dar uma cerveja de seu precioso esconderijo.
– Não, vou te levar até seu pai – disse Romeu.
– Para quê? Para vê-lo morto? Não *quero* vê-lo morto.
Eles entraram na Balm-of-Gilead.
– Não é algo que me importa muito – disse ela.
Concentre-se na indecência de sua indiferença, pensava Romeu, no horror de sua respiração e na tristeza dessa estrada. Pense em todas essas coisas ao mesmo tempo e veja quanto ódio você consegue juntar.
– Quero uma cerveja. Você está dizendo que não concorda com isso? Nem uma porra de uma cerveja?
Ele abaixou o braço até onde estava a espada, entre o banco e a porta. Passou os dedos ao redor do cabo. Poderia fazer isso. Precisava de inspiração; agora tinha encontrado. Deixe-me puto o suficiente, sua vagabunda, e vou ser o pior filho da puta desse planeta.
– Wynetta. Sabe como eu ganho a vida?
– Você vende seguros.
– Não, eu inventei isso. Na verdade, eu sou um anjo vingador. Sabe o que isso quer dizer?

– Não.

– Significa que eu distribuo o que as pessoas merecem. É isso que eu faço.

Sua boca estava um pouco aberta, mas não era por medo. Era apenas sua expressão normal.

Ele parou no trailer e disse:

– Preciso explicar melhor para você?

– Não, tenho minhas próprias merdas para me preocupar.

Ela abriu a porta e saiu.

Romeu saiu do outro lado, espada na mão. Escondida ao lado da perna, quando cruzou na frente do carro. Era o lugar para atacar, ali fora. Dentro era muito apertado. Também Claude estava ali com os olhos abertos e Romeu sabia que nunca poderia fazer aquilo com Claude olhando, mesmo se estivesse morto.

Mas ele podia fazer ali fora. E ia ser agora. Precisava deixar que sua raiva tomasse conta. Visualizou a lâmina cor de cobre. Depois seu grito – um grito que morreria logo.

Mas, quando estava pensando nisso, ela entrou no trailer e disse:

– Ei, deixe-me sozinha com meu pai, certo? Vou cuidar da ambulância e tudo o mais. Obrigada pela carona.

Entrou e fechou a porta.

O tempo todo, ele ficou ali como se estivesse congelado.

Perguntando-se por que não tinha agido?

Bem, por um lado, ela não valia a pena.

Havia também a espada. A espada tinha sido uma má ideia. Ele poderia ter usado uma arma. Com uma arma, você só precisava puxar o gatilho, mas com uma espada precisava cortar como um bucaneiro e com certeza ele não estava pronto para isso.

Ficou parado por meio minuto.

Voltou ao Tercel e foi embora. Na rodovia 341, chegou a algum tipo de escola de enfermagem, parou perto do lixo que estava no fundo e jogou fora a espada. Pegou a bainha que estava no porta-malas e também a jogou. Pensando: o que eu preciso é matar a sangue-frio. Sair da minha alma e matar *a sangue-frio*. Como é que eu pensei que poderia matá-la com uma porra de uma espada de pirata?

Domingo

Burris, como sempre, se sentou seis bancos atrás de Nell. E, como sempre, Nell só se sentou no último minuto, indo de um lado para outro, conversando e brincando, a alma mais brincalhona na igreja. Tentou não acompanhá-la, mas não podia evitar. O menor movimento dela arrastava seus olhos. Mesmo quando ele murmurava olá para seus vizinhos de banco (todos continuavam falando com voz doce, como se ainda fosse um viúvo recente), conseguia vê-la com o canto dos olhos. Folheou seu missal, mas só prestava atenção na risada dela. Arrumou a gravata. Abaixou os fios de cabelos da testa. Molhou os lábios, uma coisa que tinha se flagrado fazendo esses dias, algo que odiava porque era coisa de velho. Bem, ele *era* velho. Estava quente demais aqui. O ar-condicionado não dava conta de toda essa gente. Deu outra olhada. Ela estava conversando com um dos seniores e, é claro, flertando. Como sempre. Mas aí começou um murmúrio e todos viraram a cabeça, porque a família Boatwright estava entrando pelo corredor.

Shaw McBride estava com eles.

A garota, Tara, falava algo com sua mãe e estava com a mão no ombro do pai. Murmurou então uma piada para McBride, que riu. Quando o irmãozinho ficou muito para trás, ela voltou, pegou firme em sua mão e o trouxe para a frente. Toda a família parecia orbitar ao redor dela. A garota olhou para os bancos e cumprimentou amigos e parentes. Sorriu radiante para seu tio Shelby, sua tia Miriam e filhos. Deu um beijo no rosto da sra. Briggs, sua professora em Glynn Middle School. Finalmente chegou perto de Nell. Quando as duas se abraçaram, toda a igreja sentiu-se otimista e ensolarada.

Burris estava pensando: será que essa família realmente poderia ser o alvo de um esquema de extorsão de centenas de milhões de dólares?

Não parecia possível.

McBride estava usando uma jaqueta que não lhe servia direito. Parecia tímido e desconfortável. Um estranho o cumprimentou e ele agarrou a mão do homem como se estivesse tentando se salvar. Parecia impressionado com tanta alegria. A última coisa que você pensaria dele era que seria um *mestre do crime.*

Burris começou a se preocupar: seria tudo um erro? Tinha pisado na bola *de novo*? Estava suando, e sem lenço para poder se enxugar, por isso precisou usar a manga de seu terno. Quando levantou o braço, sentiu seu próprio cheiro. Meu Senhor, ele rezou, que essa missa seja rápida.

Mas ela continuou, parecia que nunca acabaria.

Primeiro veio o sermão do reverendo Dave, cheio de pequenas histórias e piadinhas fracas. Os paroquianos riam no momento exato, fazendo afirmações como se isso fosse algum tipo de seminário de empresa. Em seguida, um monte de músicas de louvor. Logo depois, foi a vez da bênção de Marie Kingsley pelos enfermos. Ela leu uma lista de todas as pobres almas no hospital e, como sempre, era muito doloroso. Burris pensou: Senhor? Qual é o objetivo disso tudo mesmo? Por que o Senhor nos faz passar por isso toda semana?

Em seguida, todo mundo se ajoelhou para uma rodada de orações.

Depois disso, três caras de Valdosta, os cabelos de pé como um monte de feno, cantaram "Awesome God" e "Aleluia!".

Outra vez de joelhos.

E, durante todo esse tempo, Burris percebeu, ninguém mencionou o recente dilúvio de ouro.

Ninguém aludiu ao prêmio da loteria. Ou ao estacionamento cheio de repórteres e veículos da TV. Ou à quantidade de gente, que estava no nível do Natal; todos os bancos cheios e até pessoas de pé, as vigas refletindo todos os obrigados-Jesus. A causa de todo esse alvoroço ficou escondida, como se o prêmio do Max-Milhão fosse tão sagrado que seu nome nunca poderia ser mencionado.

Todo mundo cantando.

De volta à oração.

Finalmente, a missa acabou e as pessoas começaram a tomar os corredores, e Burris foi levado em direção a Mitch. Uma pequena multidão já estava se juntando ao redor dos Boatwright, então ele precisou abrir caminho. Foi quando viu Nell, parada ao lado do filho e olhando na direção de Burris. Ele congelou. Deu um sorriso espasmódico. Ela pareceu não tê-lo notado. Virou-se e saiu pelo lado com a neta e Shaw McBride, os três começaram a conversar.

Oh, Deus, pensou Burris: será que ela está falando de mim?

Não, pare com isso. Não seja paranoico. Ela nem me viu. Não está sendo deliberadamente cruel. Lembre-se de como ela disse ontem: eu te amo, querido. Ela não tem ideia da dor que está provocando, de quanto eu gostaria de me deitar a seus pés e morrer como se tivesse sido envenenado. Esqueça. Faça o que deve fazer.

Respirou fundo e continuou avançando. Andou até Mitch e lhe deu um grande abraço.

Como eles pouco se conheciam, isso espantou Mitch. Mas Burris continuou abraçado, dizendo baixinho:

– Ei, preciso vê-lo. Exatamente agora. Questões policiais.

Aí o soltou, de forma que se encararam.

Mitch murmurou:

– O que você quer dizer?

– Venha até o Huddle House. Sozinho. Em duas horas.

Mitch ficou claramente perturbado por esse pedido. Mas o que isso poderia significar? De repente um policial afirma que precisa conversar com você: todo mundo ficaria preocupado, não?

Mesmo assim, os olhos de Mitch estavam preocupados e furtivos, mas não *muito* preocupados.

Burris insistiu:

– É importante.

Mitch finalmente deu de ombros e concordou:

– Certo. Huddle House. A que horas mesmo?

– Duas e meia.

– Sobre o que você quer falar?

– Duas e meia, Mitch. Certo?

Shaw descobriu que se sentia bem quando estava perto de Nell. Só de ouvir sua risada. Ele adorava seus dramas pessoais e sua franqueza. Estava feliz especialmente agora, quando a avó o levou, junto com Tara, para o lado e disse baixinho:

– Oh, crianças, vocês precisam me salvar.

– Do quê? – perguntou Tara.

– Deppity Dawg.

– O policial.

– Ele é meio *apaixonado* por mim.

Shaw não conseguiu esconder seu espanto. Riu em voz alta.

– Eu juro – disse Nell. – Ele está a ponto de me *convidar* para algo. Eu sei.

– Qual é ele? – perguntou Shaw.

– Não olhe! – disse Nell. – O que está falando com Mitch. Podemos sair daqui? Ele sempre fica me olhando daquele jeito. Vamos, a gente escapa pela paróquia. As câmeras estão lá fora? Estou me cansando dessas câmeras, com certeza. Essa coisa de celebridade, por quanto tempo isso ainda vai se arrastar?

Shaw deu de ombros e sorriu.

– Achei que todos iam ser famosos por quinze minutos – continuou Nell. – Quinze minutos não seria nenhum problema. Mas isso está me deixando louca. A culpa é sua, Shaw. Foi aquilo de "vou doar tudo". Foi a coisa mais estúpida que você podia falar. Quer se livrar do seu dinheiro, deixe comigo. Eu o faço *desaparecer*. Ha, ha, ha! Vamos, vamos, não se distraiam. Os abutres estão bem atrás de nós.

Tara dirigiu para casa. Shaw entrou no banco do passageiro. Eles tinham uma escolta policial agora: as viaturas com suas luzes pulsantes, na frente e atrás. Mas um fotógrafo ousado, perseguindo uma motocicleta, conseguiu ficar na faixa ao lado. De repente, ele estava bem ao lado dela, tirando fotos.

O mundo estava caindo sobre sua cabeça.

E foi aí que seu pai disse, no banco de trás:

– Ei, Shaw? Preciso contar algo.

– O quê?

– Aquele policial lá na igreja? Diz que quer se encontrar comigo.

Shaw se virou:

– O que você está falando?

– No Huddle House. Em duas horas.

– Para quê?

– Não falou. Ele só quer se encontrar comigo.

Shaw estava irritado.

– Um *policial* quer se encontrar com você?

– Isso.

– Que PORRA.

Era demais para Tara. A raiva de Shaw, o *paparazzi*, os policiais: ela não aguentava mais. Na rua Redwood, a viatura na frente dela diminuiu de velocidade para virar, mas ela só percebeu no último segundo e precisou pisar forte no freio. Shaw foi empurrado para a frente. Quase dá de cara com o vidro.

– QUE MERDA VOCÊ ESTÁ FAZENDO?

Ele tirou o revólver e segurou-o baixo para que os policiais não conseguissem ver, mas de forma a ficar bem visível para Tara.

– QUE MERDA ESTÁ ACONTECENDO?

– Me desculpe! – ela falou. – Eu só, eu não, essas luzes estão me confundindo!

– SUA PUTA MENTIROSA!

Ela tentou se concentrar na direção. Conseguiu fazer a curva e continuar. Como a Redwood era uma rua de mão dupla, a motocicleta não pôde ficar ao lado dela. Shaw pegou seu celular e gritou:

– *MERDA,* DEU ERRADO. ENCONTRE UM ALVO – uma pausa. – QUANDO EU DISSER! SÓ COMECE A MATAR. MATE TODOS OS BOATWRIGHT NESSE CONDADO!

Ele fechou o celular e se virou para trás:

– QUEM CONTOU?

Ninguém falou nada.

– JASE, VOCÊ NOS ENTREGOU, NÃO FOI, SEU BOSTINHA?

Jase respondeu bravo:

– Não, senhor.

– ESTÁ PRONTO, JASE? PRONTO PARA A MATANÇA COMEÇAR? PRONTO PARA A PUNIÇÃO? PORQUE EU ESTOU PRONTO!

– Eu juro que não falei! Juro por Deus.

Shaw se virou para a mãe:

– FOI VOCÊ, SUA PUTA?

Ela estava com o rosto entre as mãos.

– Não, eu não faria! Não poderia! Nunca!

– ENTÃO QUEM FOI? QUEM É O LOUCO FODIDO QUE QUER TODO MUNDO MORTO?

Preciso acalmá-lo, pensou Tara:

– Shaw, não fomos nós.

Ele se virou para ela.

– Há muitas coisas que o policial pode querer. Talvez ele só queira reclamar do tamanho da multidão. Talvez ele queira que meu pai o contrate como segurança. Não sei, mas nenhum de nós iria falar nada, Shaw, de verdade, não somos doidos, não iríamos...

– Cale a boca.

Ele estava olhando para fora. Já estavam quase na rua Oriole, cheia de peregrinos.

– Cale a boca. Preciso pensar.

Romeu se sentou no Tercel do outro lado da rua em frente à casa do primo Alfred, esperando o comando de Shaw. Tinha pegado o Phoenix .22 do porta-malas e o colocara ao lado do freio de mão. Estava com o telefone na mão e olhava a grande fachada da casa. Esperando. Assim que Shaw ligasse, ia atacar. Não vou decepcioná-lo. Fique pronto. A qualquer segundo. Quando ele disser "vá", não hesite.

Finalmente o telefone tocou e ele atendeu:

– Fala.

– Está tudo bem, você pode relaxar. Estamos todos vivos aqui.

Mitch escapou pelos fundos, atravessou a cerca pelo jardim dos Lumbachs. O Liberty estava esperando por ele ali e conseguiu enganar os *paparazzi*. Direto para o shopping.

Lembrou-se de uma frase das Escrituras: *Porque a inclinação da carne é morte*. Parecia não ter muito a ver. Pensou então: *Mas a inclinação do Espírito é vida e paz*. Ainda não tinha nada a ver. Não havia coerência em seus pensamentos. Passou pelo Arby's e pelo Payless Shoes, parando no estacionamento do Glynn Place Mall.

Sentou-se ali. Em dois minutos, Romeu se aproximou do carro. Entrou, fechou a porta e disse:

– Desabotoe sua camisa.

Mitch obedeceu. Romeu colou um microfone remoto do Radio Shack no peito dele e um transmissor nas costas. O pequeno bastardo tremia enquanto trabalhava. Estava com a barba por fazer, pálido e parecia uma caca. Se não fosse uma pessoa maldita, pensou Mitch, eu até poderia sentir pena dele.

Durante alguns minutos, Romeu ficou mexendo no *laptop*, testando a conexão. Mitch ficou olhando. Até que Romeu percebeu:

– O que você está olhando?

Mitch abaixou os olhos:

– Me desculpe.

E ouviu seu próprio eco no *laptop*:

– *Me desculpe.*

Romeu perguntou, falando para o ar:

– Você consegue nos ouvir?

A voz de Shaw respondeu, saindo do computador:

– Sim. Ei, Mitch.

– Responda – disse Romeu.

– Oi – resmungou Mitch.

– Mitch, tenho uma pergunta. Você acha que temos medo de matar sua família?

– Não, senhor.

– Você sabe que, se fizer merda, todo mundo morre?

– Sei.

– Se falhar só um instante.

– Sei.

– Olhe para Romeu. Olhe como ele está louco. Não dá a mínima para merda nenhuma. Está vendo isso?

– Estou.

– Então prometa que não vai falhar.

– Não vou falhar.

– Conte para sua esposa, porque ela está aqui bem ao meu lado.

– Não vou falhar.

– Jesus, diga o *nome* dela, Mitch.

– Patsy, não vou falhar.

– Diga para sua filha.

– Tara, não vou falhar.

– Diga a seu filho.

– Não vou falhar, Jase.

– Certo. Então. Queremos ter orgulho de você. Vamos te acompanhar a cada segundo.

Burris chegou ao Huddle House às 2h27. Sabia que sua tarefa era difícil e que ele não era o policial mais inteligente do mundo, mas também acreditava, quando desceu da viatura e ficou de pé, esticando as costas doloridas, que servia para esse trabalho. Era alguém que se importava, de todas as formas, e alguém que já tinha estudado toda a situação – não poderia ser melhor.

Mas, quando estava atravessando as grandes portas de vidro, percebeu seu reflexo e pensou: Misericórdia. Que barrigudo perdedor. Não era de se pensar, quando um cara começa a ficar careca, que pelo menos o pouco que sobrasse deveria se comportar? Não para Burris. Os lados ficavam de pé como se fossem de palhaço; o tufo na frente era emaranhado como pelo pubiano. E por que não estava de uniforme? Pelo menos o uniforme impunha algum respeito. Mas, em vez disso, tinha preferido usar a camisa estampada que Barbara havia comprado no Natal há vinte anos. Parecia estar na moda, na época. Mas agora ele parecia um palhaço polinésio.

Certo. Não há nada a fazer em relação a isso. Deixe pra lá.

Mitch já estava sentado. Quando viu Burris, começou a se levantar, mas o policial mandou que se sentasse.

– Sente-se, Mitch. Como está?

– Estou bem.

– Acredito *nisso* – disse Burris, sentando-se. – Aposto que sua vida mudou completamente, não é?

– Acho que sim.

– A ficha já caiu completamente?

– Ainda não.

– O pessoal da TV, estão metendo muito o bedelho?

– Bastante.

A garçonete se aproximou. Os dois pediram café.

– Você já pensou se vai manter seu negócio? – continuou Burris.

– Não sei o que mais poderia fazer.

– Comprar algumas terras?

– É uma ideia.

– Uns milhares de acres poderia ser algo bom.

– Uh-hum.

Mitch estava sendo lacônico, misterioso e ficava mexendo nervoso no botão de cima da camisa. Agora era um bom momento, pensou Burris, antes que ele fique confortável. Olhe bem para ele, principalmente seus dedos e vá direto ao ponto.

– Mitch, preciso conversar sobre Shaw McBride.

Por um instante mínimo, os dedos se fecharam. Um pequeno espasmo, então a mão relaxou e, quando falou, parecia bem:

– O que quer saber, Burris?

– Bem. Comecemos com: Shaw McBride estava com você quando comprou aquele bilhete de loteria?

– Está querendo saber se estava na loja comigo? Não, senhor. Por que está perguntando?

– Onde ele estava?

– Acho que de volta para seu motel. Eu o convidei para jantar, para conhecer Patsy e as crianças. Então, ele tinha ido se trocar ou algo assim. Tenho orgulho dele. Você deveria ter visto que tipo de homem era e agora, como se transformou. Gosto de pensar que tive algo a ver com isso.

Tudo foi falado de forma tranquila. Parecia muito genuíno. Burris sentiu o chão se abrindo por baixo dele.

Mitch continuou:

– Estou falando que o homem está realmente cheio de amor. Quando diz que vai doar todo seu dinheiro, ele realmente *quer dizer* isso. Meu Deus. Ele me procurou para agradecer por uma gentileza que fiz anos atrás. E, de repente, a gente ganha na loteria! Pode dizer o que quiser, mas eu acho que a mão de Deus agiu aqui. *Deve* ter sido.

Ele *não podia* estar inventando isso, pensou Burris. Não podia. O cara não era nenhum ator de Hollywood. Era apenas o Mitch. O filho da Nell, que era muito espiritual e ia à igreja toda semana, além dos Leões de Judá toda quarta à noite. Como ele poderia estar falando isso, olhando direto nos olhos de Burris, se não estivesse dizendo a verdade?

Ah, Cristo. Bem, deixe-me colocar tudo sobre a mesa, então.

Burris deu um gole no café. Olhou para os lados para garantir que ninguém estava ouvindo e disse:

– Mitch, quero que você me diga uma coisa.

– Pode falar.

– Esse McBride está te apertando de alguma forma?

– Apertando? – disse Mitch, levantando uma sobrancelha para mostrar como essa pergunta era estranha.

Burris manteve o olhar e falou deliberadamente de forma lenta.

– Ouça. Não sei o que esse cara te falou. Que tipo de medo ele colocou em você. Mas eu garanto, se você falar comigo, vou protegê-lo. Vou proteger sua família. Vamos afastá-lo para sempre. Está ouvindo o que estou falando?

Mitch abaixou os olhos. Tudo que queria era fazer um sinal para Burris. Até ouviu uma voz: *Aceite essa ajuda, deixe que eles o socorram.* Poderia ser a voz do Senhor?

Mas a fita adesiva estava puxando os pelos de seu peito.

Sabia que estavam ouvindo.

Matariam sua família no ato. Se dissesse uma só palavra.

Mas poderia *escrever* algo, não? Poderia pegar a caneta da garçonete e escrever uma nota no guardanapo: *Ajude. Dois deles. Estão ouvindo*. Não seria o suficiente? Burris poderia assumir a partir daí.

Mas Burris tomou mais um pouco de café e Mitch pensou: Que droga estou pensando? Esse é o *Deppity Dawg*. Vou escrever algo no guardanapo e ele provavelmente vai ler *em voz alta*. Vai falar: "Como posso te ajudar, Mitch?". E tudo vai pro espaço. Tudo. Toda minha vida. Minha esposa e meus filhos, minha mãe, todos perdidos para sempre e para quê? Não posso me arriscar. Não posso nem bancar esse silêncio...

Shaw estava no quarto de Jase com Tara. As vozes saindo do *laptop* eram baixas e meio lavadas, mas dava para ouvir quase tudo que era dito. Ele olhou para Tara. Os lábios dela estavam se movendo um pouco enquanto ouvia. Ele sabia que a menina tentava projetar algumas mensagens para seu pai; algo como a ordem de: *não ferre tudo, pai, não desista de nós, por favor, não ferre tudo...*

Houve um longo e assustador silêncio. Shaw se afastou e passou os dedos pelo cabo do .32.

Mas aí eles ouviram Mitch limpando a garganta e dizendo:

– Estou tentando entender algo, Burris.

– O que é?

– Você está *brincando* comigo?

Um sorriso começou a se formar no rosto de Shaw.

Mitch continuou:

– Está dizendo que Shaw McBride está tentando me *roubar*?

– Bom, não estou dizendo. Só estou perguntando – era a voz do policial.

– Mas como ele iria fazer isso?

– Ameaçando sua família?

Foi uma pergunta. Mas o tom era bem mais fraco. Mitch falou indignado:

– Shaw *McBride*? Me *ameaçar*? Burris, você está louco? O *Senhor* trouxe aquele jovem para nossas vidas!

Mitch não está só defendendo sua posição, estava realmente indignado. Era uma coisa linda. Poderia ser, pensou Shaw, que estivesse começando a *acreditar* nisso? No sonho de Shaw? No calor, na beleza desse sonho?

Shaw se encostou na cadeira e sorriu. Não havia motivos para comemorar, ele sabia. Ainda havia milhares de coisas que poderiam dar errado. Por exemplo, esse policial Burris: quem diabos era ele? O que sabia, do que suspeitava? Mas Mitch o havia convencido! Era um triunfo total. Tínhamos Mitch lutando pela causa. Se o próprio Mitch está lutando pela causa, então, como as coisas poderiam dar errado?

Shaw falou para o resto da família:

– Acho que o pai de vocês conseguiu.

Mas olhou para Tara. Ela estava tremendo e seus cílios, molhados. Estava sentada tão perto de Shaw que ele podia sentir sua doce respiração. Colocou sua mão sobre a dela. Quando a apertou, sentiu uma fraca pressão de reciprocidade. Esse dia, ele pensou. Esse dia está sendo o mais perigoso e o mais entusiasmado que alguém viveu há *séculos*. Era uma ideia absurda e o fez rir, mas ainda assim: quem mais já tinha enfrentado um dia como esse?

Tara desabou em seu quarto, as lágrimas escorriam de seus olhos.

Ela tinha apertado a mão dele.

Dentro dela havia alguma criatura que queria o conforto *dele*.

Sentou-se em sua mesa, na frente do *laptop* e olhou para seu álbum de fotos. Dessa vez, estava muito fraca para resistir: foi direto para sua foto favorita de Nell. As duas junto com o gato Horace Jackal no sofá de balanço. Com aquelas rosas amarelas subindo pela tela, apesar de que não dava para vê-las bem na foto. O que dava para ver era Tara rindo e Nell rindo ainda mais.

O que ela tinha feito? O que tinha feito de errado para trazer todo esse inferno sobre sua vida?

Ela caiu de joelhos, o mais forte que pôde. Meu Senhor! Por que está fazendo isso? Por que está tão bravo comigo?

O que eu fiz para o Senhor?

Aí pensou naquele dia na varanda, quando tinha contado a Nell sobre o prêmio da loteria, quando estava tão bêbada com os sonhos das futuras aquisições: sapatos e uma BMW, uma viagem para Paris e um apartamento novo. Quando ainda pensava que ganhar a loteria seria algum tipo de bênção.

Como podia ter pensado isso? De que ela tinha achado que precisava? A única coisa que queria agora era voltar àquele sofá de balanço olhando para as plantas, as árvores e a banheira. Mas tudo isso já era passado. Ela pensou: *Nunca mais vou poder ir lá.* O Senhor tinha visto sua cobiça e arrogância, e como punição a havia exilado para sempre da varanda no quintal de Nell. Ela ajoelhou-se, agarrou a roupa de cama e chorou. Quando pensava no Senhor, o rosto que via era o de Romeu – não podia evitar! Não conseguia evitar! Apesar de saber que essa era outra forma de trair a Deus e por isso merecia todo esse desterro, todo o horror e essa destruidora roda de terror.

Romeu caminhou até o supermercado Kroger, como se fosse fazer compras, como se isso fosse algo normal.

Uma mãe de uns 30 anos com duas crianças também estava entrando, muito mais perto do que ele. Mas ela parou para pegar um carrinho e precisou pegar uma das crianças pela mão, enquanto se dirigia até a porta. Romeu já tinha imaginado que ela precisaria fazer essas coisas. Calculou tudo isso no seu ritmo. Tinha calculado tudo de forma meticulosa, para chegar junto com a mulher. Por um momento, todos pararam – aí Romeu deixou-a passar, com um gesto gracioso: pode ir.

A mulher abriu um grande sorriso. Ela e seus filhos passaram por ele e se dirigiram à seção de Jardinagem.

Ele comprou uma garrafa de água e saiu, voltando para os braços do calor. Encostou no Tercel e ficou esperando.

Sabia que devia voltar para sua patrulha. Mas isso não parecia possível agora. Realmente *impossível*. Ele pensou: Preciso fazer isso. Havia outra mulher caminhando pelo estacionamento e ele pensou que era uma executiva. Estava usando sapatos sem salto e tinha as pernas fortes. Pensou que ela era rápida. Poderia nem pegar um carrinho. Talvez se contentasse com uma daquelas cestas que ficam do lado de dentro. Quando foi se encontrar com ela, precisou correr.

Mas, de repente, ela parou, olhando para uns móveis de jardim. Ele precisou diminuir a velocidade. Mas ela voltou a andar rápido e ele precisou correr; juntando os dois, esse dueto era estranho e sem graça. Na porta, quase se chocaram.

Ela deu um passo para trás, deixando que ele passasse.

– Não, por favor – disse ele.

A mulher não só sorriu, seus olhos brilharam, aprovadores. Ela entrou e ele a seguiu. Comprou uma lata de anchovas.

Mas não foi direto para o caixa. Pensou que talvez pudesse encontrar uma forma de conversar com ela.

Encontrou-a na parte de Laticínios. Pensou que poderia perguntar como ler a data de validade. Abaixou a cabeça e se aproximou, mas no último minuto soube que não poderia fazer isso, então se afastou. Pegou uma lata de creme de leite e foi para o caixa. Esses encontros na porta eram algo que ele conseguia fazer muito bem, mas *conversar* com essas mulheres? Não tinha jeito. De qualquer forma, quem tinha tempo? Não havia tempo para socialização ou romance. Ele tinha um trabalho a fazer.

Shaw decidiu dar um pouco de descanso e diversão aos Boatwright, em homenagem a como Mitch tinha se livrado direito do policial. Perguntou o que eles faziam para se divertir e Jase falou:

– Sabe o que é legal? Pescar com rede. Podemos ir pescar?

Assim, todos entraram no Liberty, com Shaw dirigindo. Ele passou devagar pela multidão e pegou a estrada Oriole, com Trevor e um par de guarda-costas bem atrás deles nas motocicletas. Seguindo os guarda-costas estavam os fotógrafos. Era um estranho cortejo: Liberty, guarda--costas, *paparazzi*, andando pela Oriole.

Pegaram a Robin, em direção à avenida Altama. Passaram pelo boliche, pelo Willie's Wee-Nee Wagon e pelo Tiger-Wheels Customizing.

Abruptamente, Shaw virou numa rua lateral.

Os guarda-costas bloquearam os fotógrafos e Shaw pisou fundo, fazendo uma curva fechada. Jase riu e os olhos de Patsy brilharam. O Liberty cantou os pneus pela Cate até a Habersham e, de repente, eles estavam livres.

Foram até a casa de Nell. Ela saiu à varanda com um gato nos braços e Shaw a chamou:

– Ei, venha conosco, vamos pescar.

– Melhor não. Eu, de maiô? Espantaria o jantar de vocês.

Mas ele insistiu, junto com os Boatwright e finalmente ela disse:

– Oh, que droga. Esperem um segundo – deixem-me alimentar esses pestinhas.

Domingo à tarde no Sul. Uns mosquitos no para-brisa. O jardim de Nell tinha uma banheira antiga para os passarinhos, um carrinho de mão, gatos e rosas amarelas. Shaw virou-se para Tara:

– Entendo por que você ama tanto esse lugar.

Tara não olhou para ele.

Nell entrou e eles foram até a casa do tio Shelby para pedir uma rede emprestada. Shaw conheceu a filhinha dele, MacKenzie. Uma pequena charmosa, com o mesmo olhar voraz que sua prima, Tara, assim como sua avó. O casarão de Shelby era impressionante. Será que poderia comprá-lo, pensou Shaw, quando o dinheiro entrar? Ou melhor, comprar a casa ao lado? Aí, nas quartas à noite, Tara e eu poderíamos levar nossos filhos mais os dos Shelby para a aula de Bíblia num único carro. E, nos sábados, jogaríamos golfe, Shelby e eu, e à noite ele e sua esposa Miriam nos visitariam em nosso quintal e beberíamos vinho ou *mojitos*, vendo o pôr do sol por cima do pântano. E discutiríamos negócios imobiliários e eleições para a APM da escola.

Eu poderia fazer isso. Poderia ser feliz com uma vida assim.

Eles pegaram duas redes com Shelby e entraram na estrada para a ilha de St. Simon, chegando a uma pequena praia ao lado da vila. Os Boatwright levaram a rede até a água, enquanto Shaw ficou para trás, tirando seu cinto e o .32, colocando-os embaixo do banco do motorista. Seguiu, então, os outros até o mar, cruzando a pequena praia. A maré estava perfeita. Tara já estava só de biquíni e, junto com Nell, desenrolava uma das redes. Shaw viu como a arrastavam pela água. Nell com sua graça. Quando tocou o mar, ela gritou:

– Siris e camarões! Confiem na tia Nell! Entrem nessa rede e prometo que faço um ótimo molho para vocês!

Tara segurou a ponta da rede, indo para o fundo. Comparada com sua avó, ela parecia frágil. Alta, magra, parecia um bambu na água. As ondas estavam fortes e ela lutava para prender a vara. Shaw pensou que era insuportavelmente linda.

– Vamos pegar a outra rede? – ele perguntou a Mitch.

– Vá com Jase. Estou meio cansado.

– Certo. Está a fim, Jase?

– Estou.

Assim, Shaw e Jase levaram a rede uns cem metros pela praia, depois entraram no oceano. Logo, Shaw estava com água pela cintura. Escorregou na areia molhada e caiu, mas não soltou a vara. Quando subiu cuspindo água, Jase estava rindo:

– Shaw, você não sabe nem nadar?

– Puxe! Vamos!

Depois de a arrastarem por uns cem metros até o fundo, jogaram a rede e a puxaram. Tinham conseguido. Uma dúzia de camarões e três siris junto com um par de peixes, que soltaram. Jase mostrou como soltar os siris sem ser picado. O céu se abria por cima deles, rosa e lavanda, um paraíso de tranquilidade.

Enquanto isso, Nell e Tara estavam limpando a própria rede. Shaw conseguia ouvir Nell xingando os crustáceos: "Tontos! Idiotas! Não posso acreditar que consegui convencê-los! Aposto que serão mais cuidadosos da próxima vez, não?".

Assim que a rede estava limpa, voltaram para o mar. Shaw ficou olhando para elas.

– Posso perguntar uma coisa? – falou Jase.

– Claro.

– Por que você sempre atende quando ele liga?

– Quem? Está falando do Romeu? Eu preciso.

– Por quê? Porque ele é seu amigo?

– Não é por isso. Se eu não atender, ele vai pensar que algo ruim aconteceu. Aí vai fazer algo mau contra sua família.

– Ele nos mataria?

– Por que você pergunta isso?

O menino falou com muita intensidade:

– Porque vamos fazer o que você quiser, de todas as formas.

Shaw olhou para ele. Honrado pela devoção do menino, mas também um pouco preocupado.

– Bom, Jase, sei que posso contar com *você*. Mas os outros...

– Eles não vão fazer nada contra você – disse Jase. – Nem mesmo o papai. Ele não vai mais ficar contra você.

– Romeu acha que vai.

– Romeu não nos conhece! Você deveria parar de falar com ele. Dizer que não precisamos dele. Estamos bem, só nós, peça para ele ir embora.

Shaw estava pensando em como responder, como ser gentil e ao mesmo tempo dizer ao garoto que Romeu não iria embora. Mas, justo nesse momento, viu Tara sair do mar, arrastando a rede, carregando consigo os últimos raios de sol na pele e Shaw ficou sem palavras.

Tara viu que ele estava olhando. Não era nenhuma surpresa: sabia que ele a queria. Então, agora ele era um lascivo filho da puta; quem se importa, qual é a novidade?

O que ela não esperava, no entanto, era o pequeno estremecimento que sentiu ao pegá-lo olhando. Um prazer parecido com uma pontada no estômago, abaixo das costelas. E percebeu que estava levantando os ombros, enquanto saía da água, para mostrar seu corpo.

Arrastou a sua ponta da rede para fora da água. Ela e Nell deixaram cair suas varas, se agacharam e começaram a colocar os frutos da pesca num balde. Ela sabia que isso ia acontecer. Já estava sentindo esses tremores há algum tempo e agora estavam fortes dentro dela. Nesse momento, também, pensou que tinha traído o Senhor; desafiado e se separado Dele.

Burris foi até a delegacia para começar seu turno, mas, assim que passou pelo balcão de entrada, Rose Whittle declarou com uma brusca crueldade, sem nem olhar para cima e deixar de fazer suas cutículas:

– O chefe quer vê-lo, Burris. Está com o tenente. Boa sorte.

A sala do tenente tinha cem anos e o teto estava a quase cinco metros de altura. Cheirava a verniz antigo, estuque e arquivos policiais podres, lixo e gerações de fumaça de cigarro. Geralmente Burris gostava de vir aqui. O tenente era gordo e se movia devagar, tão velho quanto o próprio Burris, apesar de parecer mais. E adorava conversar; dava para ficar horas conversando com ele. Era possível vir discutir alguma pequena complicação num caso de alguém pego dirigindo bêbado e sair um par de horas depois com vários detalhes sobre o assassinato de Cal Humphries em 1971, ou as coisas loucas que o chefe Carswell fez nos anos 1980, e perceber que tinha se esquecido de mencionar o caso que o havia levado até a sala dele.

Mas hoje não era só o tenente. O chefe estava lá também e tinha um olhar terrível.

– Olá, cabo.

– Olá, senhor.

– Adivinhe quem me ligou há pouco?

Um jogo de adivinhação. Ótimo.

– Não sei, senhor.

– Mitch Boatwright me ligou.

– Oh.

– Perguntando por que diabos você o estava acossando na igreja.

Cristo. Melhor encurvar meus ombros. Ficar baixinho aqui, tentar ser o mais tranquilo possível.

– Bem, senhor, eu só...

– Na *igreja*? Não dava para esperar que a missa acabasse?

– Bom, eu *realmente* esperei, senhor, mas...

– Espere um pouco, está falando que ele mentiu? Nunca pensei que Mitch Boatwright fosse um mentiroso.

– Se eu puder explicar. Falei com ele na igreja hoje de manhã...

– Pensei que você tivesse falado que não tinha.

– Eu o encontrei *depois* da missa. Então, se ele fala...

– Na frente de trezentos paroquianos, você abordou o homem...

– Eu falei em particular, senhor.

– Cabo – brusco, duro, como se estivesse dando uma bronca num filhotinho. – Você pretende continuar me interrompendo o dia todo?

– Não, senhor.

– Estou tentando fazer uma pergunta.

– Sim, senhor.

– Estou tentando perguntar, cabo, por que não pôde esperar até o sr. Boatwright estar em casa?

– Em casa? Bom. Lá estão todas aquelas pessoas. Os caminhões da TV e tudo aquilo. Não queria criar uma confusão...

– Não pensou em usar o telefone?

– Bom, o assunto que tinha com ele era meio delicado.

– Delicado? Ele diz que você o interrogou.

– Não diria que foi um interrogatório.

– Ah, não?

– E não conversamos na igreja. Eu pedi para ele se encontrar comigo, no Huddle House.

– Entendo, cabo. Fui informado disso. Acho ótimo. Grande trabalho policial, fazer seu interrogatório fora da igreja. E o Huddle House é a melhor escolha para um interrogatório "delicado"?

– Bom, não achei...

– Por favor, não me interrompa. O sr. Boatwright diz que você não o deixou ir embora. Diz que você fez todas essas acusações e não estava nem de uniforme, que estava agindo um pouco louco, ele disse, você estava...

– Não fiz nenhuma acusação, senhor. Estava tentando *protegê-lo*, não...

– Posso *terminar*?

– Sim, senhor. Desculpe, senhor.

Uma longa pausa, angustiante. O chefe olhou para o tenente. Este tinha o rosto triste.

O chefe continuou:

– O sr. Boatwright disse que você tinha a opinião de que Shaw McBride está extorquindo dinheiro dele. É o que você acha?

– Era o que eu *pensava*.

– Mas agora mudou de ideia?

– Bom, agora não estou tão seguro de que...

– É outro desses seus esquemas sem pé nem cabeça?

– Tinha uma razão genuína para me preocupar. Recebi uma dica.

– Ah – disse o chefe. – Uma dica! E que dica foi essa, cabo?

– Bem, aquele Shaw McBride só soube do prêmio da loteria *depois* que os Boatwright ganharam.

O chefe fechou a cara:

– É isso? Isso é tudo que você tem?

– É. Achei que deveria conferir. Mas, bem, falei com o sr. Boatwright e agora acho que não deve haver nenhuma verdade nisso.

– Você quer dizer que a "dica" era uma mentira?

– É possível. Mas eu ainda preciso conferir.

O chefe deixou escapar um suspiro de exasperação.

– Burris, vamos deixar algo bem claro. Já falei para você *não* conferir suas dicas?

– Não, senhor. Não quis dizer isso. Estou falando...

– Às vezes eu me pergunto, cabo, quando estou falando com você, se deveria estar nessa sala. Já que você é capaz de fazer toda a conversa sem a minha ajuda. Você *imagina* que eu digo algo e responde, e depois *imagina* que eu disse outra coisa e responde. Eu apreciaria se, a partir de agora, você falasse comigo para ver se o que você pensa que eu estou falando tem alguma correspondência com o que *estou* realmente falando. O que acha disso?

– Sim, senhor.

– Nesta cidade, cabo, é muito importante conferir as dicas. Mas tentamos fazer isso sem que uma das nossas famílias mais antigas sinta que está sendo submetida a algum tipo de louca caça às bruxas.

– Sim, senhor.

O chefe virou-se então para o tenente:

– O que você acha, Jim?

O tenente parecia desconcertado. Suas sobrancelhas começaram a voar pela testa.

– Chefe, acho que você falou tudo.

– Muito bom – disse o chefe.

– Apesar de que, para ser justo, era uma situação complicada e Burris só estava tentando fazer o melhor, sabe, e...

– Oh, é verdade – disse o chefe. – Preciso concordar com isso, cabo. Você está sempre tentando "fazer o melhor".

– Obrigado, senhor.

– Faz todo o possível.

– Obrigado, senhor.

– Mas, da próxima vez, que tal consultar um de nós dois ou algum detetive antes de seguir essas pistas?

– Sim, senhor.

– Porque, se não fizer isso, vou te despedir e não dou a mínima se vai perder sua maldita aposentadoria. Está entendendo?

– Sim, senhor.

– Pode ir agora.

– Obrigado, senhor.

– Vá prender bêbados para nós, Deppity Dawg. É algo que você faz muito bem.

Tara tomou um banho para tirar a areia e foi para seu quarto. Olhou seu *e-mail*. Um dilúvio. Milhares de cumprimentos e felicitações. Ela continuou olhando a lista, apesar de não saber o que estava procurando. Um *e-mail* da Clio? Mesmo se tivesse encontrado algum, não seria capaz de ler.

Aí um endereço chamou sua atenção.

Uma mensagem do pai. Postada uns poucos minutos antes.

Ela clicou.

Querida vou contar ao fbi. Pensei muito. Não confio naquele burris. Sei que fiz o correto ao mentir para ele, mas o fbi não é idiota. Vão rastrear as chamadas que Shaw faz. Têm gps nos celulares agora assim vão encontrar fácil Romeu e pegá-lo. E shaw tb. Vão matá-los. Mas se esperarmos até alguém cometer um erro ou Romeu ficar louco ou algum repórter encontrar algo vamos todos morrer não posso ficar sentado e esperar por isso. A BÍBLIA diz que devemos observar, basearmos na fé, sermos fortes.

A mensagem não despertou só medo nela, mas raiva também. Ela clicou em RESPONDER e escreveu:

Pai,

O FBI, eles erram o tempo todo.

As pessoas morrem. Se você contar para eles, vai acabar NOS matando! Papai, não faça isso! se eles cometerem um erro! vamos PERDER. Mas se continuarmos com Shaw e deixarmos ele levar o dinheiro, vamos ficar bem. Ele não vai nos machucar. Se fizer isso, sabe que perde tudo, mas se o pressionarmos, ele não terá nada a perder.

Pai, sei quanto você o odeia. Eu odeio mais. Quando ele abre a boca, sinto nojo. Ele agora acha que é algum tipo de profeta mas as pessoas só o adoram pelo dinheiro e ele é um covarde. Mas depois que ele conseguir o dinheiro vai tentar fugir e é aí que vamos chamar o4 FBI. Ele não vai escapar!

Sei que é frustrante não fazer nada, mas por favor, pai, por favor não tente contar ao FBI. Por favor por favor por favor.

Ela releu, fez algumas correções, apagou o número 4. Colocou *por favor por favor por favor* em caixa alta.

Sabia que ao escrever isso ela estava fazendo exatamente o que Shaw queria. Estava até começando a soar como ele: *Sei que é frustrante*.

Clicou em ENVIAR.

Esperou. A cada segundo, entrava um novo *e-mail* de um de seus fãs. Ela não tocou neles. Ficou olhando para a tela.

Finalmente, recebeu a resposta:

OK

Quando estava olhando para isso, ouviu uma comoção do lado de fora. Uma rajada de *flashes*.

Abriu a cortina. Uma multidão tinha se juntado ao redor de Bill Phillips, o homem com "distrofia simpática reflexa". Ele não estava mais na cadeira de rodas; estava andando – mais ou menos. Com uma pessoa o segurando de cada lado. E só deu uns passos antes de o colocarem de volta na cadeira.

As pessoas adoraram aquilo. Gritavam:

– Bendito seja o Senhor! – e olhavam para a casa e chamavam por ele.

– Shaw! Padre! Padre, venha ver isso! Bendito seja o senhor!

Tara sentiu outra onda de raiva.

Agora eles o *idolatravam*?

Ela deitou-se na cama. Sentiu como se não dormisse há semanas. Mas, assim que fechou os olhos, reviveu a imagem de Shaw McBride olhando-a sair do mar.

Forçou a abertura de seus olhos de novo.

Do lado de fora do jardim, os peregrinos estavam chamando por ele:

– Shaw! Shaw! Padre!

Fechou os olhos novamente. Estava na praia, correndo para os braços de Shaw. Não tinha forças para resistir. O poder que ele exercia sobre sua vida a maltratava. Imaginou como ele a levantava no ar. Ela passou as pernas ao redor do corpo dele, com a cabeça em seu peito para conseguir ouvir as batidas do coração e seu pinto dentro dela. Começou a se tocar, colocando dois dedos sobre o clitóris. Não conseguia parar; precisava se tocar enquanto pensava na força dele e estava tremendo e banhada de suor. Quando começou a gozar, ouviu do lado de fora:

– Shaw! Padre! Senhor! Padre, cure-me! Cure-me! Bendito seja o Senhor!

Romeu sentou-se no McDonald's da estrada Scranton Connector perto do shopping. Tinha vindo pelo wi-fi. Sentou-se com batatas fritas e coca enquanto consultava o *keylogger* que havia plantado. Tinha capturado um *e-mail* de Mitch para sua filha.

Agora por que Mitch mandaria um *e-mail* para sua filha? Romeu teve um mau pressentimento, mesmo antes de ler. E, depois, ficou arrasado. Sentiu-se muito triste.

Olhou pela janela as crianças brincando no *playground*.

Tentando recuperar um pouco de forças. O fato de saber que isso ia acontecer não ajudou em nada. Ele pensou: *Por que* você é tão estúpido, Mitch? Não consegue ver o horror que está pairando sobre nós? É a sua *família* que está colocando em risco. Como pode colocar em risco as vidas de sua família em nome de seu orgulho ferido?

E Clio! Como pode fazer isso com Clio?

Ele se forçou a voltar para o *laptop* e ler a resposta de Tara.

Shaw tinha visto Diane Sawyer na TV milhares de vezes e o que mais o atraía era a sensação de que, por baixo de toda aquela delicadeza e generosidade, existia um Mar Ártico de frieza. Mas de perto era diferente – não era frieza que sentiu, mas um tipo de brilho imperial firme. Ela estava sentada em uma das cadeiras com braços, com Tara, Mitch e Patsy no sofá e Jase no chão. Shaw estava na frente dela, na outra cadeira. O olhar dela passou por todos os Boatwright e finalmente voltou para ele. Diane falou naquele típico murmúrio:

– Shaw. Todas essas pessoas aí fora. Todas essas... *pessoas*.

– Sim.

– Elas continuam chegando.

– Continuam. Já são muitas. Precisaremos ir embora amanhã. Ir para algum tipo de espaço aberto.

– E entendo que você recebeu uns *e-mails*?

Ele abaixou a cabeça. Uma insistência amigável.

– Alguns.

– Quantos?

– Hum. Milhares.

– *Milhares?*

– Isso.

– Shaw, o que eles querem?

– Bem. Acho que querem pensar que existe algum sentido em tudo isso.

– No quê?

– Na vida.

O sorriso dela era impecável. Era um planeta numa órbita elíptica perfeita, com as câmeras planando como luas por trás dela. Era um show hipnotizador.

– E eles vêm até você. Por quê? Por causa da sua sorte? Por causa do seu dinheiro?

– Por causa do Senhor.

– Você acha que o Senhor o chamou?

– Acho que o Senhor chama a todos. Talvez não queiramos ouvi-Lo. Estamos muito ocupados pensando em dinheiro. Com toda essa coisa de hipotecas e mercado, não conseguimos ouvir nada. Mas, cedo ou tarde, Ele consegue nos alcançar.

Ela se virou para Tara:

– Tara, quando seu pai contou que sua família teria de dividir o prêmio, o que pensou em primeiro lugar?

Tara considerou:

– Bem, acho, acho que por um segundo eu pensei: Pai, *temos* realmente de dividir? Será que esse cara vai *saber*?

Uma das câmeras virou para mostrar Shaw balançando a cabeça e rindo.

Foi então que Tara disse:

– Mas aí... eu o conheci...

Ela deu uma rápida olhada nele, os olhos molhados, com uma ansiedade na voz. Ele sabia que ela fazia isso para as câmeras, pelas pessoas que amava. Mesmo assim, não era nem um pouco real? Seu rubor, isso era real. E o olhar de alegria no rosto da mãe – ele sabia que *aquilo* era real. Patsy estava satisfeita por colocar sua vida nas mãos dele. E Jase era dele, tinha certeza disso. Mesmo Mitch parecia tranquilo agora. E os peregrinos estavam lá esperando por ele, com outras legiões prontas para vir. Eu criei todo esse mundo a partir da fé pura. É um tipo de tapete mágico de fé, amor e poder, e estava tudo ganhando vida agora...

Vibração no bolso. Romeu estava ligando.

Diane Sawyer disse:

– Tara, quando Shaw diz que vai doar todo seu dinheiro... você acredita nele?

– Acredito.

– Não acha que ele é um pouco louco?

Tara deu uma leve mordida no lábio inferior. A câmera deu um *close* nela.

– Não. Acho que ele é lindo.

E Diane Sawyer estava radiante. Radiante! Ela deve ter se perguntado: seria amor? Será que Tara se apaixonou por Shaw? Se fosse amor, é a história do ano! Mais uma vez Shaw sentiu o tremor – a porra do telefone. A segunda ligação de Romeu. O que significava uma emergência, o que provavelmente não queria dizer nada, mas, mesmo assim, ele *precisava* atender.

Diane Sawyer estava perguntando a Tara sobre o dinheiro, o que significaria para a família. As câmeras se afastaram de Shaw por um momento e ele tirou o telefone do bolso. Romeu tinha mandado uma mensagem:

Motim. Tara & Mitch. *E-mails*. Vão polícia. Plano para nos matar.

Ele fechou o telefone.

Tara estava contando para Diane Sawyer.

– Bom, as coisas que Shaw fala, acho que são verdade. O dinheiro *deveria* estar ligado às coisas boas que se pode fazer. Se guardar tudo? Será infeliz. Se usá-lo para mostrar seu amor? Será feliz. Acho que tem razão. Sabe, ele fica dizendo quanto meu pai o ensinou? Mas agora é ele que está nos ensinando.

Com seu sorriso mais incrível.

Shaw se perguntava: como ela consegue fazer isso? Como consegue ter tanta lábia? Tão mentirosa, cheia de mentiras! E o pai ao lado dela! Aquele palhaço tão covarde! Mentindo para o mundo. Esses *mentirosos* hipócritas!

Diane Sawyer virou-se para ele:

– Essa família parece gostar de você, sr. McBride.

Ele se recuperou e forçou um sorriso:

– Bem, eles meio que são a minha família agora. Precisam gostar de mim.

Todos riram.

Mas ele estava pensando: como podemos fazer com que sofram?

Não houve nenhum sonho na história que merdas como vocês não tenham destruído com suas mentiras, suas traições e egoísmos. Mas dessa vez terão de pagar um preço. Um preço que pagarão pelo resto da vida, seus bostas covardes. Com quem acham que estão lidando?

No momento em que a entrevista terminou, ele apontou para o produtor, que se aproximou e tirou o microfone. Foi até o pequeno banheiro perto do quarto de Jase e apertou o número 7 de seu celular.

Romeu atendeu:

– Demorou muito.

– Pode contar – disse Shaw.

Romeu leu os *e-mails*.

– Ouça, não tenho nenhuma privacidade aqui – disse Shaw. – Estou nesse banheiro apertado. É igual ao banheiro do trailer de Wendell Redinski, lembra? Parece feito de cartolina. Mas, Deus. Meu Deus, ela vai sofrer. Toda a sua família. Eles vão sofrer como se não acreditassem que fosse possível.

– Shaw, não temos de...

– Não me diga que não temos. Você sabe que temos. Temos de mandar uns choques elétricos pelas espinhas deles.

– Shaw...

– Tenho pena desses bostas.

Patsy foi falar com Diane Sawyer por alguns minutos depois do programa, sozinha, conversando enquanto a equipe fazia o que chamaram de gravações do rolo B. Ela perguntou a Diane sobre suas organizações de caridade favoritas e Diane mencionou a Fundação Robin Hood. Patsy disse que gostaria de fazer uma pequena doação. Falando de um jeito que Diane saberia que não era realmente *pequena*.

Ela gostaria que Shaw estivesse aqui para ver. Mas ele tinha saído.

Acompanhou Diane até o carro alugado: um Lexus LS híbrido negro. Os peregrinos fizeram uma fila na calçada e aplaudiram, Diane foi gentil e parou para conversar com eles por um minuto. Uma mulher que Patsy detestava, a sra. Riley, saiu e começou a mover a boca, fazendo comentários pejorativos contra Ellen DeGeneres, como se Diane quisesse ouvir isso! Como se Diane Sawyer fosse uma pessoa maliciosa, maldosa e competitiva como a sra. Riley! Patsy falou à sra. Riley:

– É uma pena que estejamos com tanta pressa senão adoraríamos ficar conversando.

Não foi dura, nem desagradável, mas *forte*, tanto que a mulher se calou.

Assim que Patsy e Diane continuaram caminhando, esta sussurrou:

– Obrigada.

E as duas riram. Patsy pensou: talvez fosse verdade o que Shaw tinha dito sobre mim: eu *dirijo*.

Ela pensou: Há qualidades que se pode ter e que as pessoas mais próximas a você não conseguem ver. Você mesmo pode não conhecê-las. É preciso alguém com um olhar não viciado para percebê-las, mostrá-las e fazer com que brilhem. Deus, gostaria que ele estivesse aqui. Onde está ele, o que poderia estar fazendo?

Romeu mordeu as costas da mão, como se fosse uma maçã; depois, esfregou a mão ensanguentada contra os olhos, limpando as lágrimas. Apertou com força o acelerador. Como o motor estava desligado (ele estava estacionado na periferia da cidade, perto da fábrica de celulose, debaixo de um poste solitário que mal iluminava a rua), nada aconteceu. Não podia gritar porque estava no telefone com Shaw, que estava falando o que precisava ser feito. Ia falando passo a passo e depois de cada um deles esperava que Romeu dissesse:

– Certo. Entendi.

– Você quer escrever essas coisas? – sugeriu Shaw.

– Não. Eu entendi.

– Você se lembra do que deve falar?

– Lembro. Havia um preço. O preço foi colocado.

– Você precisa fazer tudo isso, Romeu. Não posso fazer nada.

– Certo.

– Você não pode ter misericórdia. Não posso fazer isso porque precisamos que eles me amem. Eles precisam me amar ou tudo vai virar merda. Você entende?

– Entendo.

– Sei que está bravo. Sei que não quer fazer isso. Mas tudo depende de você.

– Está bem.

Os dois desligaram.

Gritar não seria um problema, Romeu sabia, naquele estacionamento vazio onde ninguém o ouviria. E ele realmente *tentou* gritar, mas não saiu nenhum som.

Burris abriu espaço entre todas as porcarias no balcão da cozinha. Começou a escrever uma carta para deixar bem clara sua posição sobre várias coisas.

Primeiro escreveu *Cara Nell*. Depois riscou isso. Pegou outro papel limpo e escreveu novamente *Cara Nell*.

Aí continuou:

Você não quer nada comigo porque acha que sou um idiota. Está certa. Mas, como provavelmente sabe, eu a amei cada minuto de cada dia desde nosso primeiro encontro que aconteceu no Restaurante Archies em Darien, que foi a noite mais excitante da minha vida, mesmo tendo me casado com Barbara. Acho que você sabe disso e, provavelmente, ela também sabia.

Agora você deve ter ouvido falar do meu encontro com seu filho, Mitchel.

Ele parou. Mitchel teria dois Ts?

Ele não podia verificar no dicionário porque era um nome próprio.

Bem, por que não dizer só Mitch? Só porque era uma carta não queria dizer que precisava ser tão formal.

Ele olhou para o papel.

O que *é* isso?

É a coisa mais estúpida que já tinha feito na vida. Qual é o objetivo de escrever isso?

Bom, para ser justo, quais eram os objetivos das coisas estúpidas que já tinha feito por aquela mulher?

Por exemplo, aquela noite há quarenta anos, alguns meses depois da separação, quando ele apareceu embaixo da janela de Nell, chorando e pedindo outra chance. Ela tinha graciosamente recusado, mas não *muito*. Não tinha sido um oh-meu-amor-venha-para-meus-braços. Tinha sido mais um: me-sinto-muito-lisonjeada-mas-você-precisa-deixar-pra-lá. Ou aquele dia, há vinte anos, depois que seu filho Mitch a tinha convencido a entrar na igreja e Burris se encontrara com ela no supermercado e Nell tinha dito com franqueza que a Fé Renovadora parecia mais um bingo para terceira idade do que uma igreja; ao que ele confessou que só ia porque Barbara o obrigava, e eles riram juntos até o caixa e depois disso ele não conseguiu dormir por um ano. Foi o ano em que fez uma burrada na Força-Tarefa Antidrogas da Área Costeira com sua ansiedade, acusando o filho do comissário da cidade de vender *crack* e depois não conseguindo provar, sendo rebaixado. Mas também foi o ano em que mais se sentiu vivo, porque carregava dentro de si aquela lembrança de Nell no supermercado, rindo de sua piada. Mas depois, no churrasco dos Jaycees, ele agiu de uma forma talvez afetuosa demais e ela o cortou. Também houve o dia em que ele foi conversar com os alunos dela no programa de Polícia Comunitária e ela disse que tinha sido um sucesso. E durante anos ocorreram diversos encontros casuais no Winn-Dixie e no piquenique Heart Drive e no Trudy's Café; mais as ocasiões (umas setecentas) em que ele via o carro dela passar quando estava vigiando; e vários telefonemas em que a convidava para um evento ou outro (ela sempre recusava); e três vezes nos fogos de artifício de 4 de Julho em St. Simon's; e no funeral de Barbara. E o tempo todo, durante esses quarenta anos, todos os dias até quando dormia, ele continuava alimentando essa esperança. O melhor de ser um idiota é que você é muito estúpido para saber como é idiota. Mas suponha que fique mais esperto por um segundo e consiga ver toda a cena, quase como uma visão, como agora. O esforço de toda uma vida de burrices caindo como uma estante cheia de sapatos na sua cabeça ao mesmo tempo: isso não é humilhação demais para aguentar? Como se poderia sobreviver a tanta dor? Mas por que alguém iria querer sobreviver?

Clio estava em seu quarto, ouvindo a Bat for Lashes e olhando para a parede, quando recebeu uma ligação daquele cara estranho que tinha conhecido no estúdio de tatuagem – aquele cara Romeu, o *manager* do Drive Fast & Shut Your Eyes.

Ele disse que tinha encontrado um cara em Darien que fazia suspensão do corpo.

– Quer ir ver como ele faz isso?

– Quero – ela tentou soar ambivalente, mas na verdade estava feliz por poder sair de casa.

– Eu já liguei para ele – disse Romeu. – Passo para te pegar.

Ele a pegou e foram para o norte na 17. A música estava alta e forte, mas ela não se incomodou. Estava feliz só por andar de carro. Uns quilômetros ao norte da cidade, passaram por aquela velha plantação de arroz. Estava tão quente que parecia haver vapor subindo da plantação. Uma garça ou algum outro tipo de pássaro estava parada ali, numa perna só, sem se mover, no calor.

Aí Romeu abaixou o volume e disse:

– Não posso acreditar que eles fizeram isso. Sua família fez isso?

– O quê?

– Tinha escravos.

Ela deu de ombros:

– Oh. Acho que sim. Meu tataravó ou algo assim. Foi um major confederado.

Romeu ficou pensativo:

– Mas ele não era um cara mau, era? Quero dizer, aposto que seus camaradas diziam, tipo não se preocupe com isso, ter escravos é legal. As pessoas acreditam em qualquer coisa que seus companheiros contam. É assim que alguém se torna soldado. Você diz, esses são meus companheiros, eu amo eles, confio neles. Aí você pode matar a torto e a direito, se transformar numa máquina de matar, se precisar, e fazer tudo sem ficar triste porque é por seus companheiros. Mas tudo tem a ver com amor. Certo? Jesus, essa porra de planeta. Como minha alma foi mandada para *este* planeta? Desculpe, estou sendo rude.

– Não, está tudo bem.

Ele *estava* sendo rude, mas Clio não ligava.

– A suspensão, vai doer? – ela perguntou.

– Acho que sim – ele respondeu.

– Então por que eu deveria fazer?

– Talvez isso sirva para te libertar.

– Você acha?

– Acho. Mas também vai se sentir vulnerável. Então, é preciso ter cuidado.

Eles passaram pela Sociedade Humana e chegaram à velha loja de carros onde vivia Arroyo. Óculos quadrados, ombros cheios de caroços. Ele os levou até os fundos, que estava fechado por uma velha cerca de alumínio e mostrou seu "aparato": só uma corrente de guindaste pendurada em um galho de árvore, mas ele estava orgulhoso daquilo. Falou sobre roldanas dinâmicas e "bitola de oito *versus* bitola de seis" e "Suicídio *versus* Super-Homem" até que Clio não pôde aguentar nenhuma outra palavra. Ela tinha uma coceira que estava louca para coçar, mas estava embaixo de sua pele – e esse estúpido estava falando sobre ganchos?

– Ei, dava para calar a boca um minuto e me pendurar? – ela falou.

Ele empurrou os óculos que estavam na ponta de seu nariz suado.

Feliz de ajudar.

Ela ficou só de calcinha e sutiã, deitou de barriga para baixo e ele começou a prender anzóis na pele dela. Sempre em pares: ombros, tríceps, pulso, coxas, quadril e panturrilhas – até que havia doze anzóis nela. A dor era terrível. Por um momento, ela tentou enganá-la cantando. "The worms crawl in, the worms crawl out; they crawl all over your face and snout." Mas cantar não ajudava muito.

Arroyo ligou o guincho e ela foi levantada no ar; a dor aumentou umas dez vezes. A dor tinha seu próprio sistema de raios. Poderosos refletores que vinham de dentro dela e que brilhavam irregularmente para o mundo, para sua infeliz vida – notas baixas, o desdém de seus pais, os namorados ruins, a traição de Tara, a crueldade de Tara, Tara isso e Tara aquilo, seu insuportável e insaciável amor por Tara. Ela estava pendurada de barriga para baixo, na posição horizontal, os ganchos esticando seus membros até ela se parecer com uma super-heroína voando através da dor. Ou um cruzamento de super-heroína e saco de lixo hospitalar. Ela tentou dizer algo exultante, mas não saiu nenhum som, somente baba. Arroyo estava tentando encorajá-la.

– Sinta o fluxo – disse.

Aí ela vomitou. Algo estava errado. Sabia que aquela explosão de vômito estava mal e ao longe ela ouviu Romeu gritando:

– ABAIXA ELA *AGORA*! – ainda mais vômito; finalmente Romeu a segurou em seus braços e estava dizendo:

– Está tudo bem, Clio. Está tudo bem. Oh, garota, vai ficar tudo bem. Está tudo *certo*. Está tudo *certo*.

Os ganchos saindo, um por um.

Aí Romeu a abraçando e conversando com ela enquanto Arroyo massageava as feridas na pele.

Ela se ouviu gritando:

– ME DESCULPA! ME DESCULPA!

Romeu a abraçou mais forte e disse:

– Eu sei.

Ele foi até o carro e trouxe um pouco de Percodan. Enquanto Romeu estava fora, Arroyo perguntou se ela se importaria se ele a amarrasse e a fizesse ter um orgasmo forçado. Ela disse: Não essa noite, está bem? Arroyo disse que claro que não era nessa noite; ele não estava pensando nessa noite, mas em algum outro dia. E falou: Quando seria um bom momento? Próxima quinta?

Ela vomitou de novo.

Aí estava em seu carro, no banco do passageiro, e Romeu estava dirigindo. O sol estava nascendo por cima da plantação de arroz.

– Está acordada? – perguntou Romeu.

– Estou.

– Como se sente?

– Estou bem.

Quando voltou a acordar, estava num quarto de motel vagabundo, de barriga para baixo e Romeu passava unguento em suas feridas.

Em seguida, estava em cima da privada e Romeu a segurava enquanto se contraía para deixar sair um líquido verde. Estava surpresa por ele segurá-la tão firme; deveria ser mais forte do que ela tinha pensado. Ele a levou de volta para a cama e a deitou com cuidado. Limpou seu rosto com uma toalha.

– Sabe o quê, Romeu? Eu poderia me apaixonar por você. Acho que poderia realmente me apaixonar por você.

Num momento ela acordou e Romeu estava no telefone com alguém: estava brigando e chorando, até ficar um longo tempo em silêncio. Uma luz iluminou seus olhos e Romeu fez com que se sentasse. Ele a fez beber algo. Aí colocou o *laptop* na frente dela. Ela não entendeu o que ele queria.

– Você precisa escrever algo – ele disse.

– O quê?

– Precisa escrever sobre sua dor. Antes que esqueça.

O computador estava no MySpace dela.

– Faça o *login* – ele mandou. – E aí entre no seu diário.

– Não, estou com muito sono.

– Você precisa.

Ele a acordou novamente. Falou de forma mais insistente:

– *Login*, Clio. Precisamos correr. Está quase na hora.

Ela se logou. Apareceu a página de seu diário.

– Certo, escreva algo – ele disse.

– Não consigo.

– Então, vou escrever. É só me falar. Como se sentiu lá em cima?

– Senti que estava flutuando sobre Wick.

Ele digitou isso.

– Doeu? – perguntou.

– Doeu.

– Quanto?

– A pior dor.

Ele continuou escrevendo.

– Como está se sentindo agora?

Ela queria dizer: "Agora estou melhor". Mas dormiu antes de conseguir falar.

Quando acordou, ele ainda estava escrevendo em seu diário.

– Estou escrevendo sobre sua dor – ele disse.

Parecia estar a ponto de chorar. Era o cara mais estranho que ela já tinha conhecido. Também o mais doce. Doce, sábio e uma alma antiga.

Aí ela dormiu de novo e ele a chacoalhou.

– Clio. Acorde. Você precisa ficar acordada.

– Por quê?

– É pior do que você imaginou.

– Não pode ser – ela disse. – Não pode ser pior do que eu imaginei.

– Todos precisam que você morra – ele falou.

Ela sabia que isso era algo triste, mas não entendeu por quê. Estava muito confusa.

– Principalmente Tara precisa que você morra. Ela *precisa*. Me desculpe. Precisamos fazer isso.

Ela olhou para ele, sem entender.

– E Shaw? – ele falou. Sua voz pastosa pelas lágrimas. – Seu amante? Ele também precisa que você morra. Oh, Deus, Clio. Ele precisa que você mostre a eles que há um preço a ser pago pelo que fizeram. E é você. Você é o preço. Não é culpa sua, mas é o que você é. Vamos; vamos fazer isso; o mais rápido que pudermos, está bem?

Segunda-feira

Tara acordou com Shaw de pé ao lado dela. Ainda estava escuro. Ele falou para ela se aprontar; iam fazer uma "expedição familiar". Só isso. Não falou para onde estavam indo.

Ele já tinha acordado a mãe, o pai e Jase; mandou que todos entrassem no Liberty. Trevor determinou que alguns motoqueiros fossem com eles, para afastar os chacais da mídia, mas estes ainda nem tinham aparecido. Quando Tara entrou na Oriole, estava tudo quieto. Ela seguiu as instruções de Shaw e foi para o norte pela rodovia 25 Spur. Depois de alguns quilômetros, o Liberty era o único carro na estrada. Era evidente que ninguém os perseguia. Assim, Shaw fez um sinal para os motoqueiros. O Liberty continuou sozinho.

Tara nunca se sentiu tão cansada na vida.

Shaw indicou a direção:

– Pegue o contorno, cruze a I-95. Siga por uns cinco quilômetros, aí vire na 99.

Ela obedeceu.

– Agora siga direto até a estrada Cooper Pasture.

Aqui chegaram a uns bairros distantes – Oglethorpe Estates, Georgian Majesty Villas – que tinham naufragado com a crise imobiliária e estavam abandonados, tomados pelo mato, já mal-assombrados. Depois disso, não havia nada. Uns poucos trailers, silenciosos como criptas. Pinheiros. Pastos para gado. Tara olhou pelo espelho retrovisor: a mãe estava dormindo com Jase deitado no seu colo, mas o pai estava vigilante como sempre – ela viu o brilho em seus olhos.

– À esquerda na estrada Green Swamp.

Seria algum tipo de piquenique? Eles iam pescar com rede de novo? Mas Shaw continuava mudo e a falta de informações em seu rosto fez com que ela temesse. Para ele isso era um jogo, mantê-la no escuro. Era muito cruel. Era muito difícil continuar sendo uma escrava desse sujeito, à disposição de seus caprichos, todos os dias.

Mas ela sabia que não podia mostrar o que sentia, precisava da misericórdia dele. Para o bem de Nell, ela precisava se manter firme, distante, acima de tudo isso.

De Green Swamp para Butler, de Butler para Honeygal.

Aí Shaw leu:

– Trezentos metros pela estrada da fazenda à direita.

Falando as palavras como se não tivesse nada a ver com elas, como se fossem algum tipo de decreto. Mas é você, ela pensou. É o seu plano, seu covarde fodido. O que for, eu sei que foi você que pensou nisso.

Estavam numa estrada de terra que passava pelo meio de um pequeno bosque de pinheiros, palmeiras e musgo. Galhos raspavam o teto. O bosque se fechava cada vez mais, escurecia. Uma aranha caiu no vidro do lado do motorista e ficou ali, desafiadora, grande como uma mão. Depois de uma curva fechada e mais uns vinte metros, eles chegaram de repente a uma clareira, uma ribanceira acima de um riozinho. Já havia um carro lá e Tara o reconheceu. Seu coração quase parou. Era o carro de Clio. Alguém, uma mulher, estava inclinada sobre o para-lama da frente. Estava usando um xale e com a cabeça abaixada. Assim, por um momento, Tara rezou para que não fosse Clio.

Mas a mulher levantou a cabeça e é claro que era Clio.

Parada ali, parecendo perdida, se abraçando como se estivesse sentindo frio – apesar de que a manhã já estava quente e úmida. Oh, meu Senhor, pensou Tara. Por favor, meu Senhor, sei o que mereço, mas, por favor, que não seja Romeu quem a trouxe aqui.

– Desligue o motor – disse Shaw.

Tara obedeceu. Silêncio. Aí apareceu Romeu. Ele se inclinou perto de Clio e segurou sua mão.

Tara ainda estava rezando: Por favor, não deixe que isso seja o que parece.

Do banco de trás, o pai perguntou a Shaw:

– O que *ela* está fazendo aqui? Por que vocês trouxeram Clio?

Romeu falou para eles:

– Todos para fora. Não falem nada, não percam tempo. Só saiam do carro.

Todos saíram do Liberty. Clio gritou feliz e abriu os braços para dar um abraço. Mas Romeu a segurou e murmurou:

– Não, você fica aqui.

– Por que ela está aqui? – perguntou o pai. – Shaw, o que você está fazendo?

Shaw olhou para o chão e não disse nada.

– Havia um preço, certo? – disse Romeu. – O preço foi dito. Vocês sabiam.

Sua voz estava pesada, com ritmo difícil, como se estivesse repetindo palavras que tinha decorado.

– O que você quer dizer? – o pai perguntou. – O que você está dizendo?

Romeu desdobrou uma folha de papel. Leu em voz alta:

– Querida, vou contar ao FBI.

O pai soltou um gemido gutural.

Romeu continuou. Ele lia como um estudante, forçando cada palavra, pronunciado os *os* como *us*, com *as* longos também e parando ao final de cada sentença:

– Pensei muito. Não confio naquele Burris. Sei que fiz o que era certo ao mentir para ele, mas o FBI não é idiota. Vão rastrear as chamadas que Shaw faz. Têm GPS nos celulares agora, assim vão encontrar Romeu e pegá-lo. E Shaw também. Vão matá-los.

– Me desculpe. Não devia ter escrito isso – disse o pai.

Romeu olhou para ele.

– Foi tão estúpido – disse o pai. – Me desculpe. Oh, meu Deus, *me desculpe*, Shaw. Não *fiz* nada. Juro que...

– Continue ouvindo – disse Romeu. – Ele leu: Pai, sei quanto você o odeia. Eu odeio mais. Quando ele abre a boca, sinto nojo. Ele agora acha que é algum tipo de profeta, mas as pessoas só o adoram pelo dinheiro e ele é um covarde. Mas depois que ele conseguir o dinheiro vai tentar fugir e é aí que vamos chamar o FBI. Ele não vai escapar!

Tara sabia que era sua vez de pedir desculpas agora. Mas era como se os músculos de sua boca tivessem sido petrificados pela raiva. Agora, quando ela mais precisava se entregar, não conseguia. Ficou olhando para seu pai enquanto ele implorava:

– Por favor! Shaw! Não foi culpa da Tara! Foi minha e não sei o que estava pensando, mas, Shaw! Por favor...

– Não posso fazer nada – disse Shaw. – Eu avisei, mas vocês não ouviram. Agora é Romeu quem decide.

O pai se virou para Romeu:

– Oh, meu senhor, me desculpe, eu *nunca*...

– Havia um preço – repetiu Romeu. – O preço tinha sido avisado.

Tirou do bolso uma pequena garrafinha. Fez Clio abrir a mão e colocou uma dúzia de pílulas na palma dela. Aí ele lhe entregou um frasco de algo e sussurrou:

– Tome.

– *O que você está fazendo?* – perguntou o pai.

– Me obedeça – disse Romeu.

O pai começou a andar na direção dele, mas Romeu levantou sua arma:

– Se você se aproximar, vou matar seus filhos. Por qual deles você quer que eu comece?

A boca do pai se abriu. Mas nenhum som saiu.

Romeu agarrou Jase pelo pescoço:

– Este?

– *Não!* – o pai caiu de joelhos. – Por favor, não! Não machuque meu filho! Faça o que acha certo, senhor, você sabe o que é certo. Mas não machuque meu filho, por favor!

Tara pensou que deveria fazer o mesmo que ele: ajoelhar-se no chão, implorar. Por que não conseguia? Estava colocando todos em risco. Qual era o problema com ela?

Enquanto isso, Romeu continuava mandando:

– Vamos, Clio. Precisamos salvá-la. Lembra-se de como salvamos Tara?

Clio levantou as pílulas até a boca. Tomou um gole do frasco e as engoliu. O pai gritava:

– NÃO! NÃO FAÇA ISSO, CLIO! PELO AMOR DE DEUS, VOCÊ VAI MATÁ-LA!

– Você é uma garota muito corajosa – disse Romeu, com a voz doce.

Tara viu que os olhos dele estavam úmidos. Tirou mais duas garrafinhas de seu bolso e voltou a encher a palma de Clio. Umas vinte dessa vez. Pílulas azuis, amarelas. Fez um gesto para que ela as tomasse.

Clio obedeceu.

A mãe estava chorando e seu pai fazia esses barulhos torturados. Mas Tara ficou ali parada, congelada.

Novamente Romeu encheu a palma de Clio.

Mas agora Clio tinha ficado terrivelmente pálida. Ela murmurou:

– Mais?

Romeu, segurando seu pulso, gentilmente levantou sua mão.

– Você precisa ser forte.

Ela colocou as pílulas na boca. E bebeu.

Romeu se virou para Tara:

– Agora esperamos. Tara, você precisa dizer adeus. Adeus à sua amiga que gostava tanto de você que entregou sua vida como um aviso. Diga adeus para ela.

Mas algo fez Tara despertar. Essas palavras – *Diga adeus a ela* – a libertaram. Ela falou para Romeu:

– Vai se foder – correu até Clio e disse: – Vamos, vamos embora.

– Afaste-se dela! – disse Romeu.

Ela ignorou sua ordem. Com todos olhando, colocou o braço ao redor de Clio e ajudou-a a dar uns passos incertos até o Liberty. Clio tentou se livrar de seus braços, dizendo:

– Querida, se estiver tudo bem, eu prefiro, eu prefiro só me deitar um pouco aqui, só dormir um pouco...

– Vai dormir mais tarde – disse Tara. – Vem comigo.

Romeu deu a ordem:

– Pare!

Mas Tara nem olhou para ele. Estava levando Clio.

– Vou começar a matar! – ele gritou.

– Pode me matar primeiro – ela disse. – Você já matou Clio. É a minha vez.

– Vou matar seu irmão! – gritou Romeu. – Vou matar sua mãe! Todo mundo! O que eu tiver de fazer! Vou matar seu pai agora mesmo!

E apontou a arma para o pai. Tara via seus movimentos com o canto dos olhos, mas não parou. Abriu a porta de trás do Liberty e ajudou Clio a entrar. Esperando pelo tiro. A qualquer segundo, qualquer segundo.

Aí, ela ouviu Shaw dizer:

– Deixe-os em paz.

– O quê? – disse Romeu, confuso.

– Abaixe a arma.

– Há um *preço* – insistiu Romeu. – O preço foi dito.

– Já está pago – disse Shaw. – Agora precisamos de misericórdia. Vamos levá-la ao hospital.

Ele ajudou o pai a se levantar e disse a Tara:

– Eu dirijo.

Todos entraram no carro. Tara se virou e olhou para Romeu, fitou-o por um longo período. Aí Shaw ligou o motor e eles partiram.

Shaw estava a 120 na estradinha de Honeygal, mas, quando chegou à 341, acelerou para 150 km/h. Os pneus cantavam nas curvas. Ele jogou o celular para Patsy e disse:

– Ligue para o hospital. Diga que estamos indo.

Vinha disparado pela 341 e se aproximou de um semáforo vermelho com o trânsito parado. Desviou, sem frear e ultrapassou a linha de carros, cruzando a interseção. Cada segundo era precioso. A vida de Clio estava por um fio e tudo que a mantinha viva era Tara, Tara conversando com ela. Shaw apertava a buzina, pisava no acelerador e os quarteirões passavam voando. Virou à esquerda na estrada Community e à direita na Altama, seguindo as placas do hospital.

Uma hora para punir e outra para perdoar.

Virou à esquerda na estrada Shrine e entrou no estacionamento da Emergência. As enfermeiras já estavam esperando. Elas colocaram Clio numa maca e permitiram que Tara a acompanhasse.

Shaw olhou o relógio na parede. Só tinham se passado catorze minutos desde que deixaram a clareira. As chances eram boas.

Ele e os Boatwright foram até a sala de espera e se sentaram. Meia hora depois chegou a mãe de Clio, totalmente perdida pelo medo. Uma atendente a levou até a sala de emergências.

As enfermeiras e as atendentes vinham espiar Shaw e os Boatwright. Uma até teve a coragem de dizer:

– Vocês são os que ganharam a loteria, não?

Patsy assentiu.

A enfermeira disse:

– O espírito do Senhor está com vocês.

A recepcionista murmurou:

– Amém.

Romeu estava caminhando com dificuldade embaixo do calor. A estrada Green Swamp parecia fresca e cheia de sombras no mapa, mas ao vivo acabou sendo uma linha reta de sol brutal e grilos cantando por todos os lados. E seu cérebro parecia inchado, cheio daquele olhar que Tara tinha mandado para ele.

O sol pegou a maior parte do lado esquerdo do céu. Havia um halo de mosquitos. Depois de alguns quilômetros, achou que não poderia mais seguir, então se sentou na beira da estrada.

Ficou ali por muito tempo.

Deveria me levantar e sair do sol, pensou.

Depois de uma riqueza súbita há um ataque de demônios. Sempre. Hordas de demônios. Gritando. E ele no meio. A besta, circulando. E quem se oporia a ele, aquela garota? Mas ela tinha se esvaziado e assumido o sofrimento ao redor dela; e agora estava pronta para lutar contra ele.

Um velho cadilac cor bronze diminuiu ao lado dele. A janela foi abaixada e um velho negro perguntou:

– Quer uma carona?

– Quero, sim – disse. – Muito obrigado.

Ele entrou no carro e o homem perguntou:

– Para onde você estava indo?

– Brunswick?

– Até a cidade? Seria uma longa caminhada!

– Sim, senhor. Eu já tinha desistido.

– Beba alguma coisa, filho. Pegue na geladeira de isopor aí atrás.

Romeu agradeceu, esticou o braço até o banco de trás e abriu uma geladeirinha bem fria. Havia umas latas de refrigerante flutuando numa água suja. Romeu pegou uma lata de Shasta Creme Soda.

– Tenho refrigerantes para meus netos – contou o homem.

– O senhor agradeceria a eles por mim?

– Claro. Por que está sem carro?

– Bom, fui a uma festa com uma garota. No carro dela. Mas ela foi embora com outra pessoa.

– Oh. Bem, sei como é isso. Está se sentindo mal?

– Estou.

– Não duvido. Há quanto tempo estava com essa garota?

– Não estava saindo com ela. Devia matá-la. Mas fodeu tudo, porque fiquei com medo e eles perceberam. Agora não sei o que fazer.

Eles não falaram mais nada até chegarem à cidade.

Enquanto estavam no carro, Romeu só conseguia ver uma coisa: aquele olhar de Tara.

Bem, certo, ele pensou. Você é tão boa com sofrimento, vou dar o máximo que puder aguentar.

Shaw e os Boatwright esperaram no hospital por duas horas. Finalmente a mãe de Clio saiu da Emergência e disse que a garota ia ficar bem.

Patsy a abraçou; as duas riram. Patsy contou como Shaw tinha dirigido o carro, de forma heroica. A mulher pegou as mãos de Shaw e as beijou, dizendo:

– Quando eu o vi na TV, sabia que era um bom homem – seus olhos brilharam com as lágrimas.

– Nunca tinha visto ninguém ir *tão* rápido. Nem mesmo Dale Jr.! – falou Jase.

Todos riram.

– O senhor é um santo – disse a mãe de Clio.

Eles saíram. Já havia um monte de repórteres e câmeras de TV:
– Shaw! Por que você está aqui?
– Shaw! É verdade que você evitou que uma garota cometesse suicídio?
– Shaw! Como você soube?
– Como a localizou?
– Shaw!
– Shaw! É verdade que a voz de Deus o levou até ela?

Burris começou sua ronda às 3 horas. Como era seu costume, parou atrás de uns arbustos na rodovia 17, e esperou por motoristas acima da velocidade permitida. Mas sentia-se sem forças e com pensamentos maldosos. Lembrou-se do encontro com Mitch Boatwright e como ele tinha passado por tonto. Pensou no tufo de cabelos crespos que tinha na testa e se perguntou por que não desistia e raspava aquilo? Aí ficou pensando por que estava se preocupando com o cabelo na testa? Ele só pensava em coisas estúpidas. Se Nell o amava, se o chefe alguma vez o respeitaria, se deveria raspar a cabeça etc. Por que não podia pensar em coisas substanciais, espirituais, importantes?

Bem, talvez porque ele era somente uma piada.

Possivelmente, era a única piada que o chefe estava contando no Trudy's Café. Alguma história sem sentido sobre um policial palhaço que achava que tinha encontrado alguma dignidade no mundo, mas o mundo continuava desapontando-o e chutando sua bunda. *Você, dignidade? Deppity Dawg?* E no final da história todo mundo estava rindo, todo mundo na cidade.

Ele se sentou na viatura. O trânsito passava tranquilo. Ficou sentado ali por uma hora e não pegou ninguém, porque não quis.

No entanto, às 16h57, Rose Whittle enviou-o para um possível assalto em andamento na Escola Jane Macon. Já era tarde e ele encontrou a escola vazia, exceto por uma senhora negra, uma secretária, trabalhando no escritório. Ela disse que tinha ouvido barulhos. Burris a acompanhou para conferir as salas e depois os banheiros. Não encontraram nada. E estavam a ponto de desistir; quando, voltando para o escritório, caminhando pelo ginásio, Burris ouviu sussurros. À esquerda. Onde estavam as tribunas. Foi até lá e espiou. Olhos. Dois pares.

– Podem sair.

Duas garotinhas saíram correndo. Ele correu atrás delas, mas tinha aquela grande barriga para arrastar, além de toda a parafernália de equipamentos presos a seu cinto e estava consciente de sua aparência, com a careca, os óculos escuros e os sapatos de policial. Ele não estava realmente tentando agarrar ninguém.

Mas uma das garotas era tão lenta e gordinha que ele acabou agarrando-a de qualquer jeito. Bateu no seu ombro e ela caiu no chão, chorando.

Oh, que impetuoso policial que eu sou.

A outra conseguiu escapar.

Ele ajudou a gordinha a se levantar e a levou para o escritório. Sentou-a numa cadeira, cruzou os braços e fez uma cara feia. Queria confortá-la, mas sabia que era seu dever ser frio e ruim, pelo menos por um tempo.

– Qual é o seu nome?

– Kyra.

– Quantos anos você tem?

– Dez.

– O que estava fazendo aqui?

– Seguindo a Shylana.

– A Shylana é sua chefe ou algo assim?

– Não sei.

– Porque ela te deixou em apuros.

Kyra chorou.

– Talvez você não devesse seguir Shylana por aí. Talvez ela esteja te levando para lugares errados.

Ele pediu à secretária um lenço e entregou-o para a menina. Não era muita coisa. Toda vez que Kyra olhava para ele, chorava com mais veemência. Por causa do uniforme, claro. É só usar um uniforme policial e onde for, as pessoas ficam estranhas. Crianças, amantes, criminosos. Eles viam o distintivo e os sapatos brilhantes, e já começavam a chorar.

Mas aí aconteceu uma coisa engraçada. Shylana apareceu.

Ela entrou no escritório e sentou-se ao lado de Kyra, olhando para Burris. Não falou seu nome, mas quem mais poderia ser? Era muito pequena, mas bonita. O rosto era delicado e os olhos enormes.

– Foi tudo *minha* ideia. Deixe-a em paz – ela falou.

– Qual era a sua ideia? – perguntou Burris.

Shylana não respondeu.

– O que você está fazendo na escola depois da hora de aula?

Ela continuou sem falar.

Fazia com que ele se lembrasse de Nell. Quando estavam na quarta série, há muito tempo. Burris tinha se apaixonado por ela naquele instante, quando costumava tomar o ônibus nas tardes de quinta para as aulas de

Bíblia Batista – que os dois odiavam. Ele se sentava atrás dela e contava piadas tontas e ela ria muito. Uma vez, o motorista mandou parar, mas ela o ignorou. Quando ele reclamou pela segunda vez, ela falou:

– Você não é meu pai. Não é meu professor. Você não tem direito a *voto*, senhor – disse, espetando-o com seus fortes olhos. E cinquenta anos depois, aqui estava de novo, o mesmo olhar impertinente, da pequena Shylana. Mas Burris não se intimidou e começou a ameaçá-la:

– Seu diretor poderia pedir uma ordem juvenil, sabe disso? Aí você terá de se apresentar perante o juiz Parr e ele poderia enviá-la para uma dessas prisões juvenis, está ouvindo, Shylana?

As lágrimas começaram a jorrar de seus olhos. Duas finas cascatas, correndo pelo seu rosto. Mas ela continuava olhando para ele; seu olhar não titubeava. Burris estava admirado dessa garota que veio compartilhar a punição de sua amiga e que não se acovardava perante um policial com arma, barriga e um tufo de cabelos no meio da testa.

Ele parou com o sermão. Ficaram se estudando.

Abruptamente, Shylana confessou:

– Viemos olhar meu desenho.

– Que desenho?

– O desenho que eu fiz – disse Shylana, balançando a cabeça.

– Posso ver esse desenho, Shylana?

Ela se levantou e começou a caminhar. Ele a seguiu, saindo do ginásio e andando pelo corredor escuro. Kyra e a velha secretária os seguiram. Shylana entrou numa sala de aula e apontou para uma aquarela na parede. Era o desenho de um ônibus escolar. O fundo desse ônibus estava desenhado de uma forma que fazia com que parecesse vivo e dava vida a tudo ao redor. Shylana tinha escolhido fazer o sol da cor de uva, o que fazia com que o amarelo do ônibus parecesse ainda mais brilhante. Meu Deus. Era o velho ônibus da sua infância, com os bancos rangendo e os amortecedores detonados, com os raios solares saindo de seu coração.

Ele ficou imaginando como isso seria possível: tal brilho, depois de tanto anos? Seus olhos se encheram de lágrimas. Disse a Shylana que era o melhor desenho de um ônibus escolar que já tinha visto. Queria dizer que era o melhor desenho que já tinha visto na vida, mas teve medo de que isso soasse pouco sincero. Murmurou algo sobre precisar ir ao banheiro e a velha apontou o caminho. Ele entrou e fechou a porta. Era realmente o banheiro "dos pequeninos", com mictórios e pias baixos. Ele se inclinou sobre a pia, se abaixou e olhou no espelho. Tudo que eu queria era um pouco de raios do sol e aparecem aqui, de repente, me derrubando. O que está acontecendo comigo?

Depois que se recuperou, levou Shylana e Kyra para casa. Deixou Kyra primeiro, aí levou Shylana até sua avó. Antes de descer, ela deu um beijo no rosto dele.

– Shylana, você me lembra alguém. Uma garotinha. Há muito tempo, eu era apaixonado por ela.

– Mesmo? Você se casou com ela?

– Não.

– Por que não?

– Não tenho ideia – ele respondeu. – Você acha que eu poderia?

– Como vou saber? – ela deu de ombros.

Mitch não falou nada durante o trajeto para o Rotary Club, mas segurou a mão de Tara e de Clio o tempo todo, e ficou com os olhos baixos. Sabia o que tinha feito. Tinha quase matado a melhor amiga de sua filha, com sua própria família no meio da barganha. Seu orgulho o havia levado a cometer uma grande besteira, da qual outros o haviam salvo, e ele se sentia pior que um lixo. Gostaria de ser um inseto para poder me enfiar na sujeira, ser pisado e esquecido.

Uma guarda de honra de peregrinos caminhava junto com os Boatwright.

Não era um longo caminho. Eles desceram pela estrada Robin e cruzaram a Canary Drive e a rua 4, logo depois havia uma placa: feira do Rotary Club. A placa tinha um palhaço e uma roda da fortuna. Mitch se lembrava das rodas da fortuna das feiras de sua juventude, mas isso já era passado; agora só havia um grande jardim de grama baixa com mesas de piquenique de um lado. Um pequeno lago. Alguns chalés (às vezes, o lugar era usado como acampamento de verão). Centenas de fiéis já estavam ali e todos bateram palmas quando Mitch chegou. Tanta demonstração de amor! Ficou de cabeça baixa, olhando para os pés, desconcertado. Foi então que ele e sua família foram levados até um lugar de honra, perto de uma mesa que tinha sido transformada em altar.

Começaram a cantar:

– Shaw! Shaw! Shaw!

Finalmente, Shaw os agraciou com sua presença.

Alguém lhe entregou um microfone. A multidão continuou gritando seu nome, mas ele levantou a mão e pediu:

– Não. *Não*. Não tenho nenhuma importância.

Por um tempo, eles se recusaram a obedecer-lhe: era impossível conter o amor deles. Mas, finalmente, os gritos morreram e o silêncio foi se estabelecendo. Foi então que Shaw falou:

– O importante *é* que salvamos uma alma hoje. Todos vocês ficaram sabendo?

Outros gritos de devoção, misturados com risos entusiasmados. Todos estavam olhando para Clio, que se escondia no abraço de Tara como um animal assustado.

Shaw se moveu, para indicar as árvores que circundavam o campo. Uma brisa estava balançando as árvores.

– E vocês sentem isso? Sentem esse vento?

– Sim! – veio a resposta. – Abençoado seja o Senhor!

– Sim, sim!

– Estamos sentindo!

– Abençoado seja o Senhor!

– Estão vendo como o vento está desenhando um círculo ao nosso redor?

– Sim, senhor!

– Sim, Jesus!

– Sim, estamos vendo!

Ele falou:

– E aposto que sabemos o que está chegando.

– Sabemos!

– Sabemos o que está chegando!

– Sejam a mudança – disse Shaw.

– Vai ocorrer uma mudança!

– Grande mudança!

– Abençoado seja o Senhor!

Mitch conseguia ver o espírito viajando de rosto para rosto. Alguns já estavam de joelhos. Olhou para Tara e viu que ela – até sua adorada filha! – estava tão absorta nas palavras de Shaw que não percebeu como o pai a olhava. Oh, Senhor. Apenas algumas horas antes o homem estava ameaçando nos matar. Ele é um demônio, não é? Estou errado? O coração dele não é mais negro do que a morte? Meu Senhor, meu Pai, ajude-me a ver direito!

Shaw levantou uma fatia de pão e disse:

– Bem. Isso se *parece* com pão.

Risos entre o grupo.

– Exceto que, quando se sente o gosto – ele continuou –, parece *luz*. Vocês conhecem o gosto de luz?

– Abençoado seja o Senhor!

– Se não conhecem, vão descobrir – disse Shaw.

– Abençoado seja o Senhor!

– Porque esse pão é o corpo do nosso Senhor.

– É sim!

– E a luz vem do Céu.

– Abençoado seja o Senhor!

Ele fez um gesto para Patsy: para que se aproximasse.

Ela se aproximou do altar. Shaw fez um movimento com a cabeça e ela se ajoelhou. Ele arrancou um pedaço do pão e o colocou sobre a língua dela, dizendo:

– Você deve mastigar isso, querida.

Ele não disse isso no microfone e somente as pessoas nas primeiras fileiras ouviram, mas a risada deles viajou pela multidão e as pessoas no fundo riram só por rir.

Aí Shaw levantou um copo de vinho.

Os lábios de Patsy se abriram. Ela olhou direto para ele e bebeu. Mitch sabia que ela estava imaginando os lábios de Shaw McBride contra os dela. Estava apaixonada por Shaw McBride, Mitch sabia. Ela o idolatrava. Era um conhecimento que deveria ter enchido Mitch de raiva, mas não.

Tudo que sentia era vergonha, medo e a iminência de alguma mudança. Algo estava a ponto de acontecer aqui. Ele estava a ponto de fazer algum tipo de viagem e deixar seus problemas para trás. O vento que estava se armando ia arrancá-lo pela raiz do mundo em que estava vivendo e carregá-lo para algum mundo novo e isso era ótimo.

Sua filha Tara o levou até o altar. Ele se ajoelhou. Shaw tocou sua testa e o toque foi abrasador. Quando o pão tocou sua língua, o vazio dentro dele, a fome, foi acalmada. Sua sede foi saciada pelo sangue do Senhor. Ele soluçou. Levantou-se e desceu do altar. O grito foi direcionado para o alto:

– Abençoado Jesus! Abençoado o Senhor!

Sua filha o levou de volta para sua cadeira. Ele se sentou ali segurando a mão dela, ainda com o gosto de Jesus na boca e sabia que tinha viajado por um longo caminho até sua salvação. Mas tudo que importava era que ele estava ali. Tinha conseguido. Tinha encontrado os pastos verdes e as águas tranquilas. Agora poderia deitar a cabeça no colo de sua filha e tudo estaria bem.

Romeu estava patrulhando a rodovia 17 quando viu o Velho Porco em sua viatura, escondido atrás dos arbustos. Romeu diminuiu a velocidade do Tercel. Diminuiu *bastante*, até chegar a uns 15 km/h mais ou menos e olhou para ele enquanto passava.

Mesmo assim o Velho Porco não o notou. Estava olhando para o nada, com os pensamentos perdidos e só por acaso acabou virando os olhos e vendo o Tercel. Levantou-se instantaneamente. Deu um arroto como um porquinho e em cinco segundos estava atrás de Romeu.

Parou no estacionamento da loja do Tawney. O Velho Porco bem atrás dele. Saindo da viatura e se balançando todo até a janela de Romeu.

– Como está hoje, senhor?

– Bem, obrigado. E o senhor?

– Estou bem. Ainda está em Brunswick.

– Estou.

– Conseguiu se livrar daquele animal?

– Consegui.

– Ainda de férias?

– Isso.

– As pessoas geralmente não tiram férias em Brunswick.

– Não?

– Não, vão até a ilha ou Savannah, algo assim.

– Oh.

– Não há muita coisa para se fazer por aqui.

– Isso é verdade – Romeu concordou. – Acho que gosto da forma como tudo está caindo aos pedaços e ninguém está tentando consertar.

O Velho Porco estudou-o atentamente. Tentando ler algo, decidindo qual era seu ângulo. Romeu não se importava com isso.

Aí o policial disse tranquilo:

– Certo. Poderia ver sua licença e o seguro, por favor?

Romeu entregou os papéis. O policial levou-o até seu carro e fez aquelas magias que os policiais sempre fazem ou algo assim.

Voltou, devolveu os documentos e disse:

– Sr... Desculpe. Esqueci o seu nome?

– Zuh-DER-ko.

– Tenho uma pergunta para o senhor.

Romeu esperou.

– Sua licença diz que o senhor é de Piqua, Ohio.

– Isso.

– Seria perto de Dayton?

Oh! Estava chegando. A Verdade. Vinha disfarçado de um velho porco guarda de trânsito. Ele ficou imaginando o que deveria fazer. Deveria continuar mentindo sob a sombra da Verdade?

– Me desculpe, policial. O senhor poderia repetir a pergunta?

– O que estou querendo dizer, você por acaso não seria amigo de Shaw McBride, seria?

– Bom. Oh. Acho que sim. Quer dizer, eu era.

– Era? Vocês brigaram?

– É uma longa história.

– Me conte um resumo.

– O resumo é, ele foi atingido por um raio.

– O quê?

– Quero dizer que ganhou o prêmio da loteria. E se tornou o apóstolo de todos aqueles loucos. E eu, acho que estou me transformando em outra coisa.

– No que o senhor está se transformando?

– Em nada.

– Certo.

– Policial, o senhor às vezes tem a sensação de que estamos do mesmo lado? Nós dois? A forma como ficamos dirigindo ao redor dessa cidade, como se estivéssemos juntos num carrossel? Eu neste pônei velho e feio com cor de merda, você no seu pônei-viatura? Jesus. Parece que ficamos nos dando tchau cada vez que cruzamos um com o outro. Sabe?

– Senhor, não tenho certeza do que está falando.

– Nem eu. Só parece que tudo está girando cada vez mais rápido e sabemos que vamos bater, mas continuamos fingindo que não.

– Bater?

– Estava só pensando, por que não pulamos fora?

– Senhor?

– Quero dizer, eu não me importaria de ir para casa. Você quer vir comigo? Seria bom ter outro motorista para a viagem. Você poderia tirar umas férias desse calor. Ver Ohio. Ohio é legal.

O Porco Velho ficou olhando para ele.

Romeu sorriu:

– Estou *brincando*. Sei que estamos presos. Não podemos ir para nenhum lugar.

– O senhor tem alguma arma no carro?

– Tenho uma Phoenix .22 no porta-malas. É legal?

– Se ela continuar no porta-malas.

– Certo. Posso perguntar por que me parou?

O Velho Porco pensou um pouco:

– Bom, senhor – disse. – Sua placa não está iluminada. É uma exigência no estado da Geórgia.

Ficou parado, olhando para ele, sem uma expressão que Romeu conseguisse ler. Mas finalmente acrescentou, gentil:

– O senhor vai consertar isso, não é mesmo?

Clio entendeu que, enquanto ficasse com Tara, estaria bem. A lembrança do que tinha acontecido na clareira, apesar de fraca, ainda estava presente e ela precisava esquecê-la. Assim, ficava perto de Tara e se mantinha ocupada. Elas trabalhavam com as peregrinas servindo o jantar, Clio servindo o camarão frito, Tara lidando com o alho moído.

Tara tinha enchido uma garrafa de chá com tequila. De vez em quando, ela ou Clio se abaixavam e davam um gole furtivo. Clio estava fazendo isso quando Tara anunciou:

– Oh, meu Deus. Os Turkey estão aqui.

Os Turkey era uma família de peregrinos de Delaware. O pai tinha esse queixo pontudo e sua esposa e filhos tinham olhares de passarinho, todos iguais. E, bem agora, toda a família estava vindo pela fila da comida. Clio e Tara precisavam lutar para não rir.

Logo depois deles estava a Enorme Dama Piedosa. Tara colocou uma colherada extra de batatas e a EDP disse:

– Que Deus a abençoe, minha filha.

Aí entrou um cara na fila e Tara sussurrou:

– Não parece aquele cara do *The Hills*? O idiota "posudo"?

Clio concordou:

– Oh, meu Deus. Spencer! Parece mesmo!

Ainda estavam rindo quando a EDP voltou por uns segundos. Tara colocou outra colherada enorme de batatas e a mulher disse:

– Bem, o Senhor provê, não?

E Tara disse:

– Sim, senhora. Provê e *provê*.

Assim que a mulher foi embora, Clio começou a rir sem parar. Ela precisou pedir desculpas para a sra. Riley, a velha que estava organizando tudo.

– Desculpe, dona Riley. Estou me recuperando. Vou voltar ao trabalho.

A mulher deu um sorriso indulgente. Todo mundo era tão bom com Clio. Todo mundo sabia como ela tinha sorte de estar viva.

Os últimos a virem comer foram Shaw e Trevor. Eles deixaram as mesas de piquenique, conversando baixinho, tranquilos, brilhando com confiança. Clio idolatrava Shaw e achava Trevor bonito também, por isso ficou feliz ao vê-los. Mas Tara ficou séria, largou a colher e disse:

– Vamos, vamos embora daqui.

– Espere. Por quê?

– Ou pode ficar – Tara falou brava. – Fique se quiser.

Ela se afastou. Foi na direção do grande chalé.

Clio correu atrás dela.

– Por quê? Não gosta dele? Mas ele salvou minha vida. Não? Não era verdade o que Romeu disse! Quero dizer, foram você e Shaw que me salvaram, certo?

Tara continuou andando:

– Acho que ele é ótimo, Clio. Só estou cansada. Preciso me deitar. Você quer vir comigo?

Clio desistiu de tentar entender. Não vou conseguir ver nada claro ou honesto agora, pensou. E tudo bem. Ela se sentia perdida; parecia ver tudo através de um buraco de fechadura; não conseguia saber qual dessas sombras eram anjos e quais eram demônios, assim, a melhor coisa era ir para onde Tara a levasse.

Burris dirigiu por Brunswick, pensando em Zderko.

Já tinha encontrado, em toda sua carreira, alguém mais perturbado? Não. Em 1987 tinha trabalhado na transferência de Leroy Massequa para Reidsville. Leroy tinha matado toda sua família, acreditando (corretamente) que sua namorada o enganava com seu próprio pai. Mas mesmo ele parecia tranquilo comparado com Romeu Zderko.

E por que Romeu Zderko estava tão agitado?

Porque, Burris acreditava, estava sendo manipulado por Shaw McBride. Porque era a arma que Shaw McBride estava usando para aterrorizar os Boatwright.

Apesar de não ter nenhuma prova. Não tinha nada, só uma conjectura. E como nunca tinha se encontrado com McBride e só o vira em carne e osso uma vez, ontem na igreja, achou que deveria ter certo cuidado antes de julgá-lo.

Eu deveria pelo menos *me encontrar* com esse maldito.

Fez uma curva na viatura e se encaminhou para o clube do Rotary.

Romeu passou pela casa de Shelby e viu, através da grande janela da sala, que os Braves estavam jogando. Alguém naquela casa gostava dos Braves. Mas ele não sabia quem. O garoto? Tio Shelby? MacKenzie? Ou talvez eles só tivessem deixado a TV ligada ao sair; talvez a casa estivesse vazia?

Enquanto dirigia, pensou, que visita útil. Estou aprendendo muito nessas patrulhas.

Foi até a casa de Vanessa e Henry em Poinsettia Circle. Assim que passou, Vanessa saiu para pegar sua correspondência e, quando voltou, abriu a porta da cozinha sem usar uma chave. Ótimo, ele pensou. Ela deixa a porta aberta. Sempre que ele precisasse, poderia entrar. Era importante saber isso.

Por que diabos estava fazendo essas rondas?

Passou pelo escritório de Enoch Emery. Depois passou pela casa de Alfred, depois pela de Nell. E continuou. No centro de seu circuito estava o Rotary Club. Se ele fosse uma mariposa, aí estaria sua lâmpada. Shaw tinha dito para não se aproximar muito. Mas ele não poderia parar *só por um minuto*? Pelo bem da sua saúde mental? Só parar um pouco com essas órbitas e olhar a multidão no clube, ver o coração de tudo, a pulsação? Só por um minuto. O que poderia dar errado?

Tara deitou-se na cama de um dos chalés com Clio perto dela.

Ouviu um toque fraco e a porta se abriu. Tara não olhou, mas pela leveza da aproximação, sabia.

– O que você quer? – ela perguntou.

– Estou conferindo a Clio. Como ela está?

– Dormindo.

Ele puxou um banco perto da cama e se sentou. Falava baixo como se não quisesse acordar Clio.

– Ouça – disse. – Obrigado por me apoiar hoje. Por salvar a vida dela.

– É? Certo. Vai se foder.

– Eu nunca quis machucar você. Nunca. Ou alguém próximo a você. Você sabe disso?

Ela só ficou olhando pela janela.

– Você sabe o que eu *realmente* quero?

– Sei – ela falou, encolhendo os ombros.

– O que eu quero?

– Amor.

Ele queria o amor de todos. O dela, o do pai, da mãe, de Jase, de Nell. E de todos os outros, ele parecia ter conseguido. Um por um, eles tinham caído na armadilha dele; todos o aceitaram, menos ela. E talvez, no futuro, ela também o aceitaria. Ou talvez não. Ela meio que gostaria que ele tentasse submetê-la agora. Ou ela o mataria ou ele a dominaria; e ela conseguiria se entregar e chamá-lo Senhor, tornar-se algum nada cinzento como o pai. Assim, depois disso, não precisaria cuidar mais da vida de ninguém.

Mas ele não tocou nela. Só ficou sentado ali no escuro, sem falar mais nada.

Burris conhecia o policial que estava parado do lado de fora do clube. O nome era Mims, cara do condado. Burris tinha trabalhado com ele quando estava na Força-Tarefa Antidrogas da Área Costeira.

– Ei, Mims.

– Como está, Burris?

– Bem. Estou investigando um roubo.

– Oh. Aqui?

– É.

Mims deixou-o entrar. Sem curiosidade, sem chateação. Bom, está bem, pensou Burris. Se eu tivesse passado o dia todo nesse Crown Vic também não daria a mínima para quem entrasse ou saísse.

Dirigiu até o grande chalé parando na grama cercada por árvores nos três lados e por um lago no outro. O céu ainda estava claro, mas o anoitecer já tinha começado. Os seguidores de Shaw lotavam as mesas de piquenique, espalhavam-se pela grama e na varanda do grande chalé. Misericórdia. Eram muitos. E estavam olhando para Burris com cautela, pareciam profundamente desconfiados.

Um homem se aproximou. Com cara de bebê, vestido como um espantalho, mas caminhando como se fosse um galã. Burris abaixou a janela.

– Gostaria de falar com Shaw McBride.

– Ele está ocupado.

– Você poderia dizer que um policial quer falar com ele?

– Sobre o quê?

– Só diga isso para ele.

O homem se afastou.

As pessoas continuaram olhando. Burris também as encarava. Vocês todos estão parecendo um maldito *culto*, sabiam disso?

Depois de uns minutos, Shaw McBride veio caminhando até ele, cruzando o gramado, com uma meia dúzia de seguidores atrás.

– Policial? Posso ajudá-lo?

Burris perguntou:

– Tem um minuto? – abriu a porta do passageiro e McBride entrou – depois Burris levantou as janelas e trancou a porta. E perguntou, solícito:

– Não está muito frio para você, está? O ar está indo direto para você?

– Estou bem – disse McBride.

Seus devotos estavam do lado de fora olhando sem disfarçar, como se a viatura fosse um tipo de aquário.

Burris perguntou:

– Está acostumado com isso?

– Com o quê?

– Pessoas olhando para você o tempo todo.

– Acho que é para *você* que eles estão olhando. Já me viram muito – o sorriso pareceu natural e não forçado. – Então, diga-me, policial, em que posso ajudá-lo?

– Bem, eu estava me perguntando. Você foi à loja de conveniência do Chummy outro dia? No dia seguinte, depois de ganhar na loteria? Lembra-se disso?

– Lembro.

– Por que foi até lá?

– Ah, bem. Parece tolo agora, mas senti que precisava voltar lá. Para ver onde tudo aconteceu. Isso faz algum sentido?

– A atendente disse que você parecia nem saber de nada. Até ela te contar.

– Saber o quê?

– Que você tinha ganhado o prêmio.

– Bom, certo. Estávamos mantendo segredo.

O sorriso fácil de novo. Ele era bom. Qualquer outro dentro de um carro da polícia poderia estar se retorcendo e suando, mas não McBride.

Burris resolveu entrar no assunto principal:

– Senhor, você conhece um homem chamado Romeu Zderko?

– Por que pergunta?

– Porque eu gostaria de saber a resposta, senhor.

Mas pode negar, pensou Burris. Eu adoraria ouvi-lo negar.

McBride não negou. Ofereceu, com uma voz surpreendentemente calma, uma explicação:

– Romeu era meu melhor amigo. Ele se meteu em algum tipo de problema?

– Era? Não é mais?

– Uh-uh.

– O que aconteceu?

– Bem. Chegamos aqui juntos, de férias. Somos amigos desde a infância. E trabalhávamos juntos em Ohio. Então, estávamos vindo pela 95 e eu vi a placa para Brunswick e me lembrei que era onde morava Mitch Boatwright. Então disse para Romeu, ei, queria ver esse cara que eu conheço, tudo bem? Esse cara que me ajudou quando eu tinha ficado louco? E ele concordou. Aí eu liguei para o Mitch, a gente se encontrou. Depois, sabe, eu voltei para o motel e recebi uma ligação do Mitch, ele disse: "Shaw, acho que ganhamos na loteria". Então, eu contei isso para o Romeu e ele disse: "Nós ganhamos na loteria". E eu respondi: "Bom, *eu* ganhei". E ele reclamou: "Oh, não. Nós tínhamos um *acordo* para essa viagem. Que íamos dividir *tudo*". E eu disse: "O quê? Não vou dar metade do meu prêmio porque tínhamos algum acordo sobre divisão de despesas". E ele continuou: "Não vai *me dar*. O que eu *mereço*". E eu falei: "Você é meu melhor amigo e *vai* ganhar algo disso. Um Porsche, pelo menos". Mas ele falou: "Quero minha *metade*". Ele começou, tipo, a me xingar. Ficou completamente louco de raiva. Sabe o que estou querendo dizer?

Era difícil para Burris pensar direito. O rádio ficava enviando as notícias de pequenos delitos acontecendo na cidade. E todos aqueles espectadores silenciosos olhando para ele e vaga-lumes piscando suas mensagens secretas; essa entrevista poderia ser uma das coisas mais estranhas que ele já tinha feito na vida. Mas a história que McBride estava contando era razoavelmente plausível.

Poderia ser tudo besteira? *Tudo*?

Só então percebeu que um dos devotos tinha uma câmera de vídeo e estava filmando o encontro.

– Espere um minuto – disse ele. – É da estação de TV?

– Uh-uh – disse McBride. – Um dos nossos. Eu posso pedir para eles pararem, se isso o está deixando desconfortável.

– Tarde demais – murmurou Burris.

Apesar de ter uma forte sensação de que acabaria no noticiário das onze e que, de manhã, estaria ferrado. Seu emprego, sua aposentadoria e Nell iria ver essa visita. Pensaria que estava assediando sua família e nunca mais falaria com ele. Seria isso então. Então, vamos chutar o pau da barraca.

McBride continuou:

– Policial, sabe qual é o problema de Romeu? O que *eu* acho? Isso poderia soar estranho, mas acho que não é o dinheiro. O problema é que ele está sozinho agora. Porque nós fomos bons amigos por muito tempo, até virmos para cá e eu, eu sou recebido por essa família. Esse mundo. Mas Romeu... bem, ele está *lá fora*, sabe? Está sozinho e à deriva. Sabe? Está entendendo?

Parecia coerente. Burris murmurou:

– Estou.

– Então, se precisar prendê-lo – disse McBride. – Tente ser gentil com ele, certo?

– Certo.

– Oh, e eu acho que ainda tem algum camarão frito. As senhoras prepararam. Está ótimo. Posso pedir para fazerem um prato?

– Não, senhor – disse Burris. – Mas obrigado, senhor. Foi um dia longo. Estou me sentindo muito cansado.

Romeu precisou pular uma valeta de drenagem e passar por uma cerca de arame farpado, depois caminhar por um bosque no escuro só com uns raios pálidos da lua para guiá-lo. A primeira coisa que sentiu do clube foram os cheiros: repelente de inseto, óleo de lamparina e *marshmallow* assado. Aí começou a ouvir os gritos e as risadas e quando finalmente chegou no final das árvores, viu um gramado cheio de crianças correndo. Estavam participando de algum jogo peculiar. Algumas usavam bandanas vermelhas e corriam atrás das outras no gramado. Romeu demorou um momento para entender: era o velho jogo de Piqua, o jogo que ele e Shaw tinham inventado quando eram crianças: Águias e Pardais.

O próprio Shaw era a "base". Ele falava: "Saiam, pequenos Pardais!", e as crianças saíam correndo na direção dele, exceto as que tinham bandanas vermelhas – que eram as Águias. Estas deviam pegar os Pardais. Como Romeu se lembrava, se as Águias pegassem um Pardal, este ia para o Ninho das Águias. Mas você estava seguro enquanto tocasse Shaw ou tocasse alguém que estivesse tocando nele. Como Shaw estava sempre se movendo, os Pardais precisavam voar bastante para evitar que as Águias os pegassem.

Quando Shaw gritava: "Escondam-se, passarinhos!", todos os Pardais precisavam deixá-lo e correr para se salvarem.

Romeu conseguia ver que todos estavam felizes. Por causa dos amplos ciclos do jogo, claro, mas também por causa do anoitecer, dos vaga-lumes, da mistura de fragrâncias.

Um pequeno grupo de Pardais veio correndo para o abrigo das árvores. Eles viram Romeu e gritaram:

– Águia! Águia! – e continuaram correndo.

Ele se sentiu completamente banido e irreal, preferiria não ter ido ali. Mas não foi embora. Ficou olhando. Mesmo quando o jogo acabou, depois que as crianças foram chamadas para seus chalés, tendas, barracas, trailers e *motorhomes*, ele ficou ali.

No escuro, o alarme tocou. Hora de ligar para Shaw. Ele pressionou 7 no teclado e do outro lado do campo Shaw atendeu.

– Como você está, Romeu?

– Tudo bem.

– Tenho novidades. O velho policial veio me ver. Mas acho que o *quebrei*. Realmente, acho que ele ficou abalado. Sabe o que é impressionante? Como essas pessoas querem me proteger. Jesus. Romeu, você não acreditaria nessas pessoas.

Enquanto falava, Romeu podia vê-lo caminhando ao longo da linha de barracas, como um general inspecionando um acampamento. Enquanto Trevor, seu ajudante de campo, o acompanhava uns quinze passos atrás, para que Shaw tivesse privacidade.

– É claro que teremos momentos complicados à frente – murmurou Shaw. – É preciso encontrar alguma forma de pegar o que ganhamos e ir embora, mantendo os Boatwright com medo, mesmo a distância. Mas vamos fazer isso. Tenho um plano. Oh, ouça, você precisa se livrar do Tercel.

– Preciso?

– Aquele velho policial vai ficar de olho por enquanto. Consiga um novo carro.

– Mas eu gosto do Tercel.

– Jesus – disse Shaw. – Você deveria ver esses vaga-lumes!

– É. Estou vendo também.

– Onde você está?

– Patrulhando. Shaw, tenho uma pergunta.

– Está bem.

– Quem eu deveria matar primeiro? Quero dizer, digamos que você não atenda minha ligação? Estava pensando em Nell, mas seria muito óbvio. É o primeiro lugar que os policiais cobririam, certo? Então, que tal Vanessa e Henry? Tara disse o quanto gostava da arte de sua prima Vanessa e o resto, certo?

Shaw tinha parado.

– Romeu, você não vai precisar matar ninguém. Está tudo bem agora.

– Ou deveria ser Shelby – continuou Romeu, como se Shaw não tivesse dito nada. – Mas ele tem as crianças; será que eu conseguiria matá-las? Talvez consiga. Apesar de que, se for de dia, as crianças estarão na escola e tenho certeza de que gostaria de matar o Shelby primeiro.

– Ei! – disse Shaw. Um súbito ataque de impaciência. – Pare de falar sobre matar! Isso não tem a ver com matar! Isso tem a ver com amor!

Romeu ficou em silêncio.

– Pare de se preocupar – disse Shaw e sua voz ficou calma novamente. – Todo mundo está do nosso lado agora.

Burris, destruído, sem salvação, estava sentado na viatura na frente da casa de Nell e olhava a mulher trabalhando em sua cozinha. Ela estava olhando para outro lado, mas pelo jeito como estava encurvada e os pequenos movimentos rítmicos de seus ombros percebeu que estava lavando os pratos. Sabia que devia se afastar antes de ficar tentado a fazer algo estúpido. Como tentar falar com ela. Não. Vá embora *agora*. O que você está fazendo?

Tenho coisas a resolver, ele falou para si mesmo.

Não tem não. Dirija para longe dali.

Preciso avisá-la.

Vá para casa.

Nell se virou e pendurou um pano de prato num pequeno gancho. Burris saiu do Taurus, caminhando até a varanda.

Perdeu a coragem em seguida. Quando chegou ao topo da escada, já estava pensando: isso é *suicídio*. Será adicionado à longa lista de lembranças que me fazem chorar e vai ficar comigo para sempre. Estava a ponto de recuar, mas aí a luz automática se acendeu e Nell veio até a porta para ver quem era.

Pela porta de tela, ela perguntou:

– Burris?

Ele sentiu como a voz dela era profundamente fria.

– Como você está, Nell?

– Estou bem – mas falou de uma forma brusca e deixou claro que não ia convidá-lo para entrar.

Atrás dela, havia dois gatos em cima da mesa da cozinha, um no chão e outro na cadeira de balanço. Todos estavam olhando para ele. O que estava na cadeira parecia ter levado um choque elétrico. Burris sabia que era estúpido ter vindo, mas agora precisava continuar, por isso falou:

– Desculpe por visitá-la tão tarde. Vi a luz acesa.
– Estava a ponto de me recolher.
– Certo. Tem um minuto?
– Para quê?
– Só uma coisa que preciso conversar com você.
– O que é?

Que indigno ter de ficar parado ali. Que mulher rude e de coração de pedra. Ela sempre foi assim, pense nisso, e eu sempre fui um bobão de ficar atrás dela. Sempre foi uma diva e sua beleza, que nunca foi grande coisa, agora estava completamente destruída. Além disso, essa casa fede a gato.

Mesmo assim, sentia vertigens por estar tão perto dela.

Finalmente, ela jogou uma migalha:

– Burris, você quer entrar?
– Obrigado.

Ela abriu a porta de tela. Gentilmente tirou os gatos de cima da mesa e se sentou. Percebendo o troféu, ele perguntou:

– Não é um cervo de verdade, é?
– Não. É para tocar música.

Sem se dignar a tocar para *ele*. Só ficou sentada na frente dele, cruzou os braços e esperou.

Finalmente, ele disse:

– Bem, sobre o que eu quero falar? Quero falar sobre Shaw McBride.
– É mesmo?
– Você percebeu algo, alguma coisa suspeita nele?

Ele queria evitar o uso da palavra *suspeita*, parecia jeito de policial fajuto. Mas a palavra acabou saindo.

– Algo suspeito? Burris, o que você está falando?
– Bem... bem, talvez eu tenha recebido uma dica de que talvez, hum, Shaw não estivesse realmente *dentro* do acordo da loteria.
– Hã?
– Talvez ele não tenha dado a Mitch aqueles vinte dólares para comprar os bilhetes da loteria. Talvez tenha inventado isso.
– Inventado? – ela disse. – Estou perdida.
– Acho que não há como falar de uma forma fácil. Nell, há uma possibilidade de que isso possa ser um esquema de extorsão. Um esquema de terror.

Ela se afastou.

– Acho que Shaw está ameaçando Mitch – ele continuou.

– O *quê*?

– Recebi uma dica. Então acho. Você não sentiu nada estranho? Mitch não demonstrou nenhum medo de Shaw McBride?

– Não.

– Ou Patsy ou as crianças?

– Uh-uh. Todos gostam dele. Principalmente Tara. E a conheço muito bem. Se estivesse sentindo terror, isso não me escaparia. Vamos, onde você *conseguiu* essa dica?

– Não posso dizer.

– Mas tem alguém inventando histórias?

Bem nesse momento, um dos gatos pulou sobre a mesa. O gato do eletrochoque. Cristo, ele odiava aquele. Nell disse, brava:

– Buddy Bailey, desça já! – ela enfiou os dedos no chá e espirrou nele, fazendo o gato correr.

Enquanto isso, os outros dois milhões de gatos ficavam andando por ali. Misericórdia. Ele odiava todos esses bichos e odiava que ela desse sobrenomes para eles. Era tudo "bonitinho" demais. De repente, ele estava *feliz* de que ela o tratasse tão cruelmente durante aqueles quarenta anos. Jesus. E se se apaixonasse por ele? Teria de se casar com ela. Então todo esse fedor de gato seria *dele*?

– Nell, é melhor ir embora – ele se levantou. – Perdoe-me por tê-la incomodado tão tarde.

– Está bem.

– Quero dizer, eu só estava tentando proteger sua família, sabe?

Apesar de ter se arrependido, um minuto depois. Parecia defensivo. Tipo, veja que ótimo Deppity Dawg eu sou. Legal e tonto. E como ela respondeu, automática e desdenhosamente, com um:

– Agradeço por isso, Burris.

Certo. Era suficiente. Saia dali agora mesmo.

Mas ele não conseguia.

– Se pensar em algo mais ou tiver alguma dúvida, sabe onde me encontrar, certo?

– Sei.

– Mas ligue em casa, está bem? Eu gostaria de manter isso em segredo.

Que comentário estúpido! Ela não vai chamá-lo em lugar nenhum, *em momento algum*, seu tonto. Vá embora daqui agora!

Ele caminhou até a porta:

– A gente se vê, Nell.

– Certo, Burris. Não deixe o John Murphy sair.

Enquanto abria a porta, ele usou o pé para empurrar John Murphy para longe. Havia algo terno e triste na forma como o gato deixou Burris afastá-lo da porta. Essa casa de Nell! Quanta vida havia ali! E pensar que ele nunca tinha entrado lá nenhuma vez nesses quarenta anos e provavelmente nunca voltaria a entrar. Voltou-se para Nell mais uma vez. Os olhos dela diziam que estava tão sozinha quanto ele. Tinha certeza disso! Por isso, se aventurou:

– Ei, sabe o quê? Há uma disputa de tiro ao peru na Legião Americana no sábado. Você já participou? Não são perus de verdade, são apenas alvos. É divertido. Quer ir?

Ela deu um sorriso nervoso. Caminhou até onde ele estava, fazendo com que tremesse de medo, mas se abaixou, pegou o gato que estava em seu pé, levantou-o e disse:

– Burris. Você precisa entender uma coisa. Eu não quero ser sua namorada.

Que coisa mais desnecessária!

– Nell, eu só estava perguntando se você gostaria de ir ao torneio de tiro. Não estava...

– A resposta é não. Não quero ir ao torneio de tiro ao peru com você; não quero ir ao piquenique da igreja com você; não quero doar sangue com você. Certo? Você fica me convidando para fazer coisas e sempre sabe a resposta. Você me perguntou se eu queria ir ao batismo de sua sobrinha. Não quis. Gosto da sua sobrinha...

– Nell, isso foi há *anos*...

– Gosto muito dela, e gosto de você também, mas poderia, por favor, enfiar na sua cabeça que não quero ser sua maldita namorada!

Um minuto antes, ele achou que tinha chegado ao ponto mais baixo de sua vida. Mas não era verdade. Agora vinha um nível de mortificação e desespero que ele nem achava que *existia*. Como quando um buraco se abre no chão e engole as pessoas vivas.

– Certo – ele falou. Virou-se, mas parou na porta. – Agora eu entendo. Vou indo. Não há realmente necessidade de...

– Mas você *não* entende. Falou uma vez que me amava e me perguntou se eu poderia amá-lo, eu disse que não. E, desde então, fica sugerindo que talvez a razão seja porque falte algo em você. Como se não fosse suficientemente ambicioso. Ou não fosse xerife do condado. Ou não fosse muito inteligente ou fosse muito careca ou tivesse a mandíbula muito proeminente, nada disso é verdade! Está entendendo? Está entendendo o que estou falando?

– Sim, acho que sim – ele falou.

Mas aí pensou: se estamos indo por esse caminho, por que não ir até o fim?

– Então por que você *não* me ama?

Ela olhou para ele:

– Você está brincando, certo?

– Não, eu realmente gostaria de saber.

– O que está me perguntando? Por que não te amo?

– Isso mesmo, senhora.

– Bom, esta é uma das perguntas mais tontas que já ouvi. *Na minha vida.* Como *eu* vou saber? Não sei por que amo ou não amo algo! Por que amo meu troféu de cabeça que canta? Por que amo os três peixinhos dourados no meu aquário? E meus seis gatos e dois periquitos, quando um deles fica doente e toda vez que um morre, eu passo seis meses de luto, o que significa que estou de luto a maior parte da minha vida? Não sei por que não te amo, Burris, não tenho ideia!

– Você poderia gritar um pouco mais, assim todo mundo em Brunswick vai saber sua opinião sobre mim.

– Me desculpe.

– Só para completar minha humilhação.

– Me *desculpe*.

Eles ficaram parados ali por um momento, se olhando. Aí ela suspirou:

– Mas eu preciso ir, certo? Preciso colocar esses animais na cama.

– Certo. Isso é uma coisa perfeitamente razoável.

– Então, boa noite – e começou a fechar a porta de novo.

– Espere – ele disse.

Nell voltou a ficar brava.

– Oh, o que foi?

– Mais uma coisa.

– Burris, vai pra casa.

– Eu quero dizer uma coisa que devia ter dito há muito tempo, mas você desmanchou comigo pelo maldito *telefone*.

Ela olhou para ele:

– Você está falando do *colégio*? Pelo amor de Deus. Eu *preciso* ir!

– Vinte segundos! É tudo que preciso.

– Está bem, o que é?

– Você não vai me dar vinte segundos? Pelo amor de Deus, vinte segundos de uma vida...

– Estou *dando* seus malditos vinte segundos.

– Está?

– Estou.

– Bom, então. Então é muito simples. Eu só queria dizer, quero dizer, nunca tive como falar antes porque...

– Terminaram os vinte segundos.

– Oh, Jesus Cristo! Pelo amor de Deus, só quero falar uma coisa! O que teria dito há quarenta anos, mas você desligou na minha cara. Mas, a coisa é: podem ser quarenta anos ou duzentos anos ou quarenta *mil* anos, eu consigo *ver você*, Nell. Vejo de uma forma que ninguém neste mundo consegue. É tudo. Você pode tentar se esconder, mas ainda assim é verdade e eu gostaria que você simplesmente abrisse esse maldito coração!

Mas ela quase não estava ouvindo. Tinha se distraído com o gato que estava em seus braços, que queria sair e ficava lutando para se libertar. Ela estava tentando segurá-lo firme para que Burris pudesse terminar. E ficou claramente aliviada quando ele terminou. Assentiu e disse:

– Está bem, então.

– Só queria falar isso.

– Está bem – o gato atacou seu pescoço. Ela gritou: – Ai! Seu maldito! – jogou-o no chão e ele correu para baixo da mesa. Ela se virou para Burris: – Preciso entrar.

– Certo – ele disse.

Virou-se e foi embora, de volta para seu Taurus. E deve ter entrado, ligado e dirigido, porque uns minutos depois estava na rodovia 17 indo para casa.

Bem.

Lá estava.

O momento pelo qual tinha esperado. O momento que tinha demorado quarenta anos para chegar. Você tenta dizer, durante toda sua vida, um discurso estúpido que é interrompido por um gato briguento, aí cai num inferno eterno e boa noite.

Shaw estava extasiado. Dançando com os jovens peregrinos ao redor da fogueira, entre as chispas, sem ficar cansado. Quando finalmente parou para tomar fôlego, uma garota se aproximou, disse que tinha ficado ali o dia todo e que o achava maravilhoso. Disse que seu nome era Cheryl. Estava com o rosto vermelho. Ela o recordou:

– A atendente. Do Chummy's.

– Claro! – ele olhou para os olhos dela. – Não ouvi que você estava me chamando de mentiroso?

– Estava – ela falou. – Antes.

– E agora?

– Agora sei quem é você.

Seu rosto estava brilhando no escuro. Estava chorando; estava tremendo. Ele achou que poderia ter trepado com ela ali mesmo se quisesse, mas não queria – só queria Tara. E logo a teria. Estava enfiada em seu quarto, mas Shaw sabia que seus muros estavam caindo e era só uma questão de tempo. Enquanto isso, ele tinha esse rebanho para cuidar e os doentes para curar, uma fortuna para doar e as chispas estavam se elevando entre os vaga-lumes e as estrelas; os peregrinos estavam dançando e o universo, de uma ponta à outra, era dele.

Nell foi para a cama, mas claro que não conseguiu dormir. Perguntando-se qual era o problema com ela. Burris Jones não era um homem ruim, não era um assediador, nem mesmo uma peste: o que a tinha possuído para lançar um ataque tão cruel contra ele?

Estava tentando ser misericordiosa? Era isso que ela chamava de *misericórdia*? Puta merda, que vagabunda egoísta que era.

E outra coisa: por que essa notícia a havia deixado brava? Talvez porque fosse verdade?

Porque *havia* algumas coisas estranhas em relação a esse acordo.

Tipo, por que Mitch não contou logo no começo que estava dividindo o prêmio com Shaw? E por que parecia tão abatido na coletiva à imprensa? E também, pensando bem, por que não tinha entrado na água no outro dia? Ele adorava pescar. Então, que droga foi aquilo?

Como poderia ganhar todos aqueles milhões de dólares e parecer tão *sombrio*?

Talvez Tara *estivesse* mentindo. Ela não conseguia mentir no pôquer, mas talvez porque o jogo não significava nada para ela. Só vinha aqui, na verdade, para passar algum tempo com sua avó. Elas poderiam estar jogando Parcheesi que para Tara dava no mesmo.

Mas, se estivesse tentando me proteger, Nell pensou, era algo totalmente diferente.

Mas, Senhor. Aquele olhar apaixonado que ela dirigia a Shaw enquanto brincava com ele sobre o *straight*: aquilo poderia ter sido uma *mentira*?

Não! Ela era a menina de Nell; eu a conhecia completamente. E Burris sempre foi um tonto exagerado e isso era outra prova disso. E, por assustá-la assim, ela nunca mais falaria com ele. Tudo estava bem com

Mitch e Tara. Apesar de que, só para ter certeza, logo de manhã, ela ligaria para o chefe Andrews e perguntaria a opinião dele. O chefe era jovem e sempre a tratou bem, além de parecer conhecer muito: ela pediria que ele a tranquilizasse.

Burris ficou matando tempo no Chummy's, não o que tinha vendido o bilhete na I-95, mas o que estava em Gloucester. Foi até lá porque era o único lugar ainda aberto, a não ser o Huddle House. Mas no Huddle House alguém teria vindo conversar com ele. Também poderia ter ido para casa, claro. Mas sua casa era só um pântano de tempo estagnado.

Pediu um café. Ficou bebendo devagar, enquanto olhava para as manchetes dos jornais. Não leu, só ficou olhando. O atendente começou a ficar nervoso com esse policial que parecia transtornado, olhando para os jornais. Finalmente, Burris decidiu ir embora, deixando o homem sozinho. Continuou dirigindo. Dando voltas e voltas, como se estivesse patrulhando. Viu dois colegas, Buzz e Lou, estacionados na rodovia 17, perto da rua G e parou para cumprimentá-los.

– O que conta, meu amigo? – disse Buzz.

– Nada de mais – respondeu Burris, a voz viajando pelo ar noturno.

Continuou dirigindo, sabendo que os outros ficariam falando dele até a manhã, mas e daí? Que me deixem em paz. Foi até a Riverside porque sabia que dava para estacionar no final dela sem que ninguém o incomodasse.

No caminho, passou pelo lugar onde tinha visto Zderko enterrando o animal. Lembrou-se do cheiro de putrefação que tinha saído daquele saco e como, de acordo com Zderko, a criatura estava morta há menos de quarenta e oito horas.

Quarenta e oito horas, pensou Burris. Homem ou besta, num calor como aquele, vai começar a feder. Em quarenta e oito horas, todos ficamos com nosso fedor essencial. Acha que é bonitão? Ou tem um cheiro bom? Veja o que quarenta e oito horas fazem com qualquer um.

Pensamentos como esse melhoravam seu humor e ele continuou com eles, mas havia uma pequena lembrança que continuava chamando sua atenção. Algo mais que Zderko tinha dito. Burris não conseguia se lembrar, mas essa sensação não ia embora. Finalmente compreendeu.

Zderko não tinha dito algo sobre *quarta-feira*? Sobre atropelar o animal na quarta-feira?

Burris estacionou no pequeno tanque de areia no final da estrada. Olhou para o pântano. Quarta-feira? Ele não podia ter dito quarta-feira.

Quarta-feira não batia. Burris tirou seu gravador Olympus do bolso da camisa e ligou, voltou a fita até a sexta-feira à tarde, no primeiro encontro com Zderko.

Ele se ouviu perguntando:

– *Há quanto tempo ele está morto?*

E Zderko respondendo:

– *Umas quarenta e oito horas. Hoje é o quê, sexta? Bem, quarta à noite. Eu estava vindo da Carolina do Norte. E bati nessa coisa que deve ter ficado presa na roda, não sei como, mas só percebi há pouco tempo.*

Agora ele pensava nisso.

Quarta à noite foi o sorteio da loteria. Shaw McBride afirmou que na quarta à tarde estava aqui em Brunswick, dando a Mitch o dinheiro para comprar o bilhete da loteria. Mas como isso pode ter acontecido, se ele ainda estava nas montanhas com seu amigo Zderko, atropelando aquele infeliz animal?

O que significava que ou McBride ou Zderko estavam mentindo. E Burris achava que sabia qual deles.

Olhou seu relógio. 5h15.

Estava equivocado? Estava fazendo alguma besteira de novo?

Ouviu de novo a conversa.

Seu único erro era ter demorado tanto para ver isso.

Porque agora ele tinha poucas horas antes de o chefe ficar sabendo de seu encontro com McBride e demiti-lo.

Apesar de que, se tivesse sorte e fosse evasivo, talvez conseguisse manter o emprego até o meio-dia.

E agora ele tinha algo para esquecer Nell. Será que conseguiria agarrar o bastardo antes do meio-dia?

Terça-feira

Burris foi até o motel mais decadente primeiro. No Blue Pelican não havia ninguém no escritório, mas ele foi até uma pequena porta que estava atrás do balcão e bateu. Não parou até ouvir uma voz gritando:

– QUE *MERDA* VOCÊ QUER?

– Que você venha aqui – respondeu Burris.

– Quem é? Dawg? Que merda você quer no meio da noite?

– Roque. Venha aqui.

Finalmente Roque apareceu. Olhos vermelhos. Nariz achatado.

– O que eles fizeram dessa vez?

Burris mostrou a foto da carteira de motorista de Romeu Zderko.

– Conhece esse cara?

– Uh-uh.

– Dê uma olhada melhor. Se eu descobrir que você está mentindo para mim, vou arrancar seus dentes.

– Uau, o que você *tem* hoje, Dawg?

– Último dia no emprego.

– Está se aposentando?

– Não falei isso.

– Vamos sentir sua falta, Dawg.

– Me chame assim mais uma vez e você vai ver.

– Nossa. Estou impressionado, caralho – Roque estudou a foto. – Mesmo assim, nunca vi esse cara.

Burris achou que ele estava falando a verdade, por isso foi embora.

Na ratoeira chamada Golden Isles Villas, demorou um pouco para o bêbado atrás do balcão conseguir focar a foto de Zderko. Mas pela forma que balançou a cabeça, claramente não se importando, Burris concluiu que também não estava mentindo.

O Blackbeard's Motel tinha uma câmera acima da recepção, assim Burris fez com que a atendente saísse à rua antes de avisá-la:

– Becky, se você mentir para mim, vou confiscar toda sua farmácia, está me entendendo?

– Oh, pare com isso, Burris. Só mostre a foto.

Ele mostrou.

– Ah, sim, já vi esse cara. Semana passada – ela falou.

– Que dia?

Eles voltaram e ela olhou o livro de registro. Encontrou fácil:

– Romeu... Zydeco? É assim que ele se chama? – ela virou o livro para ele conseguir ler. Era quinta à noite.

– Você se lembra dele? – perguntou Burris.

– Mais ou menos. Um fodido que não valia nada. Com algum outro cara. Eles entraram meio cedo.

– Na quinta?

– É o que está escrito. Não consegue ler?

– Você o viu depois?

– Uma vez. Tipo no dia seguinte, acho. Ele veio perguntar pelas missionárias.

– Quem são as missionárias?

– Essas duas garotas. Estavam ficando aqui. Mas foram embora.

– Por que você as chama missionárias?

– Porque elas eram. De Missouri.

– Para onde foram?

– Não sei. Ainda estão por aí, acho. Ouvi dizer que não são mais missionárias. Parece que uma delas está fazendo *striptease*.

– Onde?

Becky deu de ombros:

– Isso não sei. Mas, sabe, não há muitos lugares por aqui.

Romeu, logo de manhã, ligou para o Pirate Pete's Swap Show e descreveu o Tercel, dizendo que o venderia por seiscentos dólares.

Logo recebeu uma ligação de um cara com a boca cheia de pedras. Parecia que o cara estava dizendo:

– Me levante na soja da tua tia.

– O quê?

– Me encontre na loja da Goodyear.

Romeu foi até lá. O cara tinha um cavanhaque e cabelos brancos. Usava uma camiseta do Monster Truck Showdown. Também não tirou os óculos escuros, assim não dava para ver seus olhos enquanto barganhava. Não que isso importasse a Romeu – ele não queria vender o Tercel mesmo. Estava fazendo isso só porque Shaw tinha mandado.

Deram umas voltas no quarteirão e o cara pareceu gostar do carro. Mas perguntou:

– Ele tem algum problema?

– Puxa um pouco para a esquerda, acho.

– O que você quer dizer com "acho"?

– Não puxa se você não for muito rápido. Eu nunca dirijo muito rápido.

– Por que ele puxa?

– Alinhamento. Acho. Atropelei um bicho qualquer e talvez isso tenha fodido o alinhamento.

– Vou ter de pagar pelo realinhamento?

– Não, não mesmo – disse Romeu. – Não precisa pagar por nada. Não precisa fazer merda nenhuma.

– Eu te dou trezentos.

– Está bem.

– Você vem com o cimento?

– O quê?

– Você tem o documento?

Claro que Romeu não tinha o documento de propriedade, mas eles foram até o departamento de trânsito, onde falaram que o Tercel era velho demais e que Romeu podia só assinar no registro. Fez isso, pegou o dinheiro e o cara deu uma carona até a Tung's Auto na rua Norwich. Quando o Tercel se afastou, Romeu estava triste. Na sua vida, nunca tinha possuído outro carro. O Tercel não era glamoroso. Era tão excitante quanto fazer o Imposto de Renda. Mas era seu há muitos anos e nunca tinha dado nenhum problema; funcionava perfeitamente e, em troca, ele trocava o óleo e o limpava com regularidade. Sempre tinha sentido orgulho do carro. Ainda se sentia triste quando um dos vendedores do Tung's saiu para ver o que ele estava fazendo parado ali no estacionamento da loja. Deixou que o cara o convencesse a comprar, por apenas setecentos dólares, um velho Chevy Bel Air, cor azul-bebê. Um carro enorme, quase um porta-aviões. O tipo de carro que seu avô costumava dirigir (Romeu lembrava-se dele dirigindo por Dayton, assobiando para as garotas, parecendo um duende maníaco com seu chapéu e camisa). Foi uma compra impulsiva, esse Bel Air, e Romeu se arrependeu assim que saiu do estacionamento.

Shaw se sentou a uma das mesas de piquenique, para conversar sobre os detalhes da operação com Trevor e um cara chamado Charlie Cope. Este era um bibliotecário do Texas a quem Shaw tinha indicado como prefeito da igreja. Cope estava tentando decidir entre as várias opções de banheiros portáteis. Já estava incrivelmente quente e Shaw quase não conseguia manter os olhos abertos.

– O Danny's Flushes de Savannah nos aluga doze unidades completas por sessenta por semana, cada unidade. São oito banheiros, que dividiremos entre dois masculinos, quatro femininos, dois para deficientes; mais quatro lavatórios, mais transporte, que eu cotei em duzentos, porém, se preferirmos a Clean Machine, não há transporte, mas o custo unitário é um pouco mais caro...

Shaw deu uma cotovelada de leve em Mitch e murmurou:

– O poderoso trabalho do Senhor.

Mitch sorriu.

Assim que terminaram com Cope, tiveram que atender a sra. Riley.

– Patsy diz que vamos fazer churrasco hoje – ela falou. – E que vamos fazer carne de porco. Mas está no Levítico, Shaw. Carne de porco é suja e não deveríamos nem *tocar* sua carcaça...

E assim continuou. Mas Shaw tinha parado de ouvir; estava seguindo um carro brilhante que estava vindo pela estrada que levava ao grande chalé. Algo europeu – um Lamborghini? Um verdadeiro Lamborghini em todo seu esplendor? Enquanto olhava o carro, cortou a sra. Riley:

– Faça o que Patsy diz. Ela é uma humilde serva do Senhor e devemos seguir seu conselho...

O carro parou e Henry Lonsdale, o cara das finanças, desceu. Olhou de soslaio para a multidão de peregrinos. Se era de desaprovação, não ficou evidente: era muito elegante para fazer isso. Caminhou até a mesa de piquenique e deu um sorriso fraco. Não era tão rude para dizer que 62 milhões de dólares tinham acabado de entrar na conta bancária de Shaw. Apenas disse, tranquilo:

– Sr. McBride. Está pronto para pescar?

Burris foi conferir o "VIP" Lounge logo depois do meio-dia. Do lado de fora, o sol estava queimando, mas dentro estava escuro e frio. Um punhado de "VIPs" estavam ali sentados. Pálidos, sem vida, os ombros caídos, os ouvidos cheios de pelos, cada grupo sentado separado. Burris sentou-se no bar, o mais longe possível do pequeno palco. Ficando na dele e evitando olhar para as dançarinas.

A atendente, Holly Ann, uma sapatona que trabalhava ali há vinte anos, disse:

– E aí, Burris?

– Nada de novo, Holly Ann. Club soda?

Eles se conheciam da infeliz época na Força-Tarefa Antidrogas da Área Costeira. Burris tinha organizado uma grande batida e ela estava entre os presos. Como sempre, sua busca tinha ido longe demais: o clube tinha um advogado esperto e ela saiu livre. Na verdade, todo mundo conseguiu sair livre. A coisa toda foi um fiasco. E desde então, sempre que precisava ir ao "VIP" Lounge por algum distúrbio, ela o tratava com desdém. A mulher trouxe a bebida. Sem falar nada. Quando começou a se afastar, ele a deteve:

– Holly Ann.

– Que foi?

– Tem alguma garota nova trabalhando para você?

– Depende do que significa *nova*.

– Tipo essa semana. Que tivesse sido uma missionária antes.

– Missionária? Aqui?

– Tem um cara que estou procurando. Ela talvez o conheça.

– Burris, o que você quer? Encher o saco de alguma garota?

– Uh-uh. Só conversar, juro. Não tem nada a ver com ela.

Ela deu uma fungada e foi embora.

Para não ficar olhando para o show, ele estudou a forma do tapete.

Depois de um minuto, Holly Ann voltou com uma das garotas.

– Frankie, esse é o Burris. Ele é policial. Não toque nele, não dance para ele, não faça *nada* para ele a não ser responder suas perguntas. Depois, mande-o embora.

A garota assentiu. Holly Ann deixou os dois sozinhos.

– Frankie é o seu nome verdadeiro? – perguntou Burris.

– É.

– Você tem outros nomes verdadeiros?

– Tess.

Ele gostou dela instantaneamente. Sua testa, grande e ossuda, dava uma certa vulnerabilidade. Quis ser capaz de salvá-la dessa vida.

– Você era realmente uma missionária?

– Era.

– O que aconteceu?

– A igreja meio que faliu.

– Então você veio para cá?

Ela deu de ombros.

– Me parece que entre espalhar o evangelho e fazer dança erótica há uma enorme diferença. Não consegue trabalhar em nenhum outro lugar?

– Tipo onde?

– Não sei. Wal-Mart?

– *Wal-Mart*? Jesus. Isso aqui é ruim, mas não tanto.

Ele se sentiu estúpido por falar aquilo.

Tirou uma foto de Romeu:

– Conhece esse cara?

Ela não disse nem sim, nem não.

– Tess. Por favor. Sei que ele é um cara legal. Mas agora está metido em algo estranho. Só quero ajudá-lo.

Tess apertou sua testa com a ponta dos dedos e Burris deu um gole em sua bebida, esperando.

Finalmente, ela disse:

– Está bem. Ele estava no Blackbeard Motel. Eu também estava hospedada lá.

– Quanto tempo ele ficou lá?

– Só umas horas. Eles nem dormiram lá naquela noite.

– Eles?

– Ele e o amigo.

– Você falou com eles?

– Falei. Mais com Romeu. Eu gostei dele.

– Ele pareceu perigoso?

– Não – respondeu com um sorriso.

– Você o encontrou de novo?

– Uma vez. Tipo, era sábado à noite. Ele veio aqui.

– O que disse?

– Nada. Um amigo dele tinha morrido. Algum cara que vivia num trailer. Naquela estrada com nome bíblico. Palma de algo.

– Balm-of-Gilead?

– Isso.

Ele agradeceu a Tess por sua ajuda e deixou uma boa gorjeta para Holly Ann, saindo rápido.

De volta à viatura, recebeu a ligação que estava esperando. Rose Whittle no rádio, dizendo:

– Burris? Venha para cá. O chefe precisa falar com você. Na sala dele.

Dane-se isso, ele pensou. *Dane-se* aquele galo bonitão. Só vou quando estiver pronto.

Jase achou ótimo quando pegou seu primeiro salmão. Shaw tinha armado uma vara com uma boa isca e ele pegou o primeiro em menos de dez minutos. Primeiro do barco a conseguir. Bem antes de Tara. Não era grande o suficiente por isso o devolveram, mas logo depois pescou outro e esse era lutador. Shaw ensinou como fazer. Jase deu linha e o peixe nadou para fora da barreira de ostras direto para o oceano. Ele deu um pouco mais e o peixe pulou. Vermelho com brilhos dourados.

Jase podia sentir a presença de Shaw perto dele. E toda a família olhando e sentindo inveja. Hoje ele não era o menino a que ninguém dava bola; hoje ele era a *estrela*.

– O que eu faço? – ele gritou. – Shaw, o que faço?

– Está indo bem – disse Shaw. – Puxe a linha um pouco.

– Não consigo.

– Claro que consegue. Vamos, levante o nariz dele. Ele quer isso. Ele quer que você mostre o seu poder.

Jase puxou o mais forte que podia. A vara se encurvou e tremeu. Puxou até seus braços não aguentarem mais, aí sentiu a linha afrouxar um pouco.

– Você o pegou – disse Shaw. – Puxe.

O peixe continuou lutando. Mas foi ficando cada vez mais fraco e logo Jase estava puxando com facilidade. Finalmente, chegou perto o suficiente para pegá-lo com a rede. O sr. Lonsdale disse que era um dos maiores que já tinha visto. O pai deu um tapa nas costas de Jase e Tara aplaudiu. A mãe tirou fotos enquanto ele segurava o peixe. Numa das fotos, fingiu que ia dar um beijo no peixe e todos riram. Ninguém disse que sua piada era nojenta, estúpida ou infantil; só riram com ele. Estavam todos com ele e ele estava com Shaw. Tudo era ótimo.

Aí o telefone de Shaw começou a tocar.

Jase sabia quem era. Era Romeu.

Não *agora*, ele pensou. Não no meio do meu dia perfeito! Seu merda, fique longe das nossas vidas, estamos cansados de você!

Shaw tirou o telefone do bolso.

– Espere! – gritou Jase. – Não atenda.

– Eu preciso, amigo – disse Shaw.

– Não, é aquele merda! Mande ele embora! Não precisamos dele!

Shaw se livrou dele e abriu o telefone, levando-o para a orelha. Jase agarrou seu braço e gritou:

– Não, não!

Shaw libertou o braço, mas o telefone escorregou de sua mão e começou a deslizar. Bateu na mureta e voou pelo rio, afundando.

Um longo momento de silêncio enquanto todos ficavam olhando.

Aí Shaw se virou para Jase. Com uma raiva ameaçadora. Jase começou a chorar.

– Me desculpe! Shaw, me *desculpe*. Não quis fazer isso.

Toda a fúria de Shaw estava em seus olhos. Não fez nenhum outro movimento.

Respirou fundo e aí perguntou para o sr. Lonsdale:

– Qual a profundidade, Henry?

– Dois e meio ou três metros. O fundo é de lama. Infelizmente acho que não vai encontrá-lo.

Shaw disse com a voz rouca:

– Já era?

– Infelizmente, sim.

Mais silêncio. Aí Shaw disse:

– Bem. Nada sério, acho. Era um celular velho. Só estou preocupado porque minha mãe deveria me ligar do hospital.

– Nada sério, espero? – perguntou Henry Lonsdale.

– Oh. Meu pai teve um infarto.

– Meu Deus, sinto muito.

– Então, eu precisava usar um telefone e rápido.

– Você pode usar o meu.

– Isso é muito gentil. Mas não sei o fone da minha mãe de cor. Estava naquele celular. Acho que é melhor voltar para a terra.

– Claro. Imediatamente.

– Odeio atrapalhar a pescaria.

– Não tem problema – disse Lonsdale, caminhando até o timão e ligando o motor. – Os peixes continuarão aqui amanhã.

– Quanto tempo para chegar até o píer? – perguntou Shaw.

– Bom, essa menina é bastante rápida. Quinze minutos?

– Podemos ir mais rápido?

– Vou fazer o melhor que posso.

Jase se sentou no fundo do barco, dobrou os joelhos contra o peito e envolveu os pés com as mãos, olhando para seus dedos. Sabia o que tinha feito. Tinha libertado Romeu no mundo. Fora ele que trouxera Romeu para suas vidas em primeiro lugar, quando ficou contando a seus amigos sobre o prêmio. Agora isso. Era culpa dele. Sempre culpa dele. Como se tivesse sido mandado para destruir a vida de todos. Como se estivesse trabalhando em segredo para o demônio. Ele queria estar morto. Queria se jogar na água e se afogar, mas, misturado com isso, sentiu um profundo sentimento de orgulho, algo que sabia que nunca poderia contar a ninguém.

Burris encontrou muitos trailers na estrada Balm-of-Gilead. Nenhum estacionamento de trailers propriamente, mas todos separados, ou grupos de três ou quatro. Parou em cada um, bateu, mostrou a foto.

Alguns dos trailers tinham vasos de gerânios, estátuas de pedra e vidros coloridos, com senhoras agradáveis que ofereciam chá e queriam conversar; outros eram menos amigáveis. No meio dos pinheiros, com Firebirds sem pneus, portas já meio podres e geladeiras detonadas. Numa parada, alguns *pitbulls* o atacaram. O som do galope, a terra tremendo e lá vinham eles, pulando em sua garganta – mas, no meio do caminho, alcançaram a ponta da corrente e foram jogados no meio da poeira como se atingidos por um raio.

O dono dos cachorros disse que não conhecia Romeu, mas talvez seu irmão conhecesse. O irmão estava na penitenciária estadual de Reidsville.

Burris continuou procurando pacientemente até ter coberto três quartos da Balm-of-Gilead e ninguém sabia de nada. Já era perto das três da tarde. Rose chamou de novo:

– Quarenta e três? Burris? Onde *está* você, Burris? É melhor vir pra cá já.

Ele a ignorou. Continuou trabalhando.

Encontrou um trailer com uma simpática escultura em madeira de algum animal na frente e um jardim cheio de tulipas e ervilhas. Estacionou. Uma senhora estava parada na porta, atrás de seu andador. Quando contou por que estava ali, ela riu alto:

– *Romeu*? Meu Deus. E ele é *perigoso*?

Ela tinha uma voz grossa. Burris se divertiu com a mulher e achou que Nell também iria gostar.

Pare de pensar em Nell. Ela não é a medida de tudo. O que Nell gosta ou não gosta não é importante.

– Estamos só procurando esse cara, senhora. Você o viu?

– Bem, ele se parece com aquele cara que vi entrando no trailer de Claude.

– Quem é Claude?

– Vivia ali. Mas morreu. Acho que sua filha está ali agora.

O trailer que ela apontou estava longe da estrada, quase escondido. Burris caminhou até lá e bateu na porta. Ouviu um grunhido que achou que significava *Pode entrar*. Abriu a porta.

Uma mulher grande estava deitada na cama, fumando, bebendo cerveja e assistindo à TV. Usava uma velha lingerie rosa.

– Desculpe por não me levantar – disse. – Estou de luto.

– Meus pêsames – ele falou. Não perguntou quem tinha morrido porque não se importava nem um pouco. Apenas mostrou a foto e perguntou. – Você conhece esse homem?

O rosto dela se fechou.

– Oh, claro. *Ro*-meu. Qual é a jogada em que está metido agora?

– Por que você diz "jogada"?

– Porque é um mentiroso de merda. Tentou me contar que era um tipo de assassino profissional. Para algum golpe de seguro ou algo assim. Nunca entendi que merda estava falando. Policial, por que não pega uma cerveja na geladeira ali? Sente-se para conversarmos.

– Não, obrigado. Ele disse que era um assassino profissional?

– Disse que era o anjo da escuridão. Espere, quer ver uma coisa? Vou te mostrar algo.

Ela abriu uma gaveta no criado-mudo ao seu lado. Remexeu um pouco.

– Vai gostar disso. É uma besteira. Espere. Onde está?

Ela procurou embaixo da pilha de jornais no chão ao lado da cama. Espalhando todos. Burris deu um passo para trás, com medo de que ela pudesse rolar para fora da cama.

Aí se sentou e se arrastou em seu camisão até a TV.

Em cima, encontrou um mapa.

– Ah, aqui. Ele deixou isso. Seu pequeno mapa turístico.

O mapa era da Câmara de Comércio de Brunswick. Tinha estrelas marcadas em vários lugares. No alto, alguém tinha escrito: "Pontos de Interesse". Mas os olhos de Burris foram levados imediatamente para a parte de baixo, a parte velha da cidade, onde uma das estrelas tinha sido colocada bem na rua Egmont, perto da esquina de Albemarle.

A casa de Nell.

Outra estrela, com um círculo, estava na estrada Oriole: casa de Mitch e Patsy. Havia uma estrela em Poinsettia Circle, porém Burris não sabia quem era. Mas a estrela em Belle Point? Era a casa de Shelby Manford, o irmão de Patsy.

As estrelas iam formando um padrão para Burris – da mesma forma como a figura de Orion aparecia na confusão do céu noturno. O padrão era: a família de Mitch Boatwright.

– Senhora – perguntou Burris –, poderia me emprestar isso?

Ela deu de ombros:

– *Eu*, com certeza, não quero isso. Mas não quer me acompanhar numa cerveja, policial? Uma PBR, vamos. Não seja uma mulherzinha.

Mitch foi até o fundo do barco, onde Shaw estava olhando para a água e disse, sussurrando:

– Você sabe que meu filho não fez por mal.

Shaw deu um sorriso amarelo.

– O que isso significa? – perguntou Mitch. – Se ele te chama e você não atende?

Shaw balançou a cabeça.

– Você consegue pará-lo, não? – perguntou Mitch.

– Se chegarmos à praia. Sim. Acho que sei onde ele irá primeiro.

Eles balançavam junto com as ondas. Mitch olhou para Patsy abrindo a geladeira de isopor e preparando cuidadosamente um pequeno coquetel. Tara estava olhando para a margem, para as árvores solenes. Jase sentado tomado de tristeza. Shaw disse para Mitch:

– É minha culpa. Não deveria deixar Romeu sozinho.

– Há muitas coisas que você não deveria ter feito – disse Mitch. – Não deveria estar aqui, em primeiro lugar. Mas eu sei de uma coisa. Você está aqui porque Deus quis.

Eles se sentaram sem falar. Shaw começou a chorar baixinho. Ele perguntou:

– Existe alguma oração para mim? Existe algo que poderia me salvar?

Mitch colocou um braço ao redor dele e falou:

– Há o salmo. Deus meu, Deus meu, por que me desamparaste? Por que te alongas do meu auxílio e das palavras do meu bramido?

Mitch olhou para o rastro que o barco deixava, enquanto avançava pelo rio e continuou:

– Como água me derramei, e todos os meus ossos se desconjuntaram; o meu coração é como cera, derreteu-se no meio das minhas entranhas. A minha força se secou como um caco, e a língua se me pega ao paladar; e me puseste no pó da morte.

Shaw chorou no peito de Mitch e este continuou:

– Mas tu, Senhor, não te alongues de mim. Força minha, apressa-te em socorrer-me.

Romeu tinha certeza de que o mundo colapsaria a qualquer momento, mas achava que essa queda seria violenta, com raios e trovões. Em vez disso, tudo estava acontecendo em silêncio: as paredes simplesmente começaram a cair sem fazer barulho.

Shaw não estava atendendo o telefone.

Era tudo.

Romeu marcou o ritmo com o dedão, voltando a ligar várias vezes, mas cada vez ouvia a mensagem na secretária eletrônica de Shaw. *Você sabe o que fazer.*

Continuou dirigindo. Entrou à esquerda na Sonic. Outra vez à esquerda na funerária Zachary Wiles. Passou pelo Empire Title Pawn Shop. Pensou naquele grito que tinha ouvido: *Não, não!* De quem poderia ser aquela voz? Alguém mais jovem do que Patsy, mais estridente do que Tara – talvez Jase? Mas Jase era muito tímido para gritar assim. Alguma garota no acampamento? Talvez alguma garota com quem Shaw estava flertando e isso tudo era só um jogo?

Mas ele teria ligado de volta.

Talvez não tivesse sinal? Estava fora da área de cobertura?

Mas, então, por que não voltava para *dentro* da área?

Bem. Ele não pensa direito. Parece uma criança de vez em quando.

Romeu estava de volta ao Sonic. Virou à esquerda e à esquerda de novo na funerária. Passou de novo pelo Empire Title. Estava dirigindo em círculos. Por que não admitir?, pensou. *Eles pegaram o Shaw.* É tão evidente. Foi isso que aconteceu: os porcos vieram, Shaw puxou a arma, alguém gritou: “Não, não faça isso!”. Foi isso. Já era. Ele está preso ou morto – e espero que esteja morto, considerando a tortura que seria a prisão para Shaw.

Merda.

3h06. O tempo estava correndo. Mais catorze minutos.

Liga para mim, maldição!

Parou numa obra na 17. Pegou meia anfetamina; aí foi até o porta--malas, mas não conseguiu lembrar como abri-lo. Olhou por todos os lados antes de finalmente abrir o porta-luvas e encontrar a alavanca. Voltou, abriu o porta-malas e pegou a Phoenix .22. No céu, começaram a se formar umas nuvens de chuva. O ar estava muito pesado. Ele teria de começar a matar a qualquer momento. Precisava começar logo. Oh, merda. Shaw, *me liga.*

Burris ligou para o tenente, enquanto ia para a cidade. Não queria ser ouvido, então usou seu celular. Demorou um pouco para completar a ligação. Quando conseguiu, disse:

– Tenente, preciso de uma ordem de prisão para esse cara e preciso agora. Seu nome é Romeu Zderko.

– Quem?

– Amigo de Shaw McBride.

– Burris, você não pode trabalhar nesse caso.

– Dessa vez eu tenho provas.

– O chefe vai *te despedir.*

– Mas esse cara, esse Zderko, está perseguindo os Boatwright. Ele tem um mapa de Brunswick com pequenas estrelas onde vivem os Boatwright.

Silêncio, enquanto o tenente tentava processar isso. Era doloroso ter de esperar, mas Burris teve paciência. Depois de uma longa pausa, o tenente disse:

– Como assim, estrelas?

– Demoraria muito para explicar. A questão é: os Boatwright estão na mira dele.

– Onde você encontrou esse mapa?

– No trailer onde ele estava.

– Você tinha uma ordem de busca?

– Não precisei. A namorada dele me deu.

– Está bem – e um suspiro.

Está bem eram apenas duas palavras, mas o tenente as falou tão vagarosamente que parecia que estava citando todo o dicionário. Aí, falou:

– Burris, esse mapa, você está dizendo que ele representa uma ameaça iminente?

– Ele não conhece ninguém! E mesmo assim tem um mapa apontando suas casas!

– É. Acho que é uma ameaça. Você está trazendo o mapa?

– O mais rápido que conseguir. Mas precisamos de uma ordem de prisão agora.

– Não dá para esperar até o chefe voltar do almoço?

– Pelo amor de Deus, Jimmy! Dê essa porra de ordem de prisão!

Ele não o chamava de Jimmy há anos – desde seu rebaixamento. Ouviu um barulho de estática.

Finalmente:

– Está bem, Burris! Vou dar a ordem.

– Obrigado.

– Mas agora minha cabeça é que está correndo riscos.

Shaw desceu do barco no momento em que este tocou o píer de Lonsdale, aí voltou e puxou Tara, deixando os outros para trás. Correram pela elegante estradinha em curva até onde o Liberty estava estacionado.

– Entre – ele mandou. – Dirija.

Ela entrou no lado do motorista. Quando estavam virando na estrada Sea Island, ela perguntou:

– Para onde?

– Eu digo quando chegarmos a Brunswick.

– Quanto tempo temos?

Ele olhou o relógio. 3h11.

– Nove minutos.

– Não consigo chegar em Brunswick em nove minutos!

– Tente.

Na esquina da estrada Frederica, ela passou por um semáforo vermelho, buzinando.

– Quem ele vai matar primeiro? – ela gritou.

– Eu digo quando chegarmos mais perto.

– Não pode ligar para ele do *meu* telefone?

– Não sei seu número – ele disse. – Só apertava 7.

Ela deu um suspiro de desgosto.

Shaw pensou: Ele deveria ter previsto *isso*? Que seu irmão ia dar uma de psicopata e jogar o celular no mar? Saia da minha cabeça! O que nós queremos é luz, pura luz, não todas essas perguntas. Quem te mandou para destruir meu sonho? Essa feiura, não posso aguentar isso agora.

Ela estava indo a 130 na Sea Island, ziguezagueando pelas faixas.

– Shaw, por favor, me diga onde ele vai primeiro – ela tentou falar com uma voz tranquila.

– Quando estivermos perto.

– Mas eu poderia ligar e avisá-los.

– Não sem me entregar.

– Mas não é Nell? Nell não é a primeira?

– Você vai saber logo.

– Pelo amor de Deus, só me diga isso! É Nell?

– Dirija o mais rápido que puder.

Romeu estava descendo a estrada Indian Mound na direção da casa de Shelby e Miriam. Ainda faltavam uns três minutos antes de ser obrigado a matar alguém, mas já estava na hora de entrar em posição. Ele precisava estar pronto. Não seria tão difícil. As crianças, MacKenzie e Benjamin, ainda estariam na escola. Então, ele podia entrar tranquilo. Com certeza, Shelby falaria algo horrível e isso transformaria a cabeça de Romeu.

Ele parou na frente da casa, do outro lado da rua. As crianças não estavam na escola. Estavam no jardim, jogando *badminton*. Ele ficou horrorizado ao vê-los. Mas disse a si mesmo, você é um soldado. Bons soldados dizem: que se fodam as crianças.

A garota MacKenzie parou de jogar por um momento. Olhou direto para ele. Até pareceu se lembrar. Ela acenou. Ele abaixou os olhos.

Pense no Shaw. Eles pegaram o Shaw. Lembre-se o que ele disse naquela noite na festa das Perseidas, olhando para as estrelas: "Essa coisa que *nós* temos, entre nós dois. Essa amizade. Isso vai durar. De alguma forma. Porque essa é a única porra valiosa na história".

Vá. Mantenha a cabeça baixa e não olhe para ela, se isso tornar tudo mais fácil. Mas vá. Agora.

Tara e Shaw saíram da via elevada e finalmente Shaw revelou o destino deles:

– A casa de Shelby e Miriam. Ele disse que seria por aí que começaria.

O primeiro pensamento dela foi: não é a Nell!

Não é a Nell! Graças a Deus!

Depois pensou nas crianças. MacKenzie e Benjamin. Oh, Senhor, as crianças. Estou agradecendo a Deus que Romeu vai matar as crianças? Ela virou à direita na 17, sentido norte, e pisou fundo. Passou um sinal vermelho e, ziguezagueando, passou por outro, buzinas por todos os lados. Ela ultrapassou meia dúzia de carros na faixa contrária e se viu diante de um caminhão. O pânico subiu pelo peito e a deixou cega. Ela virou o volante e conseguiu voltar para sua faixa, controlando o carro.

O tempo todo, Shaw ficou sentado em silêncio. Mantinha os olhos na estrada, com a arma no colo, sem dizer uma palavra.

O relógio no painel do carro mostrava 3h24. Então, o tempo já tinha se esgotado, ela pensou. O tempo já tinha se esgotado! Eles já estavam quatro minutos atrasados!

Mas Shaw ainda estava quieto. Talvez nada disso fosse real. Talvez fosse tudo uma encenação, só para assustá-la.

Mas se fosse real e eles estavam atrasados – se ela encontrasse Shelby, Miriam e as crianças mortas –, então o que Shaw iria fazer? Ele a mataria, não? Teria. Instantaneamente. Quais seriam suas outras opções?

Ela entrou derrapando na Belle Point, depois saiu na estrada Indian Mound.

A casa. A rede de *badminton* na frente, na grama. Havia duas raquetes e uma peteca branca, no chão. As crianças teriam feito isso? As crianças de Shelby? Deixar suas coisas na grama desse jeito? Ela abriu a porta do carro e correu para a garagem, Shaw logo atrás.

A porta da cozinha estava entreaberta.

Ela abriu devagar. Ao mesmo tempo, chamou:

– Olá?

As paredes retornaram o eco. Ninguém respondeu. Lucky não latiu. Ela entrou. Shaw estava logo atrás dela.

Caminharam pela cozinha e o único som era o murmúrio da geladeira. Ela estava muito assustada para chamar de novo. Sentia a presença de Shaw nas suas costas. Estou morta, ela pensou, no momento em que encontrarmos os corpos. Onde estão? Onde estão? Ela entrou na grande sala, onde tudo estava impecavelmente arrumado: o alto vaso cheio de lírios, as velas, a revista *Architectural Digest*. Uma ampla visão do pântano. Nenhum movimento, em lugar nenhum. Ela pensou, eu deveria fugir agora. Por que estou procurando por eles? Estão mortos, não posso fazer nada por eles. Saia correndo pela porta da frente e comece a gritar.

Foi aí que ouviu uma voz baixa. Uma palavra:

– Marco.

Mais uma vez.

– Marco.

Era a voz de um menino. Aí uma garota:

– Polo.

Seguida de um barulho de água. Tara foi até as portas de vidro deslizantes e conseguiu ver a piscina no quintal, onde Benjamin e MacKenzie estavam brincando.

Lucky, a cadela, a viu e começou a latir. MacKenzie gritou:

– Tara!

Ela saiu, seguida por Shaw. MacKenzie correu até ela, ainda molhada, mas Tara a abraçou, mesmo assim.

Miriam, sentada ao lado da piscina, disse:

– Oi, querida. Olá, Shaw.

MacKenzie gritou:

– Entre na piscina!

– Não podemos – disse Tara. – Estamos procurando um amigo do Shaw. Ele esteve aqui? Um cara meio baixo? Com grandes olhos?

– Ele é *seu* amigo? – perguntou Miriam. – O cara religioso? Acabou de ir embora. Ele me assustou muito.

– Falou com você?

– Ele falou *comigo*! – disse MacKenzie. – Perguntou quem estava ganhando. Estávamos jogando *badminton*. Eu estava ganhando. Agora a mamãe não nos deixa jogar.

– Por que ele estava falando com meus filhos? – disse Miriam. – Ele não os conhece. Não gostei dele. Estava a ponto de chamar a polícia. O que ele quer aqui?

– Gostaria de saber – murmurou Shaw. – Tenho medo que ele tenha chegado ao fundo do poço.

Romeu saiu da Altama, entrou na Poinsettia Circle e parou na frente da pequena casa de Vanessa e Henry. Se for rápido, consigo. O segredo é ir rápido.

Desceu do carro com a Phoenix .22 e cruzou a rua. Foi até a porta lateral, a da cozinha. Vanessa estava parada ali, na mesa, girando uma manivela. Moendo algo. Estava fazendo massa fresca? Era isso mesmo. Havia tomates cortados, ovos, cebolas e dentes de alho em cima de uma tábua de madeira. E, é claro, Romeu pensou em sua mãe, sentindo que alguém ou algo estava tentando fazer seu trabalho o mais difícil possível.

Ataque. Vai logo. Não consegue matar crianças, tudo bem. Mas essa vagabunda banal e azeda? Acabe com tudo em vinte segundos e vai se sentir um milhão por cento melhor.

Sua mão estava na maçaneta, de madrepérola fora de moda. Ele não conseguiu girar.

Mas que merda. Essa vagabunda é uma delas! Uma das malditas desalmadas que sufocaram a vida de Shaw, com seus medos e suas besteiras. Ela é cúmplice na morte dele, então *vá matá-la*.

Mas essa linha de pensamento não funcionava.

Depois de meio minuto, desistiu. Voltou para o carro e ficou sentado ali, lembrando-se de Shaw dizendo: *Mas tudo depende de você. De você sofrer naquela escuridão. Eu preciso saber que você não vai me decepcionar.* Romeu colocou o cano da arma na boca. Sentiu o gosto do metal. Certo, *isso* você consegue fazer. Pelo amor de Deus. Vá embora deste mundo agora, enquanto ainda pode.

Mas não conseguiu. Jogou a arma no banco ao lado, ligou o carro e foi embora.

Logo Shaw saberia. Como Romeu tinha dirigido por toda Brunswick sem conseguir matar ninguém, nem a si mesmo. Não tinha se vingado. Não tinha causado nenhum estrago. Ridicularizando a visão de Shaw. Como Romeu tinha manchado com sua covardia todos os sonhos de Shaw.

De volta à avenida Altama, virou para o sul. Agarrou o volante e jogou a cabeça para a frente, batendo a testa o mais forte que conseguia no vidro. Mas este não quebrou, deixando Romeu tonto, mas ainda consciente, e sua vergonha não diminuiu nem um pouco. Ele viu uma loja de conveniências e parou. Dirigiu até as bombas de gasolina. Saiu do carro, pegou a mangueira, apontou para si mesmo e apertou o gatilho. Como não tinha pago, no entanto, nada aconteceu.

Ele apertou o botão de Ajuda.

– Sim?

– Preciso de gasolina – disse. – Libere a bomba.

– Senhor, se não estiver usando um cartão de crédito, terá de pagar antes.

Tirou sua carteira, encontrou o cartão de crédito e o enfiou na máquina. RECIBO? SIM/NÃO. Ele apertou NÃO e aí, INICIAR. Segurou a mangueira em cima da cabeça e dessa vez umas gotas de gasolina dourada começaram a cair. Por um instante isso foi refrescante. Mas depois começou a respirar aqueles gases e a se sentir tão mal que precisou abaixar a mangueira. Seus olhos começaram a arder muito.

Limpou o rosto com uma camiseta que estava no banco de trás. Aí correu até a loja.

Mas o atendente tinha trancado a porta.

Romeu bateu:

– Preciso da sua ajuda, cara! Não vou te machucar. Só preciso que você coloque fogo em mim!

Mas o atendente não respondeu. Provavelmente estava escondido atrás do balcão.

– Vamos lá, cara! Só precisa acender um fósforo! Eu te pago quinhentos dólares por um único fósforo! Vou tirar quinhentos dólares do caixa eletrônico agora e te pago! *Por favor!*

Nenhuma resposta.

Romeu chutou a porta:

– EU TE DOU TUDO QUE TENHO! VOU TE DAR UNS TRINTA MILHÕES DE DÓLARES! SÓ PRECISO QUE VOCÊ COLOQUE FOGO EM MIM, SEU FILHO DA PUTA!

Mas o atendente não saiu.

Romeu voltou para o carro e entrou.

Não tinha ideia de aonde ia, mas isso não importava. Só precisava encontrar alguém que fizesse esse favor. Dirigiu pela Altama indo para o sul e viu alguns meninos negros andando de bicicleta. Pedir para eles? Não, duvido que tivessem fósforos e iam se ligar assim que sentissem o cheiro de gasolina. Passou pelo cruzamento da Cypress Mill. De repente, ouviu umas sirenes, sirenes por todos os lados. Umas sirenes altas e fantasmagóricas, sirenes como metralhadoras, como buzinas cortando o ar. Tudo se tornou instável. Até mesmo a luz do dia parece ter piscado. Olhou pelo espelho retrovisor e viu os porcos vindo em sua direção. Três viaturas. E elas não estavam vindo para acabar com seu sofrimento; estavam vindo *prendê-lo*. Iam montar um grande julgamento, um show para mostrar todos seus fracassos. Se Shaw ainda estivesse vivo, ele ia ouvir todas as merdas e covardias de Romeu, detalhadamente. Colocariam Shaw em uma cela pouco maior do que uma cripta e, durante sessenta ou oitenta anos, ele poderia ficar pensando no fracasso de Romeu, na coragem que Romeu não mostrou quando toda a merda começou a desmoronar. O próprio Romeu estaria na cela ao lado e toda noite Shaw ficaria gritando COVARDE e TRAIDOR no corredor, e contaria a todos como Romeu tinha fodido o mundo todo.

Pelos próximos sessenta anos.

Ele pisou fundo no acelerador. O Bel Air morreu no meio da estrada com as três viaturas atrás.

E elas o ultrapassaram, sem parar.

Barulhentas como estrelas cadentes, uma, duas, três passando por ele, deixando-o ali parado. Tinham alguma outra missão.

Um silêncio tomou conta do carro. Uma libélula começou a fazer barulho ao lado da janela. Ele pensou, certo. *Tem* uma coisa que posso fazer em relação a esse sofrimento. Devolver para ela.

Burris estava na rua Newcastle, a uns poucos quarteirões da delegacia, quando ouviu o chamado de que o Tercel tinha sido visto estacionado em frente ao restaurante do Spanky na avenida Altama.

Ligou a sirene e fez a curva, pegando o *boulevard* MLK e chegando em menos de três minutos. Ali, no estacionamento, estava ele: o Toyota Tercel 91. As luzes da polícia estavam por todos os lados. Já havia cinco ou seis unidades, e mais sirenes chegavam de todos os lados.

O tenente tinha mandado todos para lá.

Burris saiu da viatura. Um momento depois, o próprio tenente apareceu e até o chefe. Apesar de parecer espantado com toda a bagunça.

– Não é assim que gosto de ver minha cidade – ele falou. Também declarou: – Estava almoçando. São três horas, não posso almoçar? Alguém pode me dizer o que é tão importante que eu não possa almoçar?

Um sargento falou pelo megafone:

– SAIA DO VEÍCULO! SAIA COM AS MÃOS PARA CIMA.

A porta do Tercel se abriu. Um cara magrelo com cavanhaque e um topete de cabelos brancos saiu.

O megafone falou para ele:

– DEITE-SE NO CHÃO! DEITE-SE NO CHÃO! DEITE-SE AGORA MESMO!

Enquanto o cara do cavanhaque estava esticando seus braços no chão, Burris decidiu falar. Não tente se explicar ou outra coisa, porque isso não vai ajudar em nada. Fale direto.

– Não é ele.

– O quê? – perguntou o chefe.

– Não é Zderko.

– Não era o carro que você queria?

– Sim, esse *é* o carro. Mas não é o cara. É outro. Talvez um amigo dele ou algo assim.

O chefe olhou para ele.

– Cabo. Não mandei você ficar fora do caso?

– Sim, senhor.

– Eu gaguejei quando dei essa ordem?

– Não, senhor.

– Falei claro?

– Sim, senhor.

– Então, você está demitido. Posso terminar meu maldito almoço agora?

Patsy, Mitch e Jase pegaram uma carona de volta ao clube com o motorista de Henry Lonsdale, que os deixou na entrada.

Duas vezes mais peregrinos do que quando saíram de manhã.

– Onde está Shaw? – perguntou Trevor.

– Foi com Tara para algum lugar – respondeu Mitch.

– Tem um policial aqui querendo falar com ele. Sabe o que ele quer? – continuou Trevor. – Está tudo bem?

– Tudo está bem – falou Mitch. – Mas reze por nós.

Ele caminhou até onde estava o policial e Patsy ficou parada, pensando: Por favor, Deus, proteja minha filha. Por favor, Deus, que ela esteja segura e volte para mim. E Senhor, *por favor*, tome conta do Shaw. Não deixe que nada aconteça com ele.

Percebia vagamente que algumas câmeras estavam apontadas para ela.

Alguém na multidão gritou:

– Nós te amamos, Patsy!

Outros ecoaram:

– Nós te amamos!

– Abençoado seja o Senhor!

– Deus abençoado!

Ela olhou e sorriu para eles, essa gente simples. Foi Shaw quem a ensinou a amá-los. Sentiu como se estivesse olhando para essa cena de um futuro distante e pensou: "Foi nesse momento, Diane. Foi quando eu realmente senti o poder do amor de Shaw". Diane a ouvia com aquela intensidade silenciosa e talvez segurasse suas mãos. Os olhos de Patsy se encheram de lágrimas ao prever esse momento.

E as câmeras dos peregrinos viram suas lágrimas e as festejaram.

Shaw e Tara pararam ao lado da casa de Vanessa e Henry.

Lá estava Vanessa, trabalhando distraída na cozinha.

E onde estava Romeu? Oh, tinha ido embora, Shaw sabia. Tinha fugido. Estava escondido em algum lugar, numa esquina qualquer, tremendo, se embebedando.

Shaw sempre soube que isso ia acontecer.

Agora ele estava sozinho. E Tara deve ter percebido isso. Deve estar pensando em como destruí-lo. Não importava quais sentimentos poderia ter por ele, ela o mataria no momento em que abaixasse a guarda.

Preciso ir até a casa da Nell. Na presença dela, ainda posso controlar a garota.

E depois disso?

Ele não sabia. De alguma forma, precisava fazê-la pensar que tinha outros trabalhando para ele. Trevor, para começar. E talvez devesse chamar seus amigos de Ohio: Chris e Pissboy. Que viajassem até aqui. Contar a Tara que essa era sua gangue; ela ficaria aterrorizada.

Essa é a chave. A chave é mantê-la atemorizada. Medo, disciplina.

– Certo, vamos para a casa da Nell agora – ele falou. – E é melhor ir rápido.

Ela percebeu um olhar de alarme nele. Pisou no acelerador e saiu cantando pneus no *boulevard* MLK.

Ele sorriu:

– Você ainda precisa da minha misericórdia, não?

– Preciso.

– Não vai conseguir matar esse sonho. Ele é muito poderoso. Então, faça sua escolha. Quer ver os reinos do grande amor, eles vão te mostrar. Quer dor, eu vou te mostrar. O que você quer, Tara?

Romeu estacionou na rua Egmont bem antes da casa da Nell. Parou na calçada e se apoiou na cerca de madeira de Nell. Ouviu uma TV na vizinhança. Estudou a casa. Nada impressionante. Pulou a cerca e caminhou pelo jardim. Abóboras, tomates, pimenta. Dois pardais cinzentos na borda da banheira. E bem ao lado da casa havia um pequeno barracão para guardar as ferramentas. Abriu a porta e olhou. Estava tão quente que era difícil respirar. Era muito pequeno, cheirava a argila, era escuro: tudo o fazia lembrar um caixão e isso parecia muito convidativo. Podia ouvir o barulho das vespas, num ritmo hipnótico e havia uma velha cadeira de balanço; ele não dormia há dias.

Eu podia dar um cochilo de cinco minutinhos.

Mas sabia que, se fechasse os olhos agora, quando os abrisse estaria a caminho da prisão.

Primeiro, trabalho. Depois, sono.

Quando estava andando para a casa, ouviu o som de um carro na rua Egmont.

Tara e Shaw pararam em frente à casa da Nell. Ela precisou esperar ele vestir a jaqueta para esconder a arma; aí desceram do Liberty e correram para a entrada.

Encontraram Nell na mesa da cozinha. Ela estava tranquila, passando manteiga nas torradas. Ao vê-los, gritou:

– Olá, *meu* amor!

– Nell, você está bem? – perguntou Tara.

– Estou ótima, querida. Qual o problema?

– Alguém esteve aqui? – perguntou Shaw.

– Como quem? Estão prontos para o joguinho de pôquer?

– Nell, temos um problema. Podemos nos sentar?

Eles sentaram-se ao redor da mesa da cozinha.

– Ouça – disse Shaw –, isso vai parecer estranho. Tem um cara, amigo meu, que quer me machucar. Bem, ele *era* meu amigo. Desde o prêmio, ficou, bem, meio doido. Acha que tem direito a uma parte do dinheiro. Diz que vai machucar a Tara, como uma forma de me atacar. Está espalhando mentiras sobre mim. Mas essas mentiras não estão funcionando! Não estão funcionando, estão, Tara? E ele está ficando perigoso. Sabe? Ele é como um *ciclone*. Está doido.

– Você contou para a polícia? – perguntou Nell.

– Não quero envolver a polícia! Você não está entendendo! Esse cara é o meu melhor amigo. Eu adoro esse cara! Só preciso conversar com ele.

– Mas, se ele está tão louco... – disse Nell.

– Eu sei! Estou com uma arma, Nell. Sei que talvez precise matá-lo. Mas quero tentar salvá-lo, se puder.

Houve um movimento que Tara percebeu com o canto dos olhos. Que sentiu antes de realmente ver – e gritou. Romeu. Vindo do corredor. Ele fedia a gasolina. Tinha uma arma e seu olhar estava fixo em Shaw.

– Romeu, oh, meu Deus – disse Shaw com a voz mais doce que conseguiu. – O que aconteceu? O que aconteceu com você? Precisamos conversar. Sobre coisas que você pode não ter entendido. As coisas que eu estava dizendo para outras pessoas, mas você pode ter entendido errado. Oh, Deus. Se você soubesse! Se soubesse como estamos bem agora, companheiros, como estamos *preparados*...

Romeu murmurou:

– Eu sei. Somos bons – aí ele se virou para Tara e disse: – Venha aqui.

– Deixe-a em paz – disse Shaw. – Está tudo bem.

Mas Romeu repetiu:

– Venha aqui.

– Que merda você está fazendo? – perguntou Shaw. – Pare. Não precisamos machucar ninguém.

Romeu apontou o revólver para Nell.

– Não! – disse Shaw. – Você não precisa fazer isso.

Mas Romeu continuou apontando:

– Eu falei para você vir até aqui, Tara. Ou vou matá-la.

Tara se levantou. Com tanto medo que suas pernas quase não se moviam. Mas ela ficou na frente dele, com os olhos baixos.

– Agora, vire-se. Olhe para sua avó.

Eu deveria lutar contra isso, ela pensou. Não me submeter à minha própria execução. Eu deveria resistir *agora*.

Mas como? Fazer o quê? Ela não conseguia pensar.

– Vire-se – disse Romeu. E num súbito ataque de raiva: – AGORA! SEM DEMORA! VIRE-SE, *AGORA*!

Ela obedeceu. Fechou os olhos para não ver nada, mas ouvia Shaw pedindo:

– Romeu, ouça, não precisamos fazer isso. Não temos de puni-los. Está tudo bem com eles; nos amam, acreditam em nós. Por favor, confie em mim. Mostre que confia em mim, pelo amor de Deus, *me ouça*.

Silêncio.

Tara quase não conseguia respirar.

Ela pensou: Por que a Nell precisar assistir a isso? Não é justo. Por que Nell precisa ver? Por que esse preço? Por que tão alto? Os meus pecados são tão altos assim? *Senhor? Por favor! Não importa o que eu fiz, por favor, perdoe-me pelo bem da inocente Nell. Por favor, perdoe-me!*

Ela sentia Romeu bem atrás dela. O hálito dele em súa nuca.

Ela quis dizer: "Nell, não olhe", mas sua voz não saiu.

E sentiu Romeu segurando seu punho direito e o levantando – e seus dedos tocaram o metal frio.

– Estou te dando isso – ele falou.

Ela abriu os olhos e olhou para baixo: tinha dado a arma.

– Não consigo fazer isso; não sou forte o suficiente. Mas você é.

Shaw estava olhando para ele. Entendeu naquele instante. Romeu envolveu os dedos de Tara ao redor da arma, enquanto mantinha seu próprio dedo na trava.

– Sei que você pode fazer isso – ele falou. – Você nasceu para isso. Mas precisa prometer que vai matar os *dois*.

– Não...

– Ele não vai conseguir viver na prisão. Será uma tortura. Nem eu. Prometa.

Pegue a arma, pensou Tara. Ele é louco. Faça o que ele pedir, *mas pegue a arma.*

– Está bem – ela disse tranquila.

– Você vai nos matar agora? – perguntou Romeu. – Nós dois? Promete?

– Prometo.

Shaw não disse nada. Mas Tara conseguia ver o esboço de um sorriso nos seus lábios: estava orgulhoso dela.

– Está sentindo a trava?

– Estou.

– Quando eu mandar, você coloca o seu dedo aí. Mate-o imediatamente. Você sabe como ele fala. Vai tentar te convencer. E depois vai nos destruir. Não deixe que ele a convença!

– Está bem.

Romeu tirou as duas mãos. Deu um passo para trás.

Aí Shaw deu um suspiro e disse:

– Jesus. Tara. Você esteve ótima.

Ela não se moveu. Manteve a arma apontada para ele.

Shaw virou-se para Romeu e disse com calma:

– Meu velho amigo. Preferia que nunca tivesse visto você assim. Mas, não importa o que aconteceu com a sua mente, prometo que vou cuidar de você. Pelo resto da sua vida...

Romeu sussurrou no ouvido dela:

– Mate-o agora. Enquanto você consegue.

Shaw balançou a cabeça:

– Ninguém vai matar ninguém, Romeu. Jesus. Se ela fizesse o que você quer, nunca se curaria. Nunca. *Ela nunca se curaria.*

Romeu sussurrou:

– Agora.

O sorriso infantil de Shaw.

– Ouça. Sei que é preciso força para enfrentar tudo que estamos passando. Há muito perigo; há muita dor. Mas também há muito amor aqui! Parece que metade do amor do universo está nesta cidade, neste exato momento. O que já fizemos! Nos transformamos em um tipo de ímã, e todas as estrelas, todo o poder do universo e todo o amor...

Ela atirou na cara dele.

A ferida, o jorro de sangue. Nell gritando.

Shaw ainda estava de pé. Tentando falar. Mas sua boca se encheu com um jorro de sangue e dentes, as palavras eram apenas ruídos.

Caminhou até Tara, mas ela deu um passo para trás e ele perdeu o equilíbrio, caindo de joelhos.

Balançando a cabeça. Tentando limpar toda a confusão. Ele tentou pegar sua arma, mas ela deu um passo adiante e atirou de novo. Pedaços do crânio e do cérebro voaram para todos os lados. A arma dele deslizou pelo chão.

Tara ficou parada na frente dele, olhando sua morte. O buraco no rosto, a vista horrorizada, os espasmos de sua morte. Tentando que isso ficasse marcado em suas lembranças, para sempre – para que todas as outras lembranças dele fossem apagadas.

Romeu estava pedindo:

– Eu agora, Tara. Você prometeu.

Ela *tinha* prometido. Voltou-se para ele e levantou a arma novamente.

– TARA, NÃO! – gritou Nell. – O QUE VOCÊ ESTÁ FAZENDO? PARE! NÃO!

Romeu olhou para ela. Não havia medo em seus olhos, somente urgência.

– Me perdoe por pedir isso. Mas você precisa me ajudar. Acho que ele estava errado, tudo o que falou sobre cura. Você *vai* se curar. Mas eu não. Por favor.

– NÃO O MATE! – gritou Nell, tentando tirar a arma da neta, mas Tara conseguiu enganá-la. Deu a volta na mesa da cozinha para ter uma mira melhor. Pensando: Vamos terminar logo com isso. Pague essa dívida. Aí, atrás dela, ouviu a porta de tela se abrir e uma voz masculina grossa gritando:

– DEITE-SE NO CHÃO!

O velho policial. Policial Burris. Com a arma apontada para Romeu:

– EU DISSE DE CARA NO CHÃO!

Perguntou, então, para Nell e Tara:

– Quem atirou nele?

– Fui eu – disse Tara.

Mas ele não acreditou nisso. Estava falando no rádio da polícia:

– Quarenta e três, homicídio na Egmont, 1412, perto de Albemarle! Suspeito detido, preciso de reforço! Reforço!

Enquanto isso, Romeu continuava implorando:

– *Por favor.* Tara. Você me prometeu.

– FIQUE NA PORRA DO CHÃO! – gritou Burris.

Romeu estava desesperado. Olhava freneticamente para todos os lados – até que, de repente, se virou e agarrou uma caixa de fósforos.

– Eu vou ter de fazer isso? *Vou ter de me queimar vivo*?

Segurando um fósforo, pronto para acender.

– Tara – ele falou –, por que não me *ajuda*? Termine com isso!

Um momento de silêncio. O barulho de sirenes distantes.

Aí Burris falou:

– Filho, sabe o que você poderia fazer?

Falava baixo, mas de forma tão solene que atraiu a atenção de Romeu.

– Tente pegá-la – disse Burris, gesticulando para a arma de Shaw no chão. – E eu cuido de você.

Romeu olhou para ele, sem compreender.

De repente, entendeu.

Murmurou algo, talvez obrigado – e se jogou. Caindo, meio se arrastando, meio pulando, pelo chão, atrás da arma. Pouco antes de tocá-la, Burris atirou quatro vezes.

Tara quis abraçar Romeu – mas Nell não deixou, segurando-a forte, tirando a arma de seus dedos e levando-a pelo corredor. Parou um momento para deixar a arma nas mãos de Burris e acariciar o rosto dele com sua mão enrugada. Depois levou Tara pelo corredor até o quintal.

Todos os gatos da casa tinham fugido para lá. Muitos estavam no peitoril; um estava empoleirado na velha TV. Um longo rabo pardo balançava embaixo do sofá de balanço.

– Deite um pouco, minha filha – disse Nell.

Tara obedeceu. Nell se esticou ao lado dela e Tara colocou a cabeça no peito da avó, sentindo o delicioso cheiro de pipoca. Com um ouvido, ela podia ouvir as sirenes e os gritos do lado de dentro, mas, no outro ouvido, só escutava o coração de Nell. Fechou os olhos. Meu Deus, ela pensou, estou nesta varanda de novo.

Sabia que não seria mais a mesma. Tudo que estava à vista – gatos, almofadas, jardim, banheira – tinha tomado uma certa distância dela. Uma formalidade, uma reserva.

Mesmo assim. Ela estava aqui.

Parecia quase uma sorte.

Sabia que devia isso a Romeu: aquele cara triste, e sentiu gratidão. Rezou para que sua alma pudesse encontrar seu caminho para um lugar iluminado. Nesse exato momento, um gato pulou na cama e a fez balançar. O gato era Horace Jackal: ela o conhecia pelo jeito que ele se esfregava em suas pernas. Ele ficou indeciso, mas um ou dois minutos depois, com alguma sorte, viria e se enroscaria na parte de trás de seu pescoço, colocando-a entre ele mesmo e Nell. Tara ficou ali quietinha, quase sem respirar, para não o espantar.

Romeu tinha voltado para casa. Para Piqua, Ohio. Estava no Hollow Park bem quando estava anoitecendo, atrás de uma sólida nogueira, escondendo-se das Águias. Mas uma o viu e gritou, obrigando-o a fugir para o campo aberto. Aí, mais Águias começaram a aparecer de todos os lados. Num segundo, elas o agarraram. Estava a ponto de mudar, mas não tinha medo. Na verdade, esse momento especial no Hollow Park, planando entre uma coisa e outra – ele achou que era o melhor momento de sua vida. Estava gostando de tudo. Gostava das novas regras que Shaw tinha acrescentado ao jogo. Gostava das bandanas vermelhas, da noite de verão, do calor surpreendente; gostava até da coceira ao redor do tornozelo. Pensou que tudo era perfeito, exceto que a escuridão estava caindo rápido demais.

Agradecimentos

Obrigado ao pessoal da polícia de Brunswick: Betty McGregror, capitão Larry Bruce. Especial agradecimento ao sábio e paciente detetive Roy Blackstock Jr., que me levou por infinitas rondas pela cidade.

Obrigado a Wanda e Larry, meus instrutores de pôquer no Magnolia Sports Palace. Obrigado a Pat Vinton, Theresa Martin, Bob, Om, Margot, Mimi. Courtney Dyche e Vanessa Cunningham.

Obrigado à radiante Ashley, sua mãe, Rhonda, e sua avó, Mary.

Obrigado à minha editora Inez Green, que me ensinou a escrever.

Obrigado à minha coautora Molly Friedrich. A Lucy Carson e Sheri Holman. A Jamie Raab, que é tão linda quanto Ozma.

Este livro foi composto em Classical Garamond 11/14
para Texto Editores Ltda. em março de 2011.